Laura Foste

Der Fluch von Bur

Laura Foster

DER FLUCH VON BURTON HALL

Band 3

Ravensburger Buchverlag

Bibliografische Information der Deutschen Nationalbibliothek:

Die Deutsche Nationalbibliothek verzeichnet diese Publikation in der Deutschen Nationalbibliografie. Detaillierte bibliografische Daten sind im Internet auf www.dnb.d-nb.de abrufbar.

MIX
Aus verantwortungsvollen Quellen
FSC® C114500
FSC
www.fsc.org

1 2 3 4 5 E D C B A

Originalausgabe

Lektorat: Sabine Franz
Umschlaggestaltung: Carolin Liepins, verwendete Motive von
© Nikolaus Schäffler, © Nella/Shutterstock,
© Anna Chelnokova/Shutterstock und © akiyoko/Shutterstock

Printed in Germany

ISBN 978-3-473-40143-7

www.ravensburger.de

Für J.

1. Kapitel

Wie zum Teufel bin ich hierhergekommen und was will ich hier überhaupt?

Es ist irre kalt und ich kann nicht wirklich erkennen, wo ich bin. Es muss inzwischen später Nachmittag sein, unheimliche Nebelschwaden wabern um mich herum. Ich kneife die Augen zusammen, um besser sehen zu können, und lasse meinen Blick vorsichtig umherschweifen. Oh. Ich stelle fest, ich sitze auf dem Dach unseres Häuschens in Cliffmoore. Hallo? Auf dem Dach? Macht das irgendeine Art Sinn? Hm. Nein. Tut es nicht. Außerdem zieht's hier gewaltig. Ich blicke hinunter auf das Notizblatt in meiner Hand und komme langsam zu mir. Mir fällt ein, was passiert ist: Ich habe Fragen auf den Zettel geschrieben, die mich erst in die Verzweiflung und dann aufs Dach getrieben haben.

Ein bisschen Wind wäre jetzt gut, der könnte nicht nur den Nebel wegfegen, sondern mir auch den Kopf freipusten. Was dringend nötig wäre, denn auf diesem

Zettel stehen lauter ungelöste Fragen, die mich schon seit Monaten fürchterlich beschäftigen. Dummerweise habe ich keine schlüssigen Antworten darauf, und das hat mein Leben in eine gehörige Schieflage gebracht, speziell was Ben und mich angeht.

Ich stöhne, doch der wattige Nebel schluckt jedes Geräusch. Ben ist der schnuckligste Junge der Fultonthorpe Grammar School, in den ich mich gleich bei unserer Ankunft hier in England verliebt habe. Nur leider hat unsere Liebe ein klitzekleines Problem: Sie steht unter keinem guten Stern. Und wenn ich daran etwas ändern möchte, brauche ich Antworten, und zwar bis morgen Früh, denn dann gehe ich mit Ben und meinen anderen Mitschülern auf Klassenfahrt. Mal wieder. Eine angenehm luxuriöse Situation, weil unsere Klassenstufe dieses Jahr, verglichen mit dem Rest der Nation, blödsinnig erfolgreich war. Nur dass wir diesmal nicht nach Edinburgh, sondern nach London fahren (und welches vierzehnjährige Wesen würde sich darüber schon beschweren wollen?). So weit, so gut. Doch abgesehen von dem offiziellen, garantiert gnadenlos lehrreichen Programm, das uns in London erwartet, muss ich mich entscheiden, ob ich dort weiter meiner geheimen Mission nachgehen will oder ob ich es besser lasse, um die angeknackste Beziehung zu Ben nicht noch weiter zu ruinieren.

Meine Mission? Ebenjenen Fluch besiegen, der unsere und Bens Familie seit Generationen eisern im Griff hat, er hat unserer Liebe bisher weiß Gott nicht gutgetan. Und nun sitze ich hier, auf dem Dach von Oma Judiths (jetzt unserem) Häuschen, und bin verzweifelt, richtig erstklassig verzweifelt. Auch wenn ich mittlerweile daran gewöhnt bin, denn unter dem Strich stellt sich hier mal wieder eine hübsche Variante der Lisa-Verschwörung dar.

Nachdenklich starre ich auf den Zettel in meiner Hand, doch der Nebel ist so dicht, dass ich buchstäblich nichts sehen kann. Egal. Ich weiß auch so, welche Fragen dort stehen. Erstens: Ist es möglich, dass ein Bergkristall einen Fluch in sich trägt, oder besser: zwei? Einen unter guten Vorzeichen und einen unter bösen?

Nächste Frage: Ist es möglich, dass ein Bergkristall Geschwister haben kann, die in der Lage sind, einen oder diverse Flüche aufzulösen, wenn man die Teile nur wieder zusammenfügt?

Während ich da so sitze, vor mich hin grüble und vor Kälte mit den Zähnen klappere, kommt plötzlich heftiger Wind auf, und ich habe Mühe, mich am Dachfirst festzuhalten. Ich fände es ganz sinnvoll, von dem Windstoß nicht heruntergefegt zu werden, denn schließlich *will* ich nach London fahren. Ich will meine Mission endlich zu Ende bringen, will Fragen auf meine Antworten finden und endlich, endlich alles aus dem Weg räumen, was zwischen Ben und mir steht (und das ist eine ganze Menge). Und auch was Mama und Papa angeht, bin ich mir sicher, dass der Fluch, familientechnisch gesehen, auch für sie nicht gerade von Vorteil ist. Immerhin bekomme ich in diesem Augenblick klarere Sicht, und das ist doch schon mal was. Leider geht bei dem Rettungsakt mein Notizblatt flöten und segelt in eleganten Bögen sachte in die Tiefe. Verträumt sehe ich ihm hinterher.

»Hey«, ruft eine Stimmen von irgendwoher. »Nicht springen!«

»Warum nicht?«, ist meine automatische, leicht saure Reaktion.

Meine Stimmung, klar, ist gerade nicht die allerbeste.

Ich sehe auf und entdecke jemanden, der in ungefähr zehn Metern Entfernung mit dem Rücken am Schornstein lehnt. Ähm, habe ich hier irgendetwas verpasst?

Ich sehe zweimal hin und würde mir die Augen reiben, hätte ich denn eine Hand frei. Das ist … tatatataaa! Jack, einer der faltenreichen Zwillingsknautschis aus Schottland, aus der Heimat meiner Vorfahren. Interessant. Ich denke gar nicht groß darüber nach, wo der auf einmal herkommt.

Es gibt nur eine logische Frage an Jack.

»Wo ist Jim?«

Jack deutet mit dem Kinn nach unten auf den Weg, der zu unserem Häuschen führt. Dort steht Jim mit dem Tandemfahrrad und winkt fröhlich zu mir herauf. Klar, warum auch nicht? Die beiden waren schon immer überraschend zur Stelle, wenn Not am Mann war. Sie haben das Dach repariert, nachdem unsere übelwollende Nachbarin, unrühmlich bekannt als Diplom-Hexe Edna Cumberland, einen Brand in unserem Dachstuhl verursacht hatte. Und sie haben mir mein Medaillon mit dem schützenden Bergkristall wiederbeschafft, das sich besagte Witch unter den Nagel gerissen hatte.

»Komm runter!«, ruft Jim. »Bevor du dir noch den Hals brichst!«

Da kommt schon die nächste Windbö auf und rüttelt mich gewaltig durch. Ich kann mich gerade noch halten und sehe Hilfe suchend zum Schornstein hinüber, aber Jack ist schon weg. Und der Nebel ist wieder da. Mit klopfendem Herzen bewege ich mich ganz vorsichtig kriechend rückwärts zum Dachfenster, aus dem ich gekommen bin. Ganz schön mühsam, die Aktion, keuch, ächz, schnauf. Mit weichen Knien klettere ich wieder hinein. Geschafft!

Wenn die Knautschis schon extra gekommen sind, um mich zu retten, kann ich mich wenigstens bei ihnen bedanken, denke ich erleichtert. Also laufe ich die Treppen hinunter und trete vor die Haustür. Nur ein leichter Hauch von Nebel liegt noch über dem Vorgarten und der New Moon Lane, ansonsten ist weit und breit niemand zu sehen. Äh, hallo? Ich drehe mich um die eigene Achse, nichts. Das Ganze noch mal rückwärts, nichts. Jack ist weg, Jim ist weg, das Tandem ist weg. Aha. Der Triumph der Illusion über die Wirklichkeit? Oder umgekehrt?

»Child, was machst du bloß für Unsinn?«, höre ich eine aufgeregte Stimme hinter mir ausrufen und drehe mich noch einmal um. Vor mir steht, so breit wie hoch, meine Großtante Rose, Schwester meiner Lieblingsoma Judith und Haushälterin meiner Erzfeindin Edna. In schwarzer Dienstbotenkluft mit spitzenumrandeter weißer Schürze und dazu passendem weißem Häubchen, ein Mensch gewordener Gruß aus dem vergangenen Jahrhundert. Sie kommt auf mich zu und schließt mich in die Arme. Ich versinke genussvoll in ihrem weichen Busen.

»Ich habe einen Riesenschreck bekommen, als ich dich auf dem Dach entdeckt habe. Dear, oh dear. Was wolltest du nur da oben?«

Kann ich, ehrlich gesagt, momentan auch nicht beantworten. Mein Gemüt befindet sich derzeit in einem Zustand umfassender Verwirrung. Rose legt mir den Arm um die Schultern und führt mich ins Haus. Bereitwillig folge ich ihr und schaue in ihr gütiges Gesicht.

»Hagebuttentee?«, frage ich mit kläglicher Stimme.

»Hagebuttentee«, antwortet Rose mit Nachdruck.

Ein zarter, süßer Duft wie von Rosenblüten zieht durch den Raum. Ich sitze im Wohnzimmer in Omas großem, plüschigem Sessel, meinem schützenden Heim im Heim, halte mit leicht zittrigen Fingern meine Teetasse fest und lasse meinen Blick über die honigbraunen Holzdielen, den roten Perserteppich und das samtbezogene Sofa zur

Glasvitrine wandern, in der Oma einiges an Kristallgetier gesammelt hat.

Der Nebel draußen hat sich inzwischen verzogen und gleißenden Sonnenstrahlen Platz gemacht, die durch die Fenster zu uns ins Zimmer dringen. Friedlichste Sonntagnachmittagsstimmung. Die Strahlen brechen sich im Kristallschliff der Tiere und lassen sie in allen Farben des Regenbogens funkeln. Neben Einhörnern in verschiedensten Größen erstrahlt auch ein Löwe in hellem Glanz. Es ist nicht der einzige Löwe hier im Haus, was allerdings nicht verwunderlich ist, schließlich stammt Mamas Familie aus Schottland, genauer aus dem Clan der Bruce, und die haben den Löwen als Wappentier. Das Einhorn und der Löwe sind die Herrscher des Tierreichs, und ich weiß, dass Bergkristalle dem Tierkreiszeichen Löwe zugeordnet sind. Der Kristalllöwe scheint sich jedenfalls ganz wohlzufühlen in seiner Vitrine. Moment mal. Hat er mir gerade freundlich zugeblinzelt? Ich ertappe mich dabei, wie ich zurückblinzle und haue mir innerlich dafür auf die Finger. Bin ich denn gaga?

Mein Blick schweift weiter zu Rose, die auf dem Schemel vor mir hockt. Wir nippen an dem wohlig warmen Tee aus Omas zart geblümten Porzellantassen und stellen sie auf dem kunstvoll mit Intarsien geschmückten Beistelltischchen ab, das natürlich das schottische Wappen zeigt. Weißes Einhorn links, weißes Einhorn rechts, Wappenschild in der Mitte und oben drauf ein kleiner roter Löwe, der vor Lachen zu brüllen scheint. (Humorvolle Nation, die Schotten.) Langsam kehrt das Leben zu mir zurück.

»Du hast sie doch auch gesehen?«, frage ich Rose vorsichtig.

»Wen gesehen?«, entgegnet Rose.

»Na, die Jungs«, erkläre ich und gehe davon aus, dass meine Knautschis auf beziehungsweise vor dem Haus nicht zu übersehen waren.

»Welche Jungs?« Rose sieht mich mit einem Blick an, als hätte ich hohes Fieber inklusive galoppierender Wahnvorstellungen. »Ich habe nach dir gerufen, aber du hast nur in die Luft gestarrt. Ich hatte Angst um dich.«

Oh, sage ich mir, das war wohl nichts. Ich glaube, ich beharre besser nicht auf diesem Thema.

»Vergiss es«, sage ich und mache eine wegwerfende Handbewegung. »Ich dachte bloß, ich hätte … ach, vergiss es einfach.«

»Was hast du denn für Sorgen, sweetie?«, fragt Rose und sieht mir forschend in die Augen.

Ich versuche, meine Gedanken zu ordnen. Irgendwie sind heute meine Probleme einfach in einer großen Woge über mich hinweggeschwappt und haben mich unterspült. Ich fange vorsichtig mit meinem Hauptproblem an.

»Es ist wegen Ben«, antworte ich. »Er redet nicht mehr mit mir. Oder ich mit ihm. Seit unserem Knatsch auf der Klassenfahrt gehen wir in der Schule stumm aneinander vorbei. Das ist doch kein Zustand, oder? Ich meine, ich habe ihn immer noch lieb. Er ist mein Freund, irgendwie, trotz allem. Wir haben ein paarmal versucht, uns auszusprechen, aber es ist alles so furchtbar kompliziert, und ich weiß nicht, wie ich unser Verhältnis endlich geregelt kriege.«

Ich merke, wie ich immer schneller spreche.

»Es ist so viel passiert in letzter Zeit und mein Vertrauen zu ihm ist futsch. Ben hat sich zu sehr auf Edna eingelassen und ihr tatsächlich als Spion gedient. Aber das weißt du ja alles schon. Das Problem ist: Woher soll ich wissen, ob er das nicht immer noch macht? Oh Gott, ergibt das überhaupt alles Sinn? Jetzt habe ich dich total vollgequatscht, sorry.«

»Nein, nein, ist schon in Ordnung«, meint Rose, sieht allerdings noch besorgter aus als vorher. »Und weiter?«

Weiter? Okay. Damit kann ich dienen.

»Ich habe das Gefühl, ich kriege keine Luft mehr. Was in Edinburgh passiert ist, hat mich total gestresst. Ich möchte mal wieder Spaß haben. Einfach so. Ich möchte Spaß haben auf meiner Klassenfahrt in London wie jeder andere, ist das zu viel verlangt?«

»Was noch?«, fragt Rose geduldig.

»Und dann noch Ashley!«, platzt es aus mir heraus, und ich sehe Bens bitchige Cousine vor mir, mit ihren langen brünetten Haaren, dem übertriebenen Make-up und ihrer Schleimer-Clique, die sie wie einen königlichen Tross hinter sich herzieht. »Jede freie Sekunde klebt sie an Ben, als hätte sie einen Exklusivanspruch auf ihn, und intrigiert gegen mich, dass es nur so quietscht. Und natürlich kriegt sie mit, dass ich deswegen ständig kurz vorm Überkochen bin. Und jetzt kommt die Klassenfahrt, und das wäre eigentlich die Chance meines Lebens, wenigstens den Versuch zu machen, Ben zurückzugewinnen.«

»Aber?«, wirft Rose ein.

»Aber?«, rufe ich. »Du weißt, was das Aber ist.«

»Der Kristall?«

Ich nicke grimmig. »Anstatt mich wie alle anderen in London zu amüsieren, muss ich den Kristall aus meinem Medaillon in die schottische Königskrone bugsieren. Das hab ich inzwischen kapiert. Aber wie soll ich das anstellen?«, frage ich verzweifelt, und meine Gedanken wandern zurück nach Edinburgh, wo ich mit meiner Fluch-Auflösungs-Mission grandios gescheitert bin, weil die blöden Engländer die Krone nach London verschifft haben. »Ich weiß, ich weiß«, fahre ich fort, ehe Rose mir antworten kann. »Ich muss nur den einen Fake-Stein in der Krone durch meinen Bergkristall ersetzen, dann löst sich der Fluch, der seit Jahrzehnten auf unseren Familien lastet, in Wohlgefallen auf. Richtig? Dann passiert nicht mehr so was Schreckliches wie in Edinburgh der Kampf um Opa Angus' Gold. Dann hört Edna auf, uns zu verfolgen, und Ben und ich wären frei. Und Ashley würde sich vielleicht mal einkriegen. Aber wer sagt mir, dass es wirklich das Mittel ist, den Fluch zu lösen, und dass ich an die Krone im Tower überhaupt herankomme, wenn wir in London sind?«

Rose seufzt. »Ach, my precious, was soll ich dir raten? Als Erstes: Halte dich von dem Gold fern. Es verändert den Charakter und bringt kein Glück, im Gegenteil, es macht böse und gierig.«

Sie sieht mir ernst in die Augen und ich nicke artig – was keine große Kunst ist, schließlich ist das Gold, das ich in Edinburgh gefunden habe, nicht in meinem Besitz. Trotzdem weiß ich, wer es nach einer schrägen Massenkeilerei an sich gebracht hat. Sein Name ist Walter Lorenz, er ist zufällig mein Vater und schweigt seit dem Vorfall hartnäckig, wann immer ich ihn auf dieses Thema anspreche. Zwar hat er mir gestanden, dass er das Gold an sich genommen hat und immer noch besitzt, aber warum, wieso, weshalb das Ganze, das will er mir nicht sagen.

»Aber der Kristall«, fährt Rose fort und reißt mich aus meinen Gedanken, »der Kristall, dem folge, er geht seine eigenen Wege, er gehört sich selbst.«

Wow. Klassische Rose-Worte. Tief und unverständlich, die habe ich schon immer geliebt. Was soll ich denn bitte damit wieder anfangen?

»Du hast es oft gehört, du bist es. Du bist für diese Aufgabe auserwählt«, fährt Rose fort. »Hattest du das nicht schon akzeptiert?«

Ich zucke mit den Schultern. Inzwischen liegt mein Besuch bei Deirdre, einer skurrilen, freundlichen alten Dame von Roses Kaliber, schon eine Weile zurück. Sie hat mir von dem Fluch, der auf uns Coopers und den

Cumberlands lastet, erzählt. Und sie hat mir gesagt, dass ich die Hüterin des Kristalls bin. Doch ein Beweis für all das wäre ganz nett. Ein Beweis dafür, dass ich nicht einfach nur völlig übergeschnappt bin und mich furchtbar in diese Fluch-Sache verrannt habe.

»Du willst Fakten«, sinniert Rose, als hätte sie in meinen Kopf geschaut. »Du willst dich erst auf deine Mission einlassen, wenn du Sicherheiten hast.«

Sie gluckst, als sei das absolut komisch. Super. Das kann ich jetzt besonders gut gebrauchen. Es ist doch eigentlich ganz einfach: Ich will, verflixt noch mal, nicht fahrlässiges Opfer meiner eigenen Einbildung und Spinnerei werden. Genau da liegt das Problem: Ich traue mir in meiner eigenen persönlichen Welt selbst nicht mehr, da sie seit geraumer Zeit mit allem möglichem Hokuspokus bis zum Überlaufen gefüllt ist.

»Natürlich will ich das«, teile ich Rose trotzig mit und verschränke die Arme vor der Brust, während ich wieder an Ben denke.

Durch diese umfangreiche Hin-und-her-Verwünscherei wird seit langer Zeit enorm schlechte Laune zwischen unseren Familien verbreitet. Jedenfalls würde Ben, der ausgerechnet zu den Cumberlands gehört, es garantiert für totalen Schwachsinn halten, wenn ich versuche, mich im Tower an die Krone heranzurobben. Der würde mich doch gleich in die Klapsmühle einweisen lassen. Und da sollte ich nicht auf Nummer sicher gehen wollen? Seriously?

»Ach, lassie.« Rose seufzt schwer. »Der Weg ist dein Ziel, verstehst du nicht?« Sie hält für einen Augenblick unschlüssig inne, dann scheint ein Ruck durch sie zu gehen. »Na gut. Du willst es wissenschaftlich? Sollst du haben. Ich kenne in London eine kundige Professorin für Kristallologie, Parapsychologie und Grenzwissenschaften.«

Kristallologie? Was es nicht alles gibt. Ich starre Rose mit offenem Mund an.

»Ihr Name ist Aurora Beatrix Lequeer. Sie ist die führende Naturwissenschaftlerin in der renommierten Janet Horne Society in London und dazu Spezialistin für historische Geologie.«

Geologie? Das ist es, beschließe ich. Und noch dazu historisch? Umso besser. Rose hat recht, diese Professorin wird mir sagen können, ob ein Bergkristall ein Eigenleben entwickeln kann oder ob ich einfach auf ein paar wunderliche alte Damen reingefallen bin. Dabei war ich schon mal viel weiter in meiner Entscheidung. Verdammt, ich möchte auch mal wieder ein normales Leben führen, ohne von irgendwelchen jenseitigen Scherzen belastet zu werden!

»Und wie …?«, beginne ich die Frage, wie ich an sie herankomme.

»Lass mich nur machen«, unterbricht Rose mich. »Warte es einfach ab.«

Na dann, was soll's, los geht's. Fest steht: Jetzt ist der ideale Zeitpunkt, meine Neigung zum Übersinnlichen einem gnadenlos rationalen Härtetest zu unterwerfen. Siegt der unbestechliche Geist der Wissenschaft, könnte ich das ganze Fluch-Business kippen und meine gesamte Zeit und ungeteilte Aufmerksamkeit darauf verwenden, mein Verhältnis zu Ben zu reparieren. Ach, wäre das schön! Ich vermisse es so sehr, Zeit mit ihm zu verbringen. Am Fluss spazieren zu gehen, Mango-Smoothie zu trinken, mit ihm zu lachen, ihn zu küssen …

Ich seufze leise auf und spüre, dass mir durch die Aussicht auf eine Entscheidung eine Last von der Seele genommen ist.

Rose nickt zufrieden (für mein Gefühl ein bisschen zu zufrieden), als hätte sie irgendein Spiel schon gewonnen, dessen Spielregeln ich noch gar nicht kenne. Könnte ich bitte Genaueres über die Qualität ihrer Hintergedanken erfahren? Bevor ich eine höfliche, aber misstrauische Frage stellen kann, ertönt draußen ein lang gezogener, gellender Schrei. Fast wie ein Höllengelächter. Wer oder was war das? Rose zuckt zusammen und springt auf. »Ich muss los!«

Ich sehe sie ungläubig an. »War das Edna, die nach dir gerufen hat?«

Rose schüttelt den Kopf. »Ich hoffe, es war kein böses Omen.« Sie blickt in Richtung der Villa und sieht plötzlich beunruhigt, ja beinahe ängstlich aus. Dann strafft sie sich und wendet sich mit festem Blick zu mir. »Hab keine Angst, child. Ich wünsche dir viel Glück auf deiner Reise«, murmelt sie beschwörend und streicht mir mütterlich über die Haare. »Sei tapfer und wundere dich nicht.«

Ich spüre, wie sich meine Augenbrauen zusammenziehen. Also, *ich* habe keine Angst. *Sie* hat Angst.

»Wie meinst du das? Worüber soll ich mich nicht wundern?«, frage ich argwöhnisch.

»Der Weg mag verschlungen und gefährlich scheinen«, raunt sie. »Aber das Ziel liegt schon hinter dir. Zeit bedeutet nichts.«

Ich starre sie an.

Really?

Die Haustür klappt hinter ihr zu und ich bin allein mit meinen Gedanken. Meine nebulöse Rose, wie ich sie schätze und verehre. Ein echter Klassiker eben.

Eine halbe Stunde später fliegen in meinem Zimmer die Kleidungsstücke durch die Luft. Ich packe für die Klassenfahrt mit Hochdruck Klamotten und sonstigen Kram in meine lila Reisetasche und frage mich, ob ich mich beim Schleppen dieser Unmengen an Zeug womöglich umbringen werde. Neben den Klamotten müssen da nämlich noch andere lebensnotwendige Dinge wie bunte Getränke, pfundweise saure Schlangen, Erdnussflips und ein paar Tafeln Schokolade rein. Immerhin werde ich mit meiner Klasse eine knappe Woche in London verbringen, da tun stärkende Kalorien not – abgesehen davon, dass es im Dezember auch in England kalt ist. Es schreit nach noch mehr Klamotten. Außerdem könnte es böse regnen. Und die Woche drauf winkt dann schon Weihnachten. Hoffentlich friert es nicht plötzlich. Brrrr … Noch ein dicker Pullover? Ein Regencape? Eine wuschelige Wollmütze? Ich hasse diese existenziellen Entscheidungen.

Inmitten meines Auswahlkampfes klingelt es an der Haustür. Wer soll das denn sein, heute, um diese Zeit?

Ich lasse Reisetasche Reisetasche sein, stürme gespannt nach unten und öffne die Tür, vor der ein Blumenbote steht, der mir einen in Papier verpackten Strauß entgegenstreckt.

»Lisa Lorenz?«, fragt er, und ich nicke. »Bitte sehr.«

Er drückt mir den Strauß in die Hand und schon ist er weg. Ich gehe in die Küche und wickle die Blumen aus. Es sind vier dunkelrote Rosen mit ein bisschen weißem Schleierkraut, zwischen denen ein Kärtchen steckt. Mit fliegenden Fingern reiße ich den kleinen Umschlag auf.

Freue mich auf morgen und unsere gemeinsame Reise!
Love, Ben

Ich starre auf die Karte. Kneife die Augen zu. Mache sie wieder auf. Lese. Und lese noch mal. Das steht da wirklich und wahrhaftig. Knapp und kurz und eindeutig. *Love, Ben.* Wenn das keine gute Basis für eine Versöhnung ist … Juhu, damit kann ich arbeiten! Aber gemeinsame Reise? Da sind schließlich noch ein paar andere Leute dabei. Und wieso eigentlich vier Rosen, warum nicht drei oder fünf oder sechs? Wahrscheinlich reichte sein Geld nicht für mehr. Halt die Klappe, Lisa, rufe ich mich zur Ordnung, der Gedanke allein zählt. Schnell tippe ich eine Nachricht in mein Handy.

Danke für die wunderschönen Rosen!!! Ich freue mich auch!!! Luv u 2!!!

Ich suche eine Vase heraus, fülle sie mit Wasser und stelle die Rosen hinein. Sie sind tatsächlich sehr, sehr schön. Die Blütenblätter sehen aus, als wären sie aus schwerem, dunkelrotem Samt. Vorsichtig trage ich die Vase die Treppe hinauf in mein Zimmer und stelle sie auf meinem Schreibtisch ab. Ich arrangiere Rosen und Schleierkraut, damit sie ihre ganze Pracht entfalten können, fasse eine der Rosen ungeschickt an und steche mich prompt an einem Dorn.

Autsch, musste das jetzt sein?!

Dicke Blutstropfen quellen aus meinem Finger und fallen auf den Schreibblock, der auf dem Tisch liegt. Rot wie Blut und Rosen, denke ich und kriege Angst. Verflixt noch mal, ich brauche ein Taschentuch! Ich krame ein Papiertaschentuch hervor und drücke es auf die Wunde, damit sie aufhört zu bluten. Das hat gerade noch gefehlt, ist das ein schlechtes Omen? (Lisa, hör auf!)

Als es plötzlich an der Tür klopft, zucke ich zusammen. Ich bin so damit beschäftigt, meinen Finger zu drücken, der noch immer ziemlich wehtut, dass ich nicht gehört habe, wie Mama nach Hause gekommen ist. Momentan kann sie es nicht lassen, auch sonntags für ein paar Stunden ins Büro zu gehen. Ich weiß nichts Genaues, aber anscheinend stehen demnächst bahnbrechende Ereignisse in der Kleiderfirma an, die sie mit ihrem Chef und Verehrer Martin betreibt.

»Darf ich?«, fragt sie durch die Tür hindurch.

Schon diese zwei Wörter klingen so gut gelaunt, dass ich stutze.

»Komm rein, aber nicht erschrecken«, rufe ich.

Sie öffnet die Tür und erfasst die Lage mit einem Blick.

»Ich hole ein Pflaster«, kündigt sie an und kommt kurz darauf mit einem Pflaster wieder, das ein Einhorn-Motiv zeigt.

»Nicht dein Ernst!«, protestierte ich.

»Stammt wohl noch aus alten Beständen«, erwidert sie grinsend. »Sorry, aber ein anderes habe ich auf die Schnelle nicht gefunden.« Dann tupft sie die Wunde ab, klebt das Pflaster drüber, entdeckt die Rosen und zieht fragend die Augenbrauen hoch.

»Ben«, sage ich erklärend.

»Nett. Aber warum vier …?«

Ich zucke mit den Schultern.

»Na, der Gedanke zählt«, meint sie.

Genau.

Und schon zieht sie mich ohne weitere Umschweife an sich.

»Und schon wieder bist du eine Woche weg«, flüstert sie in mein Haar und drückt mich fest an sich. »Ich werde dich vermissen.«

Ich drücke sie ebenfalls.

»Ich dich auch«, sage ich, während Rose mit ihrem

geheimnisvollen, bedrohlichen Geraune unaufhörlich durch meine Gedanken spaziert.

Schließlich lässt Mama mich los. Staunend betrachtet sie das Ergebnis meiner Packpanik.

»Gut gemacht«, kommentiert sie meine Bemühungen. »Und das, nachdem du behauptet hast, du wüsstest nicht, was du mitnehmen sollst.« Sie seufzt schwärmerisch. »London ist eine tolle Stadt«, erklärt sie. »Ich wollte, ich könnte gleich mitkommen. Allein die Klamottenläden! Wir müssen unbedingt mal zusammen zum Christmas Shopping dorthin. Ich beneide dich.«

»Ich bringe dir was Schönes mit«, verspreche ich ihr.

»Das musst du nicht. Wenn ich Glück habe, komme ich dich vielleicht besuchen.« Noch ehe ich fragen kann, wieso, weshalb, warum, spricht sie schon weiter. »Ach, und vergiss nicht, deinen Vater anzurufen. Der ist nächste Woche auf der Modemesse, bei den traditionellen Fashion Days. Hat er sich noch nicht bei dir gemeldet?«

Ich schüttle den Kopf. Hat er nicht. Aber ich garantiere, dass ich das nicht vergessen werde, das nicht! Bemerkenswert ist, dass Mama mich von sich aus auf Papas Anwesenheit dort aufmerksam macht, obwohl sie, egal ob inner- oder außerhalb der Firma, ständig mit Martin zusammenhockt, mehr jedenfalls als mir (und Papa) lieb sein kann. Papa baggert in letzter Zeit verstärkt Mama an, die ihre Scheidungsklage aber nicht zurückziehen will.

»Könnte sein, dass Martin und ich ebenfalls bei den

Fashion Days auftauchen«, nimmt sie ihren Gedanken von vorhin auf. »Du sollst dir vor allem selbst was Schönes kaufen.«

»Richtig«, sage ich. »Wie konnte ich das nur vergessen? Das bisschen Mode, das du brauchst, machst du dir ja selber«, konstatiere ich.

Sie lacht. »Ach, wenn du wüsstest …«

Meine Ohren wachsen auf Tellergröße. Was kommt jetzt? Die alles verändernde Information …?

»Was denn?«

»Ich rede zu viel«, weist sie sich selbst zurecht. »Wenn alles gut geht … Nein, egal, du musst dich nicht mit unseren Geschäftsplänen herumplagen. Nur so viel: Wenn alles klappt, wirst du dich wundern.«

(Ach, wirklich – erst dann?)

»Du machst Schluss bei Barkers? Und kündigst damit bei Ashton?«, will ich wissen. Leonard Ashton, der leidgeprüfte Vater meines Lieblingshassobjekts Ashley Bitch Ashton, steht auf einer Welchen-Chef-ich-meiner-Mutter-am-meisten-wünschen-würde-Skala nicht unbedingt ganz oben. »Du tust dich mit Martin zu einer eigenen unabhängigen Firma zusammen?«, rate ich weiter.

»Nein, nein, nein!« Mama wehrt meine Neugier-Attacke mit energisch wedelnden Händen ab. »Du musst abwarten. Ich hätte nichts sagen sollen.« Wie zur Ablenkung wirft sie einen Blick in meinen Waschbeutel. »Was würdest du sagen, wenn ich dir was von meinem Lieblingsparfüm mitgebe?«, fragt sie und lächelt verführerisch.

»Dein *Butterfly Dream*? Ist das dein Ernst?«

Mama nickt. Hammer. Ein ganz feiner Duft wie von elfenhaftem Blütenstaub. Ich denke an die Schmetterlinge in meinem Bauch, die zuletzt reichlich zaghaft vor sich hin geflattert und gerade wieder an den Start gegangen sind (ich sage nur: rote Rosen!), und an Bens Gesicht, wenn er diesen Duft an mir riechen würde. Schon sieht das Leben eine Schattierung schöner aus.

»Danke!«, rufe ich und umschlinge Mamas Hals mit meinen Armen.

»Ich gebe dir mein Reisefläschchen mit«, verkündet sie, löst sich von mir und verlässt das Zimmer.

Versonnen sehe ich zum Fenster hinaus auf die kahlen Äste der Bäume. Es wird Zeit für einen Tagtraum von Ben. Von Ben und mir. Von Ben und mir und einer aufregenden, vielversprechenden Reise, egal, wohin mein Weg mich führt. Für einen Moment meine ich zu begreifen, was Rose mir vorhin sagen wollte, dass der Weg das Ziel ist. Diesen Weg werde ich genießen, das schwöre ich mir.

2. Kapitel

Mitten in der Nacht werde ich wach, weil irgendetwas anders ist. Zuerst frage ich mich, was mich geweckt haben könnte – ein Geräusch hat mich jedenfalls nicht aufgeschreckt. Ich lasse meinen Blick über die Zimmereinrichtung gleiten, alles normal so weit. Schlagartig wird mir klar, dass ich alles ziemlich deutlich erkennen kann, es ist ungewöhnlich hell hier drin. Ist schon wieder Vollmond?

Ich lege meine Stirn in Falten, schlage die Bettdecke zurück und gehe hinüber zum Fenster. Unwillkürlich schlinge ich die Arme um meinen Körper, weil es mich fröstelt. Dann sehe ich hinaus und stelle fest: kein Vollmond. Stattdessen sind nebenan in Ednas Zuckerbäcker-Villa sämtliche Fenster taghell erleuchtet, inklusive der vielen Erkerfenster. Das Licht fällt auf ihren Rolls-Royce, der vor dem Haus steht und an dem gerade ihr fieser Chauffeur herumpoliert. Hä? Mitten in der Nacht? Was zum Teufel ist da drüben los? Feiert die einsame

Hexe irgendein höllisches Lichterfest? Oder übt sie schon mal für die Festbeleuchtung zu Weihnachten? Der schlossähnliche Kasten kriegt durch diese Art Beleuchtung jedenfalls etwas verwirrend Magisches.

Gebannt starre ich hinüber und kann den Blick nicht davon lösen. *Rums!* Schlagartig gehen sämtliche Lichter aus. Es herrscht tiefschwarze Nacht. Was war das denn? Ein Kurzschluss, der Edna spontan in der Finsternis versenkt hat, war es bestimmt nicht. Für einen Moment kommt es mir vor, als hätte sie sich von mir beobachtet gefühlt. Vielleicht hat sie sich ja wieder irgendeine Gemeinheit ausgedacht und will nicht erwischt werden (schließlich haben wir noch ein paar Rechnungen offen). Dass sie mir ohne Zögern meinen schützenden Kristall klauen würde, damit sie mich fertigmachen kann, ist kein großes Geheimnis (auch wenn Ben das anders sehen und als kompletten Humbug abtun würde).

Ich reibe mir die Augen und entscheide mich dafür, nicht weiter darüber nachzudenken, sondern stattdessen wieder ins Bett zurückzuschlüpfen. Ich habe mein Medaillon bei mir und habe vor, es zu behalten. Soll die alte Witch doch machen, was sie will.

Ich falle umgehend in tiefen Schlaf und träume davon, dass ich von einem lustig fiependen Tier verfolgt werde, einem kleinen roten Löwen, der mit Karacho auf mich zudonnert. Ich will schon vor ihm davonrennen, da springt ihn ein anderer Löwe an – ein prächtiges, großes, goldenes Exemplar. Sie kämpfen und fauchen, der rote

Löwe flieht, der goldene brüllt und nähert sich langsam von hinten einem Menschen, der sich als Ben entpuppt.

»Lauf!«, schreie ich, aber Ben sieht sich in aller Ruhe um und streckt seine Hand nach dem Löwen aus, die dieser mit einer blauen Zunge ableckt.

Schweißnass schrecke ich aus dem Traum hoch. Was hat das jetzt wieder zu bedeuten? Ich hasse diese verworrenen, bedrohlichen Träume und bin ja schon froh, wenn ich mal nicht von schwarzen Katzen, noch schwärzeren Raben oder Witch Edna mit der schwärzesten Seele der Welt gejagt werde. Aber ein Löwe mit einer blauen Zunge? Sigmund Freud, hilf!

Zu unserem Abschiedsfrühstück sitzen Mama und ich wie sonst auch am Küchentisch. Es ist besonders üppig ausgefallen, offenbar hat sie Sorge, dass ich in London in die Versorgungswüste gerate und vom Fleisch falle.

»Nicht vergessen, immer schön essen und trinken«, rät sie mir. »Zieh dich warm an und verlier nicht deine Sachen. Und wenn du da bist, ruf mich an oder schick mir wenigstens eine SMS.«

Ich fühle mich wie eine unmündige Sechsjährige bei so viel urgroßmütterlicher Fürsorge. Zu jedem ihrer Sätze nicke ich und sage: »Ja, Mama«, bis sie mir eine gut gemeinte Kopfnuss verpasst.

»Okay, okay, ich hab's verstanden«, sagt sie. »Ich weiß, dass du so gut wie erwachsen bist, aber du bist und bleibst nun mal mein Baby.«

Pause.

»Manchmal benimmst du dich auch so.«

Na, vielen Dank auch, es wird immer netter. Ich nicke. »Ja, Mama.«

Sie lacht und gibt mir einen ziemlich dicken Kuss auf die Wange.

»Und was mache ich mit deinen schönen vier Rosen?«, fragt sie und deutet auf die Vase, die ich auf den Küchentisch gestellt habe.

»Die lasse ich dir«, erkläre ich. »Ich kann sie ja nicht mitnehmen, aber es wäre lieb, wenn du mir eine davon trocknen würdest, damit ich sie aufbewahren kann.«

»Mach ich«, erwidert sie.

In diesem Moment pingt mein Handy.

Viel Spaß in London, steht da. *Und viel Glück mit dem, was auch immer du da gerade mit Ben am Laufen hast. Meiner benimmt sich zurzeit ganz ordentlich. Gib deinem Saures. Die brauchen das ;D Jur dschörmän Lieblingsgörlfränd*

Paula! Meine Lieblingsfreundin aus Berlin, mit der ich damals an unserer Schule Überlebenstraining pur geübt habe. Sie schafft es in allen Situationen, mich aufzubauen, per SMS, per E-Mail, per Telefon. Ach, wie gern ich sie mal wieder sehen würde!

Thanx!, schreibe ich zurück. *Ai du, ai will. Melde mich vom Piccadilly Circus XOXOXO*

Draußen hupt es. Ich ziehe die Augenbrauen zusammen. »Ist das ein Taxi?«

Mama schüttelt den Kopf. »Martin hat es sich nicht nehmen lassen, uns beide am Bahnhof vorbeizubringen. Ich fahre mit ihm dann weiter ins Büro.«

Und schon klingelt es an der Tür. Ich folge Mama, sie öffnet und begrüßt Martin mit einer Umarmung, Küsschen links, Küsschen rechts. Ich wüsste gern, wie der derzeitige Stand ihrer Beziehung ist. Es geht zwischen den beiden immer munter hin und her und auf und ab, je nachdem, wie ihre geschäftlichen Meinungen auseinandergehen. Oder Papas gelegentliche Präsenz ihn eifersüchtig macht.

»Da ist ja unsere Weltreisende!« Er strahlt mich an und schließt mich kurz in die Arme. »Wo steht das Gepäck?«

Er hat etwas angenehm Zupackendes und befindet sich gerade in einer Phase zunehmender Ähnlichkeit mit George Clooney (was immer stark vom variierenden Umfang seines Pizza- und Bierkonsums abhängt).

»Theresa und Paul lassen dich herzlich grüßen. Theresa ist ganz neidisch, dass eure Klassenfahrt nach London geht.«

»Glaub ich sofort«, sage ich. Ich mag seine Kinder und manchmal praktizieren wir zusammen so eine Art Patchworkfamilie. »Sag schöne Grüße zurück!«

»Alles klar.« Er hebt meine Reisetasche an. »Was ist denn da drin? Lehrbücher und Wackersteine?«

Humor ist nicht wirklich sein Ding, aber er ist auf knuffige Art und Weise richtig nett. Er schleppt die

Tasche zu seinem Kleinbus und verstaut sie hinten im Kofferraum, dann öffnet er die Seitentür, verbeugt sich und macht eine einladende Gebärde. »Bitte nähertreten zu wollen.«

Ich mache dankend einen komischen Knicks und steige ein. Martin lässt meine Tür zurollen, öffnet die Beifahrertür und lässt Mama einsteigen, anschließend setzt er sich mit elegantem Schwung hinter das Steuer, als wollte er demonstrieren, wie ein richtiger Mann Auto fährt.

»Fahr nicht so schnell«, bittet Mama ihn. »Ich will Lisa gern noch eine Weile behalten.«

»Aye, aye, Käpt'n.«

Er startet den Wagen und lässt ihn anrollen. Kaum hat er das Verbindungsstück zur oberen New Moon Lane erreicht, brettert mit brutalster Lichtgeschwindigkeit ein silberner Schatten an uns vorbei und nimmt uns die Vorfahrt. Edna Cumberlands Rolls-Royce, in dem ich ihren biestigen Fahrer Benedict am Steuer und danach seine hexige Herrin auf dem Beifahrersitz erkennen kann. Auf dem Rücksitz sind orientalisch bestickte Stoffkoffer zu bewundern.

»Ist der verrückt?«, schreit Martin und macht eine Vollbremsung.

»Yep«, stoße ich hervor, als hätte ich Schnappatmung und halte mich verzweifelt am Vordersitz fest, damit meine Schienbeine nicht zertrümmert werden oder mein Nasenbein Schaden leidet.

»Wohin will *die* denn verreisen?«, fragt Mama und setzt sich wieder zurecht. »Egal. Sind wir sie erst mal los, auch nicht schlecht.«

Ach, denke ich, das war es, Edna hat gestern auch gepackt. Aber warum nachts – und warum brauchte sie dafür so viel Licht? War schon eine mysteriöse Nummer. Aber für was Schräges war Edna ja immer zu haben. Auch Mama hat genug unter ihr gelitten, seit sie vor Jahrzehnten ihren Freund Rupert verloren hat, der Ednas Sohn war (eine lange, traurige Geschichte).

»Sorry«, meint Martin und fährt wieder an. »Ist sonst nicht meine Art.«

Martin wäre nicht Martin, wenn er nicht irgendwann anfangen würde, über das Geschäft zu reden, das Mama und er gemeinsam betreiben, eine Firma zum Design und Vertrieb von Frauenklamotten. (Sie designt, er vertreibt.)

»Mrs Wardour hat unsere neusten Umsatzzahlen berechnet. Wir stehen gar nicht so schlecht da. Ich denke, wir müssen die Firma nicht vergrößern.«

»Mmh«, macht Mama, was ein untrügliches Zeichen dafür ist, dass sie eine andere Meinung hat und über das Thema nicht reden will.

Mrs Wardour ist die neue Buchhalterin, die die beiden sich wegen ihres großen Erfolgs in der letzten Zeit leisten können (geschuldet vor allem Mamas genialen Entwürfen). Die robuste Dame ist alleinerziehende Mutter von zwei mörderisch aktiven Zwillingssöhnen, die einem den letzten Nerv töten können. Jedenfalls scheint Martin ziemlich angetan zu sein von ihr.

»Wir reden später. Ich möchte nur nicht, dass wir uns übernehmen«, lenkt Martin ein und fährt mit schönem Schwung vor dem Bahnhof von York vor. Das lang gestreckte Gebäude aus dunkelgelben Klinkersteinen ist mir inzwischen als Ort des Ankommens und Abschiednehmens sehr vertraut.

Wir steigen aus dem Wagen und Martin hievt unter angestrengten Geräuschen meine knallvolle Reisetasche aus dem Kofferraum. Um uns herum lärmt es von hupenden Taxis und kreuz und quer fahrenden, hysterisch klingelnden Fahrradfahrern, und es stinkt nach Abgasen, dass mir die Luft wegbleibt.

Dann stehe ich vor Mama und es heißt Abschied nehmen. Plötzlich nagt das schlechte Gewissen an mir, weil ich ihr nie meine nächtlichen Ausflüge in Edinburgh gebeichtet habe. Sie hat keine Ahnung, wie gefährlich das war (was natürlich auch gut so ist). Und ich? Ich habe keine Ahnung, ob ich mir und ihr solche halsbrecherischen Nummern in London ersparen werde. Umpf. Martin kommt um das Auto herum und bleibt stehen. Er will nicht stören, sensibel wie er nun mal ist (guter Mann, das).

»Ach, komm«, sagt Mama und lächelt tapfer. »Du wirst ganz viel Spaß haben und bist schneller wieder da, als dir lieb ist.«

»Ja. Doof, nicht?« Ich küsse sie noch einmal schnell

auf die Wange und gehe zu Martin. »Danke«, sage ich. »Pass gut auf Mama auf.«

Ich muss daran denken, dass ich gleich das Aas Ashley sehen werde, die vor einiger Zeit Martins Kleinbus so sabotiert und damit einen Unfall verursacht hat, dass Mama vorübergehend ins Krankenhaus musste. Da hat Martin sich klasse verhalten. (Ich muss mich zusammenreißen. Das ist doch hier kein tränentreibendes Kino-Melodram mit einem Abschied für die Ewigkeit.)

Er lacht. »Ich lasse sie nicht unter die Räder kommen, bestimmt nicht. Du hab viel Spaß!«

Wir umarmen einander kurz, dann ich greife zur Reisetasche und zucke zusammen, als ein fieser Schmerz durch meinen Finger schießt. So, jetzt Zähne zusammenbeißen, fordere ich mich auf, das ist doch lächerlich. Martin setzt sich wieder hinter das Steuer. Mama, ebenfalls vom Abschiedsschmerz gepeinigt, ist inzwischen auch schnell in den Wagen gestiegen. Ich winke ihr nervös zu, streiche meine Schuluniform glatt (ich hasse es jetzt schon, sie außerhalb der Schule in freier Wildbahn tragen zu müssen) und stapfe mitsamt der wirklich verflucht schweren Reisetasche Richtung Bahnhofseingang. Dort angekommen, hole ich einmal tief Luft. Oh, wie ich Abschiede hasse.

Ehe ich zum Bahnsteig weitergehe, ziehe ich mein Medaillon mit dem schützenden Bergkristall unter der Bluse hervor und umklammere es mit der Faust, um Kraft für die Reise zu sammeln. Man weiß nie, was einem alles zustoßen kann. Ich muss stark sein, es geht los, sage ich mir, Mission, ich komme. Wenn du es willst. Wenn die Wissenschaft mir grünes Licht gibt, bin ich jedenfalls wild dazu entschlossen. Dann gibt es für mich kein Zurück mehr.

Ich hole noch einmal tief Luft und denke an die bevorstehende Begegnung mit Ben, während ich meinen Blick über die von Mensch und Getier (Hunde in allen Preisklassen) belebten Bahnsteige schweifen lasse. Unsere Reisetruppe ist auf Bahnsteig 5 verabredet, an der siebten Säule. Ich nehme mich zusammen, packe den Griff meiner minütlich schwerer werdenden Reisetasche, ziehe sie energisch hinter mir her und stapfe Richtung Bahnsteig. Je näher ich der Nummer 5 komme, desto bleierner werden meine Schritte. Ob schon jemand da ist? Ich bin ziemlich früh dran, also wer weiß? Der Gedanke an Ben und seine Rosen lässt in mir ein Fünkchen Vorfreude aufglimmen, ihn zu sehen.

Und schon weiß ich, alles wird gut: Von Weitem entdecke ich Bahnsteig 5 und sehe meine drei BFFs Zoey, Sara und Jocelyn ordnungsgemäß an der siebten Säule stehen. Sie winken wie verrückt, als sie mich entdecken, ich winke ebenso wild zurück und fühle mich sofort noch besser. Ich kann sehen, wie Zoey diskret mit dem Zeigefinger in meine Richtung deutet, was nur heißen kann, dass ich mich umdrehen soll, also drehe ich mich pflichtschuldig um.

Und bekomme die schöne Gelegenheit zu beobachten,

wie Ben die Halle betritt, im Schlepptau Miss Ashley, deren Koffer er mitsamt seinem zum Bahnsteig rollt. Sie stolziert hinter ihm her wie eine Königin, was man so natürlich nicht interpretieren darf, denn sie ist ja schließlich ein überaus zerbrechliches Geschöpf in Prinzessinnen-Mode, das jeglicher Hilfe bedarf, um nicht an den Herausforderungen des Lebens zugrunde zu gehen. Kotz. Würg.

Diese bizarre Parade rollt unaufhaltsam auf mich zu. Wegrennen wäre jetzt keine schlechte Option. Help! Dann denke ich an die Rosen und beschließe durchzuhalten.

Meine und Bens Blicke treffen sich kurz, als die beiden an mir vorbeirauschen. Er nickt mir lächelnd zu, ich nicke lächelnd zurück. Wir wollen schon aufeinander zugehen, da drängt sich Ashley dazwischen, dreht mir ihren Rücken zu, als wäre ich Luft, und marschiert mit ihm weiter. Wie vom Donner gerührt sehe ich den beiden hinterher.

Na, das kann ja heiter werden. Ich zermartere mir die ganze Zeit das Gehirn, wie ich während der Klassenfahrt unsere Beziehung halbwegs normalisieren kann, und er lässt sich weiter ausnutzen und ausbremsen? Holy cow! Und jetzt? Dass wir seit drei Monaten umeinander herumschleichen, als hätten wir die Krätze, ist ja schon schlimm genug, aber … Stopp! Aus! Still! Ich liebe ihn doch immer noch, verdammt! Und ich weiß, dass auch er mich immer noch liebt. Ich muss aufpassen, nicht ungerecht zu werden, schließlich ist es dieser verfluchte Familienfluch, der da zwischen uns steht! Der auch ihn steuert und ihn immer wieder merkwürdige Dinge tun lässt. Der muss erst mal weg, deswegen bin ja unterwegs, und dann wird bestimmt alles gut. Hopefully.

Inzwischen ist die Parade auch an meinen Mädels vorbeimarschiert, die beim Zuschauen billardkugelgroße Augen machen.

»Boah«, sagt Jocelyn.

Sara grinst nur.

»Sehr eindrucksvoll«, bewertet Zoey die Lage.

Wir lachen eine Runde, nicht zu auffallend, weil wir nicht irgendwelche Konflikte provozieren wollen, bevor es wirklich nötig wird, und beschäftigen uns vor allem mit allseitigen Umarmungen und ausgiebigen Küssereien.

»Diese Reise verspricht, sehr unterhaltsam zu werden«, meint Zoey und sieht mich provokant von oben bis unten an. »Wenn ich dich so betrachte … Du glühst schon wieder so verdächtig von innen. Was hast du nur wieder vor? Oh, natürlich. Deine Lippen sind versiegelt.«

Sara und Jocelyn schauen verständnislos drein.

»London wird einfach der Hammer, Leute!«, kräht Jocelyn. »Christmas …«

»… Shopping in London«, vervollständige ich ihren Satz. »Ich weiß.«

»Irre Läden gibt es da. Du kommst mit uns mit«, sagt Sara bestimmt.

»Wir kleiden dich neu ein«, kündigt Jocelyn an.

»Keine Chance. Wartet es nur ab«, teilt Zoey ihr wissend mit. »Dafür hat sie null Zeit. Miss-meine-Lippen-sind-versiegelt hat bestimmt schon wieder eigene Pläne.«

Ich schaue so unschuldig wie nur möglich drein.

»Jaja, ich weiß, du hast deine Gründe«, sagt Zoey und legt mir einen Arm um die Schulter. »Die Familiengeschichte, die schottische Ehre, der ganze Bullshit, den du schon in Edinburgh betrieben hast.« Zoey schnaubt durch die Nase. Sie kennt mich zu gut. Ich kneife sie in die Seite und wir brechen beide in Gelächter aus. Bin ich froh, dass ich zusammen mit ihr in einer Gastfamilie bin!

Inzwischen sind die meisten aus unserer Klasse eingetrudelt, Bens Kumpels Ken und Wayne, Ashleys Bitch-Bande und alle möglichen anderen. Wir sind fast komplett und der Zug ist auch schon geräuschvoll eingerattert. Ich beobachte, wie sich alle Hälse Richtung Bahnhofseingang drehen. Dort marschieren drei Figuren ein, Seite an Seite, wie die Glorreichen Drei aus einem fulminanten Neo-Western, fehlt nur die satt dröhnende Kinomusik dazu: Dr. Walker, der gefühlte Zwei-/Drei-Meter-Mann, der unser Vertrauens- und Mathematiklehrer ist, mit tiefschwarzem Vollbart, in dem man einen Kleinwagen versenken könnte, dann Mrs Flynn, unsere mordsmäßig belesene und umtriebige Englischlehrerin, und last, but not least der ehrenwerte Dr. Dagwood Doppler, seines Zeichens staubtrockener Geschichtslehrer, gemütsmäßig geprägt von seinem erdrückenden Lieblingsthema, der gnadenlosen Wucht der industriellen Revolution. Die drei bauen sich vor uns auf und lassen den Blick über die versammelte Mannschaft schweifen.

»Okay, people«, ertönt Dr. Walkers dröhnende Stimme. »Es wird ernst! Simuliert mal, dass ihr euch so ähnlich wie Erwachsene benehmen könnt, und ordnet euch in den Waggon ein wie zivilisierte menschliche Wesen.«

Die Schüler feixen und scharren mit den Hufen, als könnten sie nicht erwarten, den Zug zu stürmen, ihn in Besitz zu nehmen und auf der Stelle zu verwüsten.

»Gesittet hinter mir her, bitte«, flötet Mrs Flynn.

Sie versperrt den Zugang zur Zugtür und gibt ihn dann vorsichtig frei, indem sie betont langsam hineinsteigt. Damit verhindert sie eine Stampede ihrer Schutzbefohlenen über den Bahnsteig und fremde Passagiere hinweg. Zoey, Sara, Jocelyn und ich bleiben beieinander, folgen den anderen nur allmählich und bleiben gleich im hinteren Waggonteil, wo wir uns, nachdem wir das Gepäck unter hemmungslosem Ächzen in die Kofferablage gewuchtet haben, auf die Polster plumpsen lassen. Kaum sitzen wir, fährt der Zug an. In Rekordzeit wird der Süßkram hervorgezaubert und die Limoflaschen kreisen.

Ich habe mir mit dem Rücken zur Wand einen strategisch günstigen Platz mit Sicht in den Waggon hinein gesichert und beobachte interessiert, wo Ben mit Ken und Wayne sitzt und wo Ashley ihren Bitch-Clan inklusive Tim Hobson-Harrington, ihren bescheuerten persönlichen Sklaven, platziert hat. Keine Bewegung whatsoever wird von mir unbeobachtet bleiben. Und kein Gequatsche ungehört.

»Wo guckst du eigentlich immer hin?«, fragt Sara, die meine geheimdienstlichen Beobachtungen offenbar voller Interesse registriert hat.

Ich fühle mich ertappt.

»Dumme Frage«, meint Zoey. »Lisa observiert Ben. Ist ja auch in Ordnung so.«

»Sehr richtig«, antworte ich in erhabener Lahmheit.

»Apropos«, sagt Zoey zu Sara. »Was macht eigentlich dein schottischer Schwarm?«

Ein seltener, aber nachzuvollziehender Gedanke von Zoey, zumal sie in Edinburgh auch so was wie Gefühle für einen netten Typen namens Llewellynn entwickelt hat. Ist aber leider nichts draus geworden (ich würde ihr einen Freund ja von Herzen gönnen!).

»Sean und ich schreiben uns wie die Verrückten und sind glücklich«, sagt Sara, und Zoey, scheint mir, zeigt einen Anflug von wehmütigem Neid.

Leider kann ich nicht aufhören, das Leben ein paar Bänke weiter im Blick zu behalten, speziell Prinzessin Ashley von Affighausen (Gott, kann ich böse sein). Es gibt nur ein Thema, über das sie redet: Jungs, Jungs und Jungs. Und Ben. Und Jungs. Mir wird übel. Meine drei

Mädels bereiten derweil eine generalstabsmäßig geplante Shopping-Orgie vor. Es zieht in meinem Bauch. Wie gern ich den Kopf frei hätte, mich ebenfalls den schönen Seiten des Lebens zu widmen!

Seufzend vertiefe ich mich in einen Stadtplan von London. Ich versuche herauszufinden, wo genau die Gasteltern leben, bei denen Zoey und ich wohnen werden. Wir sind alle auf die Vororte verteilt, Sara und Jocelyn sind in Westlondon im feinen Kensington bei einer offenbar gut betuchten Großfamilie untergekommen. Unsere pakistanische Gastfamilie wohnt in Wapping, einem östlich gelegenen Stadtteil in Themse-Nähe. Das ist eine ganze Ecke weg vom Stadtzentrum, aber die anderen in der Klasse haben es auch nicht besser getroffen, wie ich aus dem Stimmengewirr um mich herum herausfiltern kann.

Die Lehrer sitzen im Waggon in einer eigenen Reihe, aber mittendrin in unserem Radau.

»Ein organisatorischer Leckerbissen«, höre ich Dr. Walkers Bassstimme durch den allgemeinen Lärm dröhnen. Dabei wirkt er, als hätte er Lust, vor lauter Begeisterung seinen Sitz aus der Halterung zu reißen. Mrs Flynn kichert nur, Dr. Doppler sieht noch blasser aus als sonst.

»Dagwood, du bist dran«, fordert Dr. Walker ihn auf.

Dr. Doppler erhebt sich. »Alle mal herhören!« Es dauert eine gefühlte Ewigkeit, ehe auch der Letzte seine

Klappe hält. »Gemeinsamer Treffpunkt ist morgen Vormittag um zehn Uhr am Marble Arch«, ruft er quer durch den Waggon. »Von dort machen wir uns mit der U-Bahn auf den Weg zum Tower. Und zwar in Schuluniform. Um elf sind wir an der Kassc des Tower verabredet, um die Tickets abzuholen. Eure Gasteltern wissen Bescheid. Zehn Uhr! Wer nicht da ist, bleibt draußen, also seid pünktlich!«

»Und die Ankunft in London?«, kräht Hobson-Harrington dazwischen.

»Wir treffen uns alle auf dem Bahnhofsvorplatz«, antwortet Dr. Doppler. »Wer nicht da ist, hat Pech gehabt.«

Brummelnd setzt er sich wieder hin und wirft einen missmutigen Blick auf seine Kollegen. Mrs Flynn kichert wie gehabt. Dr. Walker zeigt den Anflug eines Kopfschüttelns.

»Mir doch egal, ob die kommen oder nicht«, höre ich aus Dr. Dopplers Brummeln heraus.

»Dagwood, wie willst du denn bitte mit dieser Einstellung die Kontrolle über die Meute behalten?«, höre ich Dr. Walker vernehmlich flüstern.

»Dafür haben wir ja dich«, erklärt Dagwood, verschränkt die Arme vor der Brust und lehnt sich entspannt zurück.

Mrs Flynn? Kichert diesmal nicht.

Aber mir ist es egal, welche Kämpfe unsere Lehrer da gerade austragen. Mich interessiert nur eins: dass wir als

Erstes den Tower besichtigen. Besser geht's nicht. Seit unserer Rückkehr aus Edinburgh habe ich tagelang den Grundriss der Festung studiert, mir die Gänge durchs Jewel House eingehämmert, versucht, die verschiedenen Eingänge zur Schatzkammer zu recherchieren, und durchgespielt, was ich mache, wenn ich es tatsächlich schaffe, zur schottischen Krone vorzudringen. Sind ein paar Unbekannte in der Rechnung, ich weiß, aber was soll's?

Während meine Mädels immer noch über Klamotten und die Umstände ihres Erwerbs diskutieren, betrachte ich die idyllische Szene, die sich keine zehn Meter vor meinen Augen abspielt: Ashley, die – halb im Stehen – mit ihrem Körper aufdringlich über Ben hängt und Wayne dabei mit dem Hinterteil bedrängt (er weiß gar nicht, wie er reagieren soll, so peinlich berührt ist er). Dabei redet sie auf Ben ein, als gäbe es kein Morgen.

»Sorry«, sagt Ben an irgendeinem Punkt ihrer Ausführungen freundlich beherrscht. »Ich muss mal.«

Er schiebt Ashley sanft, aber bestimmt beiseite, rettet damit seinen dankbaren Freund Wayne, der heilfroh ist, Ashleys Hintern loszuwerden, und verlässt den Waggon auf der anderen Seite. Ich lasse eine halbe Anstandsminute vergehen, erhebe mich langsam von meinem Sitz und murmle in meine kleine Runde, ich müsste mir mal die Beine vertreten.

Die Mädels sehen kaum zu mir hoch und klären weiterhin, was wir in dieser hammergeilen Stadt alles an hammergeilen Sehenswürdigkeiten zu sehen kriegen, und natürlich, in welchen hammergeilen Läden die schärfsten Bekleidungsteile zu erwerben sind.

Ich hangle mich vorsichtig durch den wackelnden Waggon an den Sitzen der anderen vorbei und greife aus Versehen fast nach der Schulter von Bitchybitch Ashley, weil der Zug in einer Kurve vollends ins Schlingern gerät. Um nicht umzufallen, verkralle ich mich stattdessen in den Arm von Tim Hobson-Harrington, der aufjault wie ein Rauhhaardackel, dem jemand auf den Schwanz getreten ist.

»Kannst du nicht aufpassen?!«

»Ich kann«, sage ich und gewinne mein Gleichgewicht wieder. »Aber manchmal bedarf ich einfach eines starken Mannes Arm.«

»Hä? Willst du mich veräppeln?«, fragt Tim.

Ich verweigere die Aussage, hangle mich weiter, lande im nächsten Waggon und sehe mich um. Kein Ben. Hallo?

Im nächsten ist er auch nicht, im übernächsten auch nicht. Nur gemischte Reisende auf dem Weg in die heiß ersehnte Hauptstadt. Habe ich ihn irgendwie übersehen, hat er sich auf einer Toilette verbarrikadiert? Im vierten Waggon, der in Einzelabteile und einen Gang aufgeteilt ist (ich habe die Hoffnung schon fast aufgegeben), pralle ich dann plötzlich mit Ben zusammen. Er ist offenbar schon wieder auf dem Rückweg, sieht aber beim Gehen zum Zugfenster hinaus, sodass ein Zusammenstoß unvermeidlich ist. (Ich will ihm gerade nicht wirklich ausweichen, kleines taktisches Manöver.)

Krabumm.

»Hey«, stoße ich gequält hervor und unterdrücke einen Schmerzensschrei.

»Oh!«, sagt er und hält mich fest. »Hab ich dir wehgetan?«

Ich schüttle den Kopf und beiße die Zähne zusammen. Denn diesmal bin nicht ich ihm auf den Fuß getreten, wie bei unserer ersten Begegnung im Zug, als ich aus Deutschland kam und mit Mama nach York fuhr, sondern er ist es, der mir mit seinem vollen Gewicht (80 Kilo geballte Muskeln) fast alle Zehen bricht. Verdammt, tut das weh. (Ist für einen guten Zweck, schärfe ich mir ein.)

»Oi«, sage ich mit mühsam beherrschten Gesichtszügen. »Weißt du noch?«

Ben lächelt. »So sorry. War aber keine Revanche. Ich kann meine Zehen selbst immer noch nicht richtig bewegen«, erklärt er und zwinkert mir zu.

Ich zwinkere zurück. Dann sehen wir uns verlegen an. Okay. Zeit für einen Themenwechsel, ehe es peinlich wird.

»Vielen Dank für die Rosen«, sage ich. »Die sind wirklich schön.«

Ben strahlt über das ganze Gesicht. »Hätte ich dir viel früher schenken sollen. Ich meine, jetzt, wo wir die ganze Woche in London sind …«

»Meine Mutter passt auf sie auf«, versuche ich einen Scherz.

»Geht's dir gut?«, fragt er.

Ob es mir gut geht? Sonst nichts? Keine Lisa-ich-vermisse-dich-und-habe-den-schlimmsten-Fehler-meines-Lebens-gemacht-als-ich-dich-an-Edna-verraten-habe-Entschuldigung? Eine fiese Stimme in mir flüstert: Selber schuld, schließlich hast du ihn seit Edinburgh jedes Mal auflaufen lassen, wenn er Signale der Versöhnung gesendet hat.

Das Problem ist: Ich weiß nicht, ob ich Ben wirklich noch vertrauen kann. Der Familienfluch, Edna, der Kristall, das alles schwebt ständig wie eine pechschwarze Wolke über uns … Seufz. Rosen hin oder her. Diese Funkstille zwischen uns bringt mich noch um.

»Geht so«, sage ich ausweichend und sehe ihm in die Augen. Diese umwerfend klaren blauen Augen. »Und du so?«

Ich unterdrücke ein Stöhnen. Prima Aufhänger für eine vielversprechende Konversation über unser gemeinsames Gefühlsleben. Ich arbeite in meinem Gehirn noch an einer Möglichkeit, das Gespräch in eine andere Richtung zu drehen, da ist es schon vorbei. Denn was macht er? Er schaut zu mir herunter, will noch etwas sagen, weiß offenbar nicht, was, und schaut hilflos drein. Oh, oh, sage ich mir, das geht hier gerade wieder schrecklich schief, lass dir was einfallen! Dummerweise bin ich aber selbst total von der Rolle – und da geht er auch schon einfach an mir vorbei zurück in Richtung unseres Waggons. Hallo und noch mal halloooo? Echt jetzt? Instant Mördertotalfrust.

Noch während ich ihm hinterherschaue, wie er sich Schritt für Schritt von mir entfernt, sehe ich ein: Es ist meine eigene Schuld. Schließlich habe ich ihn in den letzten Wochen ziemlich auf Abstand gehalten. Dazu kommt, dass er mir gestern Rosen geschickt hat. Und was mache ich, anstatt ihm einfach um den Hals zu fallen und ihn zu küssen? Bedanke mich artig dafür. Was für ein Gefühlswirrwarr!

Frustriert hangle ich mich zurück zu meinem Waggon, wo er schon wieder in trauter Runde sitzt.

Waaah!

Ich gehe so lässig wie menschenmöglich an ihm vorbei, ohne ihn anzusehen, und lasse mich resigniert auf meinen Sitz fallen. Reagiere nicht auf die Mädels, die mich beunruhigt anstarren und bohrende Fragen stellen wollen, es aber dann doch tunlichst unterlassen, so leidvoll, wie ich dreinschaue. Das hält ungefähr eine Minute an.

»Hrmpf«, macht Zoey.

Ich werfe ihr einen düsteren Blick zu.

»Was?!«

»War wohl nix«, sagt sie nüchtern. Dann stößt sie mir leicht den Ellenbogen in die Seite. »Komm schon, Lisa. Er ist ein Junge. Schon vergessen? Was erwartest du?«

Ich weiß, sie will nur helfen, aber das ist mir zu einfach. Zumal ich an dieser verfahrenen Situation nicht ganz unschuldig bin. Zoey sieht mich erwartungsvoll an. Ich bin ihr eine Antwort schuldig. Tja, was erwarte ich eigentlich? Gute Frage. Die Antwort lautet: keine Ahnung.

Weswegen Zoey sich den Rest der Fahrt auch mit meinem Schweigen begnügen muss.

3. Kapitel

Kaum das wir im Londoner Bahnhof King's Cross ankommen, beginnt in unserem Waggon ein grenzenloses Tohuwabohu um das Einsammeln der Gepäckstücke und den Versuch des gleichzeitigen Aussteigens aller Beteiligten. Dr. Walker kann so oft er will »People!!« brüllen, es hilft nichts. Alle sind froh, am Ort der Verheißung angekommen zu sein, und streben ungehemmt nach draußen auf den Bahnsteig.

»People!!«

Keine Chance. Die entmenschte Jugend trampelt wie beim Viehtrieb in der Steppe von Wyoming nach draußen. Wir vier halten uns zurück und betrachten beeindruckt das wilde Treiben, bis es endlich verebbt, dann stehen auch wir auf dem Bahnsteig, die anderen sind schon weg.

»Hört mal«, sagt Sara. »Wenn wir schon hier sind … Habt ihr auch Lust, schnell auf Gleis 9 ¾ vorbeizuschauen? Da soll Harry Potters Gepäckwagen stehen.«

»Spitzenidee«, meint Zoey, und wir übrigen beiden nicken zustimmend.

Gleis 9 ¾ liegt um die Ecke der echten Bahnsteige und ist tatsächlich als solches ausgewiesen. Da steht der halb in der Ziegelwand verschwundene Gepäckwagen und wartet nur darauf, herausgezerrt oder weiter hineingeschoben zu werden. Was natürlich nicht geht, aber zur Aufnahme lustiger Handyfotos führt.

»Das fängt ja schon mal gut an«, erklärt Sara, der größte Potter-Fan ever, und strahlt.

»Schnell jetzt«, meint Jocelyn. »Sonst gibt's Ärger. Dagwood ist es vielleicht egal, ob wir auftauchen oder nicht, aber mit Dr. Walker will ich mich nicht gleich am ersten Tag anlegen.«

Auf dem Platz vor dem Bahnhof sind die drei Lehrer schon schwer damit beschäftigt, die Schüler auf die diversen Gasteltern zu verteilen.

»Glück gehabt.« Zoey seufzt erleichtert. »Gerade noch pünktlich. Welche sind denn jetzt unsere? Ich kümmere mich darum, du kannst gern hier warten. Und pass auf unser Gepäck auf!«

Manchmal wird sie bossy, aber ich habe in diesem Fall nichts dagegen, so kann ich mich noch ein bisschen entspannen, ehe es mit unserer Hauptstadtwoche so richtig losgeht. Zoey geht mit Sara und Jocelyn zu den Lehrern hinüber, die gewaltig Stress zu haben scheinen. Ich sehe mir in aller Ruhe die Schar der Gastgeber an. Es ist ein buntes Menschengemisch in allen Größen, Farben und Altersgruppen. Ganze Familien sind da unterwegs, fröhlich schnatternde Chinesenpaare, birnenförmige englische Eheleute mit rosa geschrubbten Kleinkindern, Inder, Pakistani, der komplette Völkerbund. Dazu strömen die normalen Passanten, Zugreisende, was weiß ich, vorbei, und ich stehe mittendrin im Gewühl, die pulsierende Großstadt eben. Was für ein Kontrast zum beschaulichen Cliffmoore. Wow.

Während ich dieses exotische Bild voller Interesse betrachte, spüre ich plötzlich ein heißes Gefühl an meinem Hals, als würde mein Medaillon anfangen zu glühen. Sehr merkwürdig. Ich ziehe es an der Kette hervor und sehe, dass es eine rötliche Farbe angenommen hat, wie einer dieser Stimmungssteine, nur dass der Kristall immer wieder die Farbschattierung ändert. Mein Herz beginnt, schneller zu schlagen, und ich sehe mich hektisch um, als könnte ich von irgendwoher Hilfe bekommen. Ich nehme jedoch nur die vielen Menschen wahr, die wie in einem Ameisenhaufen durcheinanderwuseln. Plötzlich bleibt mein Blick an einer alten Frau in einem verschlissenen Mantel hängen, die hastig hinter der Menschenmauer verschwindet, als ich versuche, sie mit meinem Blick zu fixieren. Moment mal. Hat die mich etwa beobachtet?

Jetzt komm mal wieder runter, Lisa, ermahne ich mich, warum sollte sie? Wahrscheinlich habe ich es mir nur eingebildet. Augenblicklich fühle ich mich ruhiger, kann aber nicht aufhören zu grübeln. Seltsam, was da gerade passiert ist.

Ich schaue noch einmal auf den Kristall im Medaillon, aber der funkelt im Tageslicht normal und farbenfrei vor sich hin. Mir bleibt nicht mehr viel Zeit zum Grübeln, denn ich höre, wie Zoey »Lisa!« schreit und mich mit munter fuchtelnden Gebärden zu sich winkt. Neben ihr steht ein lächelndes Paar, das mir ebenfalls zuwinkt. In Windeseile, so gut es mit unserem Gepäck eben geht, lege ich die paar Meter zu ihnen zurück und werde als Erstes von der Frau freundlich gedrückt, während der Mann mir höflich die Hand gibt.

»Mr und Mrs Malik, Lisa Lorenz«, stellt Zoey uns formvollendet vor.

Beide Maliks sind einen Kopf kleiner als Zoey und ich. Sie sind ein sympathisch wirkendes, älteres Ehepaar mit beneidenswert braunem Teint, beneidenswert dichtem schwarzem Haar und beneidenswert großen, dunkelbraunen Augen.

»Unser Wagen steht gegenüber vom Bahnhof«, erklärt Mr Malik. »Es ist nicht weit. Folgt uns einfach, das Gepäck übernehme ich.«

Er hebt frohgemut unsere Reisetaschen an und verzieht das Gesicht. Mrs Malik erschrickt.

»Dein Rücken«, ruft sie.

»Lassen Sie nur, nicht nötig«, sage ich schnell und greife nach meiner Tasche (auch wenn mein kaputter Finger gleich abfällt).

»Das übernehmen wir«, bestätigt Zoey und entwindet ihm ebenfalls ihre Tasche.

Mr Malik schaut betrübt drein, gibt aber klein bei und führt uns zum Bahnhofsparkplatz gegenüber. Dort lässt er es sich nicht nehmen, die Taschen im Kofferraum seines kleinen roten Autos zu verstauen, seine Rückenschmerzen verbirgt er tapfer dabei. Wir steigen ein und er stürzt sich todesmutig in den Verkehr. Zoey und ich bestaunen durch die Autofenster das Chaos in den breiten Straßen, die von zahllosen verglasten Häusertürmen und alten Prachtbauten im Stil des British Empire gesäumt werden.

»Ihr wart noch nie in London?«, fragt Mr Malik. »Ich hoffe, es gefällt euch bei uns.«

»Bestimmt«, sagt Zoey. »Ich bin nie aus York rausgekommen, das ist eher eine kleinere Stadt. Das hier haut einen echt um und dann noch Big Ben und Piccadilly Circus und der Buckingham Palace und überhaupt. Ich freue mich irre, das alles zu sehen!«

Die beiden Maliks lachen zufrieden über Zoeys Begeisterung. Ich freue mich auch wie doof. London ist mit Berlin nicht zu vergleichen, obwohl meine Heimatstadt auch gigantisch groß ist. Aber London hat seine ganz eigene Geschichte, und das ist an jeder Straßenecke zu sehen: all diese wuchtigen, alten Gebäude mit Türmen und Erkern und breiten Fenstersimsen. Ich habe extra ganz viel über Charles Dickens und seine Zeit gelesen – eine spannende, düstere Epoche. Und Oliver Twist habe ich zu Mrs Flynns großer Begeisterung verschlungen. Den Kindern damals ging es echt mies, und ich bin froh, heute zu leben.

Wir fahren aus der Innenstadt hinaus in die Vororte – es wird eine lange Fahrt durch enge Gassen mit Reihenhäusern aus dunkelbraunem Backstein und düstere Straßen mit verlassenen, schwarz verrußten Fabrikhallen. Und auf einmal habe ich das Gefühl, die moderne, quirlige Großstadt ist verschwunden und ich bin mitten in einem von Charles Dickens' Büchern gelandet. Irgendwann dringt ein modriger Geruch wie von verfaultem Wasser durch die geschlossenen Autofenster in unsere Nasen.

»Die Themse«, erklärt Mr Malik. »Hier waren früher die Verladedocks der Frachtschiffe, bevor die Krauts im Krieg alles zerstört haben.«

Die Krauts? Oh, er meint uns, die Deutschen.

»Tut mir leid«, sage ich.

»Nicht deine Schuld«, meint er. »Es wurde dafür vieles neu gebaut. Auch unser Häuschen.«

Und tatsächlich, als wir die verfallenden Straßenzüge verlassen, nähern wir uns einer freundlicher aussehenden Gegend mit einigen Neubauten, in denen auch kleinere Läden und Take-away-Imbisse untergebracht sind. Das Haus der Maliks ist ein kleines, frei stehendes Haus mit zwei Stockwerken. Mr Malik bringt den Wagen zum Stehen und wir steigen aus. Als er den Kofferraumdeckel hochklappt, handelt er sich einen stirnrunzelnden Blick seiner Frau ein.

»Mubashir«, warnt sie ihn. »Übernimm dich nicht.«

Doch diesmal besteht Mr Malik darauf, die Taschen für uns zu schleppen. Glücklicherweise eine nach der anderen.

Keine halbe Stunde später haben wir uns eingerichtet. Unser Zimmer befindet sich in der zweiten Etage, Bad und WC ebenfalls, und wir haben je ein eigenes, breites Bett, luxuriöse Zustände. Zoey und ich freuen uns wie die Bekloppten, so schön haben wir uns das nicht vorgestellt. Wenn das kein Anlass für krachende High fives ist … Zu guter Letzt verstauen wir unsere Reisetaschen in dem geräumigen Schrank, der mit aromatisch riechenden, dicken Papierblättern ausgelegt ist und einen Duft wie aus dem fernen Morgenland aus Tausendundeiner Nacht verströmt.

»Zoey? Lisa?«, tönt es von unten. »Dinner!«

Wir haben uns extra fein angezogen und begeben uns gesittet zum Esszimmer, wo uns Mr und Mrs Malik unter Verbeugungen erwarten. Wir überreichen den beiden zwei große Packungen Chic-Choc-Nugat aus der Schokoladenfabrik von Zoeys Onkel, die sie offenbar gern in Empfang nehmen.

»Das wäre nicht nötig gewesen«, meint Mr Malik, aber wir finden es mehr als nötig angesichts ihrer überbordenden Gastfreundschaft.

»Doch, doch«, sage ich.

»Es ist uns eine Freude«, bekräftigt Zoey.

»Nennt mich Mubashir«, bittet Mr Malik uns. »Schließlich sind wir die nächsten Tage praktisch eure Familie.«

»Ich bin Amina«, fügt Mrs Malik hinzu.

»Hallo, Mubashir«, »hallo, Amina«, murmeln wir und kommen vor verklemmter Höflichkeit bald um. Die beiden lachen gutmütig und bitten uns ins Esszimmer, dann verschwindet Amina in die Küche.

Beim Abendessen geht es laut und heiter und durcheinander zu. Es dauert nicht lange und wir fühlen uns wirklich ganz zu Hause. Amina war in Pakistan mal Krankenschwester und umhegt jetzt hauptberuflich Mubashir, der mit Teppichen handelt, die aus der Wolle von Kängurus geknüpft sind oder so ähnlich. Amina hat Brüder in Bahawalpur im pakistanischen Punjab, die Baumwollsamenöl produzieren und ihr ab und zu ein paar Tässchen davon schicken, die sie verkauft, damit auch sie ein Einkommen hat.

Aber vor allem kann sie kochen. Sie hat uns ein Shami Kabab gemacht, das sich als Geflügelhackfleisch mit gemahlenen Kichererbsen und Gewürzen entpuppt. Gewürze heißt, dass sie neben einer Handvoll Knoblauchzehen (Gott, werden wir morgen stinken!) auch irgendwelche scharfen Sachen daruntergemischt hat, dass uns der Rauch aus den Ohren qualmt. Zoey und ich versuchen verzweifelt, die Schärfe durch den Verzehr von Kandahari Naan, einem runden Fladenbrot aus Hefeteig, zu relativieren, das gleichzeitig als Besteck dient, mit dem wir das Essen mehr oder weniger geschickt in uns hineinschaufeln. Schon nach dem Hauptgericht sehen wir aus wie die Ferkel. Dazu müssen wir verdammt aufpassen, das Brot nur mit der rechten Hand zu essen. Links ist unrein und unfein. (Essen kann so anstrengend sein.) Als Nachtisch gibt es frittierte Teigbällchen, eingelegt in Sirup. Freunde des Essens, Hilfe!

Zoey und mir treten am Ende des Menüs die Augäpfel hervor, wir japsen nach Luft und bedanken uns überschwänglich. Ja, es war lecker, aber es war auch fast tödlich.

»Ich glaub, ich muss zum Verdauen noch mal an die Luft«, erkläre ich.

»Ich komme mit«, sagt Zoey.

»Geht nicht zu weit weg vom Haus«, ermahnt Mubashir uns. »Es treibt sich viel Gesindel herum.«

»Machen wir bestimmt nicht«, versichere ich, dann ziehen wir uns unsere dicken Jacken über, verlassen das Haus unter fröhlichem Winken der Maliks und gehen Richtung Themse. Ich finde, dass es eigentlich eine ganz schöne und auch ruhige Gegend ist, ich weiß gar nicht, was unser Gastgeber hat. Die niedrigen Häuser aus Klinkerstein mit ihren weiß gestrichenen, großen Fensterrahmen wirken ausgesprochen heimelig. Links und rechts der Straße reiht sich ein freundlich aussehendes Restaurant an das andere, da gibt's chinesische, indische und vegane Küche. Dazwischen sind verspielt dekorierte Läden zu finden, in denen man Blumen, Lebensmittel und irgendwelchen Krimskrams kaufen kann. Die pure Idylle.

»Sag mal«, fängt Zoey aus heiterem Himmel an, »wie stellst du dir das eigentlich vor mit Ben?«

Ich weiß, dass Dummstellen in diesem Moment keine Option ist. Trotzdem kann ich ihr keine Antwort auf die Frage geben. »Läuft zurzeit nicht so gut«, erkläre ich deshalb lapidar.

»Ach nee«, erwidert Zoey trocken. »Und wie lange soll das noch so weitergehen?«

»Es ist ein bisschen komplizierter mit uns, als du denkst«, murmle ich und winde mich innerlich. Wie viel kann ich Zoey erzählen, ohne dass sie mich für komplett bescheuert hält? »Da … da hängen unsere Familien mit drin. Es gibt eine unschöne Vorgeschichte zwischen den Coopers und den Cumberlands und da ist er irgendwie drin verwickelt.«

»Hör dir mal selbst zu.« Zoey schüttelt missbilligend den Kopf. »Es ist doch ganz einfach, Schätzchen«, sagt sie mütterlich. »Magst du ihn oder magst du ihn nicht? Der arme Kerl leidet und du lässt ihn am ausgestreckten Arm verhungern.«

»Ich weiß, ich weiß«, sage ich kleinlaut. »Ist bestimmt auch meine Schuld. Es sind eben … die Umstände …«

Was Besseres anstelle von *Fluch* fällt mir leider nicht ein. Zoey sieht mich mit flammendem Blick an. »Tu was!«, fordert sie mich auf.

Natürlich hat sie recht. Ich nicke und weiß, dass ich zwischen meinen Gefühlen für Ben und meinem Vorhaben, erst mal den Fluch aufzulösen, derart eingeklemmt bin, dass ich mich kaum rühren kann. Was für eine Zwickmühle.

Wir biegen um die Ecke und sind an einem alten Dock gelandet. Inzwischen ist es dunkel geworden, aber nicht so dunkel, dass wir nicht erkennen könnten, dass sich vor uns ein Galgen mit einem Strick daran vor dem Abendhimmel abzeichnet.

Zoey kreischt los und ich kriege einen Herzkasper. Das Ding gehört offenbar zu einem Pub mit dunklen Fenstern, der gerade geschlossen ist, und soll wohl die Stelle bezeichnen, wo früher die Piraten hingerichtet wurden, die man erwischt hat. Was, bitte, soll das denn? Ein makabrer Scherz für Touristen? Muss ich das lustig finden?

»Nichts wie weg!«, schreit Zoey und wir nehmen die Beine in die Hand.

Fünf Minuten später haben wir uns wieder beruhigt, begeben uns auf den Rückweg und sehen unsere Herberge ungefähr zweihundert Meter vor uns einladend hell in der Dunkelheit leuchten. An der gegenüberliegenden Straßenecke, auf der Bank vor einem thailändischen Lokal, fällt mir eine gebückte Gestalt in einer Art Kutte ins Auge, die von einer Straßenlaterne matt beleuchtet wird. Was hat der denn an? Er sieht aus wie ein Mönch. Oder ein Kreuzritter.

»Lass ihn, ist bestimmt ein Bettler«, meint Zoey, doch die Gestalt zieht mich magisch an.

»Vielleicht hat er Hunger«, sage ich. »Ist doch ungerecht. Wir haben uns überfressen und er hungert.«

»Gib ihm halt was, wenn du meinst«, sagt Zoey. »Ich geh schon mal ein Stück vor. Der sieht echt gruselig aus.«

Tut er nicht, denke ich, er hat eher etwas Besonderes. Je näher ich komme, desto besser kann ich sein schmales, verwittertes, aber fein ausgebildetes Gesicht erkennen. Er hat einen leicht verwilderten Kinnbart wie ein König von einer Spielkarte, ein ganz ausgefallener Typ. Ich spüre eine unsichtbare, magnetische Aura um ihn herum. Als er den Kopf wendet und mich fragend ansieht, strecke ich ihm meine Hand mit einer Pfundmünze entgegen.

»Haben Sie Hunger?«

»Danke«, antwortet er und nimmt wie selbstverständlich die Münze entgegen.

Er sieht mich mit warmem, freundlichem Blick an, sagt aber nichts mehr. Das Schweigen ist mir peinlich, und ich habe das Gefühl, als müsste ich noch etwas sagen. Es herrscht eine Art persönlicher Spannung zwischen uns, ich kann gar nicht erklären, was ich empfinde. Dann löst sich die Spannung plötzlich, als seine Augen zur Seite schweifen. Ich folge seinem Blick. Und entdecke in ein paar Metern Entfernung einen Raben in der Mitte der Straße. Er steht auf dem Kopfsteinpflaster und betrachtet wechselweise mich und den Bettler. Ich glaube, mich trifft der Schlag. Leider kann ich nicht erkennen, ob er einen diamantförmigen weißen Fleck auf der Stirn hat, wie das böse Tier, das mich zu Hause in Cliffmoore und in Edinburgh verfolgt hat – aber mein Gefühl sagt mir, er könnte es sein. Ist das ein schlechtes Vorzeichen, dass er hier auftaucht? Mir läuft es eiskalt den Rücken herunter.

»Keine Angst«, sagt der Bettler, der meine Reaktion beobachtet hat. »Nur ein armseliges Tier, das sich von Abfall ernährt.« Er lächelt, richtet seinen Blick auf den Raben und bricht mit seiner tiefen, kräftigen Stimme in einen merkwürdigen Singsang aus. »Flog einst hier der gemeine Rabe, die Nahrung er dem Müll entnahm, sein schnelles End fand er im Grabe, er selbst als Müll zu Tode kam.«

Als hätte der Rabe die Worte verstanden, krächzt er den lachenden Bettler laut und wütend an und flattert mit rauschenden Flügeln davon.

»Gib nicht zu viel auf Raben«, meint der Alte und wendet sich wieder mir zu. »Eine überschätzte Gattung.« Dann steht er mühselig von der Bank auf und hält die Münze in der Hand hoch. »Danke noch mal«, sagt er und verschwindet unvermittelt in der Dunkelheit.

Ich sehe ihm verblüfft hinterher. Wo ist er hin? Und was für ein Auftritt! Ich drehe mich um und sehe in der Entfernung schemenhaft Zoey aufgeregt mit der Hand wedeln.

»Ich komme ja schon!«, rufe ich und setze mich in Bewegung.

»War das Riesenvieh da auf der Straße ein Rabe?«, will Zoey wissen, als ich bei ihr ankomme. »Das war ja wie im Horrorfilm.«

Du ahnst nicht, wie recht du hast, denke ich. Ich habe

begründeten Anlass zu der Befürchtung, dass das Miststück mich wieder verfolgt.

»Pah«, mache ich. »Der hat sich bloß verflogen.«

»Grummelt dein Bauch auch so?«, will Zoey wissen.

Ich horche in mich hinein und fühle, dass es mich von innen unangenehm zwickt.

»War doch ein bisschen scharf, das Essen, oder?«

»Aber guuut!«

Wir sind froh, endlich wieder »zu Hause« zu sein. Erleichtert stolpern wir bei den Maliks zur Tür herein und fallen fast auf so eine Art Hausaltar drauf, der am Ende des Flurs steht und auf dem zwischen Räucherkerzen unsere Chic-Choc-Gabe aufgebahrt ist. Krönung des Ganzen ist ein rotes Lämpchen, das die Nugatpackung beleuchtet. Unser Geschenk wird gewürdigt, stellen wir fest. Aus dem Dunkel des Flurs tauchen unsere Gasteltern auf, beide mit besorgten Gesichtern.

»Dem Himmel sei Dank!«, ruft Mubashir, und Amina wirft die Hände in die Luft. »Wir dachten schon, euch sei etwas passiert.«

Au weia, waren wir so lange weg? Irgendwie ist uns das Zeitgefühl verloren gegangen, das wollten wir ganz bestimmt nicht.

»Tut mir leid«, versichere ich. »Alles in bester Ordnung. Wir gehen jetzt ganz schnell ins Bett.«

Die beiden nicken zustimmend.

»Schlaft gut«, sagt Mubashir.

»Gute Nacht!«, sagt Amina.

»Gute Nacht!«, rufen wir fröhlich und klettern die Treppe hinauf in das obere Stockwerk, wo wir uns umgehend bettfein machen und uns in die Federn sinken lassen. Ich schicke schnell noch eine SMS an Mama, dass wir gut angekommen sind.

»Gute Nacht«, flüstert Zoey. »War ein schöner Tag.«

»Ja«, erwidere ich. »Bist du auch so gespannt auf morgen, auf den Tower? Ich kann's kaum erwarten.«

»Ein Haufen alter Steine«, meint Zoey schläfrig.

»Nein, das ist viel mehr. Das ist Geschichte pur, voller Geheimnisse und dramatischer Schicksale. Eingekerkerte Prinzen, erschossene schottische Helden, geköpfte Königinnen, Wahnsinn.«

»Shut it«, brummt Zoey. »Sonst kann ich nicht schlafen.«

»Ja doch«, erwidere ich kichernd. »Schon gut. Der erste Tag war jedenfalls schon mal toll. Das kann gern so weitergehen.«

Tatsächlich? Ich halte inne. Nein, nicht wirklich. Ein bisschen zu aufregend war es dann doch. Erst die Sache mit Ben im Zug. Dann die Alte auf dem Bahnhofvorplatz, der Bettler, der Rabe … Ich spüre: London ist eine Stadt voller verschiedenster Stimmungen und Möglichkeiten, guter wie schlechter. Intensiv und voller Stoff für Träume aller Art. Auch für Albträume. Und morgen nun also der Tower, denke ich. Ich werde die schottische Krone mit eigenen Augen sehen! Und ich muss unbedingt herausfinden, wie ich sie in die Finger kriegen kann, um meine Mission zu vollenden. Wenn denn die letzten Zweifel ausgeräumt sind. Rose wollte sich doch darum kümmern! Wo bleibt ihr Beweis durch die Wissenschaft? Ich bin so aufgeregt, dass mein ganzer Körper kribbelt. Morgen bin ich ganz in der Nähe meines Ziels, morgen wird es richtig spannend! Ich starre große Löcher in die Dunkelheit und werde vor lauter Anspannung garantiert nicht schlafen können.

So kommt es dann auch – aber noch aus einem ganz anderen Grund, den ich nicht einkalkuliert hatte. Zoey übrigens auch nicht. Fakt ist: Das Essen holt uns ein. Unbarmherzig.

»Geht's dir auch so schlecht wie mir?«, krächzt Zoey von nebenan aus der Dunkelheit.

»Schlechter«, krächze ich zurück.

Den Rest der Nacht verbringen wir wechselweise auf der Toilette, die im ersten Stock uns gehört, uns ganz allein, Gott sei Dank!

Nachts höre ich Löwen brüllen. Löwen? Hier in der Nähe muss ein Zoo sein. Hm, seltsam. Der London Zoo ist doch ganz woanders. Oder gibt es hier in dem Stadtteil noch einen?

Während ich grüble, muss ich irgendwann doch eingeschlafen sein, denn als in der Düsternis des Zimmers plötzlich ein *Ping* von meinem Smartphone zu hören ist, schrecke ich hoch und werfe einen Blick auf die Uhr. Es ist gerade mal halb sieben. Verschlafen öffne ich den Text, der da angekommen ist, und lese.

Liebe Grüße von Rose. Hole dich in einer halben Stunde ab. Freue mich! Aurora Beatrix Lequeer

Die Kristallologin, mein Ticket in die Welt der Wissenschaft! Rose hat ganze Arbeit geleistet, und klar, warum nicht so früh, warum nicht jetzt, wann sonst? Das kommt gerade rechtzeitig! In Windeseile ziehe ich meine Schuluniform an und beuge mich über Zoeys Bett.

»Zoey«, flüstere ich. »Bist du wach?«

»Jetzt schon, du Scherzbold«, knurrt Zoey. »Was ist los?«

»Du musst mir helfen«, sage ich. »Ich muss weg. Erzähl den Maliks irgendwas. Ich sehe euch am Marble Arch. Spätestens am Tower.«

Zoey quält sich hoch und hält sich an der Bettkante fest, um nicht ins Bett zurückzusinken. »Wusste ich doch, dass du wieder irgendeinen Schwachsinn fabrizierst. Du bist ein hoffnungsloser Fall.«

Ich will etwas sagen (was, weiß ich selbst nicht), aber sie winkt müde ab. »Spar dir die Erklärungen. Ich hab's schon aufgegeben. Was du mir alles schuldest, kann ich schon gar nicht mehr berechnen.«

»Danke, Zoey, du bist ein Schatz!« Ich hauche ihr einen Kuss auf die Wange und verlasse das Zimmer.

Auf Zehenspitzen gehe ich die Treppen hinunter, drehe den Schlüssel im Schloss lautlos um und lasse die Haustür leise hinter mir zufallen. Uff. Geschafft. Keiner hat was gehört.

Auf dem Gehsteig schlinge ich fröstelnd die Arme um

mich und sehe mich ratlos um. Kein Mensch zu entdecken. Bin ich einem doofen Scherz aufgesessen? Dann höre ich von Weitem ein Knattern, das schnell näher kommt. Und schon biegt eine Art Badewanne auf vier Rädern mit zwei Gartenstühlen drin um die Ecke. Am Steuer sitzt eine ältere Dame im schwarzen Kostüm, die sich ein knallrotes Tuch wie einen Turban um den Kopf gewickelt hat. Als der Wagen direkt vor mir anhält und stechend riechende Rauchwolken ausstößt, springe ich unwillkürlich zur Seite.

»Hallo, Lisa«, ruft die Dame mit tiefer, rauer Stimme gut gelaunt aus der Badewanne heraus. »Hop in!«

Dabei rasselt sie mit ihren zahlreichen metallenen Armbändern wie die Kuh beim Almabtrieb. Angesichts des bizarren Auftritts zögere ich ein wenig, ihrer Aufforderung Folge zu leisten.

»Rose meinte, frühmorgens hätte ich die größten Chancen, dich zu treffen«, sagt die alte Lady, die einen eindrucksvollen Damenbart trägt. »Schön, dass es geklappt hat. Professor Aurora Beatrix Lequeer. Ich freue mich sehr, dich kennenzulernen.« Sie reicht mir ihre schrumplige, schmale Hand, die sich ganz kalt anfühlt.

»Ganz … meinerseits«, stottere ich.

»Bitte anschnallen. Wir wollen keine Zeit verlieren, nicht wahr? Ich muss dir etwas zeigen.«

Als sie meinen Blick auf ihr fragwürdiges Gefährt bemerkt, beeilt sie sich zu erklären, es handle sich bei dem schrägen fahrbaren Untersatz um einen Mini Moke.

»Ganz alt und wertvoll«, behauptet sie.

Angesichts der vielen Roststellen an dem Fahrzeug bezweifle ich die Aussage zumindest teilweise, steige aber trotzdem ein. Da der Wagen quasi nach allen Seiten hin offen ist, fegt der Fahrtwind unangenehm durch meine Knochen. Frau Professor fährt sportlich beziehungsweise wie der Henker persönlich.

»Du interessierst dich also für Kristalle«, ruft sie mir über dem Fahrtlärm zu.

»In ihrer reinsten Form und Bedeutung«, erkläre ich mit lauter Stimme, um mein wissenschaftliches Interesse unmissverständlich zum Ausdruck zu bringen.

»Und du besitzt einen Teil des Royal Scottish Crystal?«, fragt sie und wirft mir einen neugierigen Seitenblick zu.

Ich entdecke ein fiebriges Glitzern in ihren Augen. Zögernd ziehe ich das Medaillon an der Kette hervor, die um meinen Hals liegt.

Frau Professor starrt länger darauf, als es unserer Verkehrssicherheit guttut, dann richtet sie ihre Augen wieder auf die Straße und sagt: »Willkommen in meiner Welt, Lisa. Nenn mich Trixi.«

4. Kapitel

Mir wird angst und bange, als wir durch die Vororte von London fahren und die Straßen und Gassen immer enger und dunkler werden, obwohl langsam die Morgendämmerung heraufzieht. Schließlich biegt Trixi in eine kleine Sackgasse ein, die von niedrigen, dunkelgrauen Reihenhäusern gesäumt wird und an deren Ende sich ein geducktes, frei stehendes Häuschen mit einem Türmchen befindet. Die Eingangstür wird von zwei schlanken, gedrehten Säulen flankiert und ist mit einem Kranz geschmückt. Direkt vor diesem Häuschen hält die Professorin an und steigt aus.

»Willkommen in der Wirkungsstätte der Janet Horne Society«, ruft sie und hilft mir aus dem Auto.

Ich betrachte das alte Häuschen, das vor der Kulisse der Großstadt London wie ein Spielzeug wirkt, und bewundere den Kranz, der aus verschiedenen Kräutern geflochten zu sein scheint. Unter dem Kranz ist in der Tat eine Bronzeplakette mit der Aufschrift »Janet Horne

Society« zu erkennen. Sieht alles irgendwie gemütlich, wenn auch ein bisschen verschroben und nicht wirklich Vertrauen einflößend aus. Was ist bloß das Geheimnis dieses … fast hätte ich gesagt »Hexenhäuschens«?

»Wer ist Janet Horne?«, will ich wissen.

»Komm«, sagt meine neue Freundin Trixi. Ohne die Frage zu beantworten, stapft sie los, dabei lacht sie keckernd, was einen Husten aus den Tiefen ihrer Bronchien auslöst, rasselnd wie ihre Armbänder. Es hört sich an, als würde sie seit Jahrzehnten Zigarren qualmen und dazu Unmengen an Whisky vertilgen. Da ich in dieser gottverlassenen Gegend nicht eine Sekunde allein draußen auf der Straße bleiben möchte, folge ich ihr willig, wenn auch zögernd.

Die Professorin öffnet die Haustür mit einem Sicherheitsschlüssel und knipst das Licht zu einem düsteren Flur an, von dem eine Menge geschlossene Türen abgehen.

»Büro, Laboratorium, noch ein Büro«, murmelt sie erklärend und stapft an den Türen vorbei, bis sie am Ende des Flurs angekommen ist. Dort öffnet sie eine weitere Tür mit einem weiteren Sicherheitsschlüssel. Ihr Schlüsselbund ist so üppig wie der eines Gefängniswärters, konstatiere ich. Sie winkt mir, als sie merkt, dass ich aus Nervosität wie angewurzelt stehen geblieben bin. »Hier entlang, na los!«

Mir wird angesichts ihres barschen Tonfalls immer mulmiger. Was hat sich Rose nur dabei gedacht? Ich bin noch keine vierundzwanzig Stunden da und drehe schon wieder am Rad: Düse mit wildfremden Menschen durch die Gegend und lasse mich auf undurchsichtige Dinge ein, die kein normaler Mensch machen würde. Ich muss einen an der Klatsche haben. Andererseits, nun bin ich einmal da. Also kann ich auch gute Miene zum bösen Spiel machen. Ich gebe mir einen Ruck und setze mich in Bewegung.

Die seltsame Professorin geht voran, eine Treppe hinunter in einen spärlich beleuchteten Gang hinein, an dessen Ende eine Stahltür prangt. Sie dreht sich um und lächelt verschwörerisch. »Du wirst staunen.« Dann öffnet sie umständlich auch diese Tür und zaubert eine Taschenlampe hervor, die wir gut gebrauchen können, denn dahinter wird es dunkel. Sehr, sehr dunkel. Der nächste Gang entpuppt sich nämlich als eine Art Bergwerksstollen; es ist, als würden wir eine Höhle unter der Erde betreten, und so nass und schweflig riecht es auch. Ringsum ist es nun richtig zappenduster. Die Taschenlampe in der Hand der Professorin bewegt sich unruhig hin und her. Nach ungefähr zwanzig Metern sehe ich am Ende des Stollens einen Lichtschein. Aurora-nenn-mich-Trixi-Lequeer knipst ohne Vorwarnung die Lampe aus. »Achtung!«, sagt sie nur und bedeutet mir, ihr weiter zu folgen. Vorsichtig setze ich einen Fuß vor den anderen. Dann sind wir da.

Vor uns breitet sich eine wunderschöne, riesige Höhle aus, in deren Mitte ein See glitzert. Er spiegelt sich in unendlich vielen strahlenden Blautönen bis hin zu Violett in den feucht glänzenden Höhlenwänden wider.

»Wow, wie schön!«, entfährt es mir ehrfurchtsvoll.

»Nicht wahr? Ist es nicht erstaunlich, so etwas mitten in London zu sehen? Ich habe es vor Jahrzehnten entdeckt, das Haus drumherum gebaut und betreibe seitdem hier meine Forschungen.«

Ich drehe mich zur Professorin um und nehme wahr, dass ihre Augen wie die eines Kindes leuchten. An meinem Hals wird es warm.

»Und jetzt hol bitte dein Medaillon heraus.« Wie ferngesteuert ziehe ich das Medaillon hervor, das von innen schimmernd zu leuchten anfängt. »Du kannst es mir gern geben. Na los!«, schnarrt sie und streckt die Hand fordernd aus.

Ein Instinkt sagt mir, dass ich es nicht aus der Hand geben sollte, und schüttle den Kopf. Ich halte das Medaillon nach oben. Der Kristall darin beginnt nun gleißend zu leuchten und entfaltet einen strahlend roten Schimmer, der sich in den Wänden der Höhle bricht. Plötzlich wandeln sich ihre Blautöne in Hunderte funkelnder Facetten von Rot. Es ist fast wie bei einem Feuerwerk.

»Siehst du?«, sagt die Professorin. »Dazu sind Kristalle fähig, die einander kennen.« Fragend sehe ich sie an. Sie lächelt nachsichtig. »Ja, Lisa, aus dieser Höhle stammt dein Bergkristall. Rose weiß es, deswegen wollte sie, dass du es mit eigenen Augen siehst, deswegen hat sie mich zu dir geschickt. Auch Judiths wegen. Es ist keine Hexerei, es ist ein wissenschaftliches Wunder. Du begreifst das, nicht wahr? Dies muss erforscht werden, und zwar nicht nur mit den Mitteln der witchcraft.«

Ich höre nur halb zu und nicke stumm, in den überwältigenden Anblick dieses Naturschauspiels versunken. Mir wird schlagartig klar, dass ich gerade meine Entscheidung gegen die theoretische, allzu kalte Wissenschaft getroffen habe. Ihr fehlt eine ganz entscheidende Dimension, dieses …naja, dieses überwältigend Wundersame. Das hier ist der Beweis, den ich brauchte. Etwas in mir rückt an seinen Platz. Wie schon in Edinburgh bin ich einmal mehr überzeugt zu wissen, was ich zu tun habe. Ich schnaufe tief durch. Here we go again.

»Ich würde gern ein paar Tests mit deinem Kristall machen«, sagt die Professorin. »Rein wissenschaftlich, versteht sich.«

Mein Unbehagen verstärkt sich, mein Unterbewusstsein läuft Amok. »Tut mir leid«, sage ich. »Ich kann ihn nicht hierlassen.«

»Du kannst gern dabei sein und musst den Kristall nicht aus der Hand geben, du könntest als meine Studentin mitarbeiten, sozusagen«, schlägt die Professorin vor und sieht mich merkwürdig mit schräg gelegtem Kopf an.

»Ich … ich kann nicht«, erwidere ich nervös. Plötzlich will ich nur noch hier raus. »Ich habe in London ein Riesenprogramm mit meiner Klasse und nehme den Stein überall mit hin.«

»Schade, schade«, meint sie. »Aber danach vielleicht, was meinst du?«

»Okay, warum nicht?«, lüge ich.

Ich bin absolut sicher, dass ich mich nicht darauf einlassen werde. Außerdem will und muss ich daran glauben, dass ich es schaffe, meinen Kristall in der Krone unterzubringen. Doch das sage ich ihr natürlich nicht. Mir fällt ein, was sie eben erzählt hat.

»Woher kennen Sie Judith und Rose?«, will ich wissen.

Statt zu antworten, hält sie mir mit betont ausladender Geste eine Visitenkarte unter die Nase. *Professor Dr. Dr. Aurora Beatrix Lequeer, Janet Horne Society* steht darauf, dazu ein halbes Dutzend Telefonnummern und E-Mail-Adressen.

»Melde dich einfach, wenn du zwischendurch Zeit hast, vielleicht kommen wir ja doch noch ins Geschäft«, trällert sie unbekümmert, doch aus irgendeinem Grund nehme ich ihr die Ungezwungenheit nicht ab. »Dein Kristall ist eine wichtige Spezies in meiner Forschung und kann die Menschheit weiterbringen.«

Die Menschheit? Kommt mir ein bisschen hochgegriffen vor. Was könnte wirklich dahinterstecken?, frage ich mich. Inzwischen habe ich das Gefühl, sie beobachtet mich wie die Katze die Maus. Und sie hat mir meine Frage immer noch nicht beantwortet.

»Rose«, erinnere ich sie. »Woher kennen Sie die? Und Sie wissen von meiner Großmutter Judith?«

»Oh, Rose und Judith, die verborgenen Schwestern«,

zwitschert die Professorin. »Eine verschworene Gemeinschaft.«

»Was haben Sie mit den beiden zu tun?«, beharre ich auf meiner Frage, und es fällt mir noch eine Bemerkung von ihr ein. »Und wieso könnte witchcraft eine Rolle spielen?«

»Witchcraft ist eine Macht, sie ist Gemeinschaft unter wissenden Frauen, sie ist das Mittel zu einem höheren Zweck. Rose hat es erkannt, weiß es aber nicht.«

Äh, wie? Sie redet mindestens so unverständlich daher wie Rose. Kann so etwas am Alter liegen? Was hat sie da jetzt alles erzählt? Darüber muss ich erst mal nachdenken.

»Und Judith?«

»Hat es gewusst, aber nicht gesagt.«

Ich schaue sie an wie ein Auto.

»Sie starb«, erklärt sie.

Ähm, ja, das weiß ich. Und das soll jetzt eine Erklärung sein?

Die Professorin fixiert mich mit einem unangenehm stechenden Blick und drückt mir ihre Visitenkarte in die Hand. »Du musst es nicht verstehen«, meint sie. »Du kannst ohnehin nichts daran ändern.«

Halloooo? Wo bin ich hier, in der fröhlichen Ratestunde? Aber egal, was auch immer es mit dieser seltsamen Frau auf sich hat, es fühlt sich nicht gut an.

Die Professorin kichert und schließt meine Hand um die Visitenkarte zu einer Faust, dass die Karte zerknickt.

»Ich hoffe, ich höre von dir«, sagt sie. »Hab eine spannende Woche.«

Bemüht, mir meine Verwirrung und Zweifel nicht anmerken zu lassen, sehe ich auf die Uhr. Es ist neun, und ich müsste es pünktlich zum Marble Arch schaffen, wenn ich mich beeile. Mann, bloß raus hier!

»Könnten Sie mich zu meinem Treffpunkt fahren, Frau Professor?«, bitte ich sie.

»Aber selbstverständlich. Jederzeit. Aber nenn mich doch Trixi.«

Trixi fährt mich mit ihrem Mini Moke in der gewohnten Henkerstechnik zum Marble Arch, und ich glaube, ich bin am Ende der Fahrt ziemlich grün im Gesicht. Als ich von Weitem meine Klasse neben dem mächtigen Bogen entdecke, bitte ich sie, fünfzig Meter davor am Bordstein zu halten. Ich will auf keinen Fall mit ihr gesehen werden. Überflüssige, bohrende Fragen, die zu beantworten ich sowieso nicht in der Lage bin, kann ich jetzt nicht gebrauchen. Frau Professor Dr. Dr. Aurora Beatrix Lequeer hilft mir aus dem Auto.

»Danke«, sage ich. »Es war … großartig.«

»Nicht wahr?« Sie lächelt. »Ich wusste, dass ich dich kriege.«

Schon sitzt sie wieder in ihrem Mini und knattert mit fliegendem Schal davon. Ich schlucke. Wie hat sie denn das nun wieder gemeint? Merkwürdig, die Frau, wirklich reichlich merkwürdig. Aber egal. Schließlich habe ich mein erstes Etappenziel erreicht. Schottische Krone, ich komme!

Ich nähere mich unserer Gruppe so unauffällig wie möglich. Zoey, die etwas abseits an einem Baum lehnt, hat natürlich alles mitbekommen und schüttelt missbilligend den Kopf. Sie kommt mir entgegen und hakt sich bei mir unter.

»Wo hast du denn *die* Butterhexe aufgegabelt?«, fragt sie und führt mich zu unserer Gruppe, als seien wir gerade erst zusammen beim Treffpunkt angekommen.

Butterhexe? Was soll das denn heißen?

»Sie ist Akademikerin und eine gute Freundin von Rose«, erkläre ich gespielt entrüstet. »Was hast du in deiner Kindheit bloß für Märchen gelesen?«

Sie bedenkt mich mit einem abschätzigen Blick, der mir bedeuten soll, dass ich, egal was ich sage, eh nicht mehr zu retten bin. »Grins nicht so fettig«, zischt Zoey mir zu. »Du hast echt einen an der Waffel.«

»Aber das ist doch der Grund, warum du mich so abgöttisch liebst«, flöte ich, was mir einen schmerzhaften Knuff in die Seite einbringt.

Zehn Minuten später gehen wir im Klassenverbund ein Stück in den Hyde Park hinein. Auf einer Wiese, die im feuchten Morgentau märchenhaft glitzert, baut sich Dr. Doppler vor unserer Klasse auf, flankiert von Dr. Walker und Mrs Flynn. Sie sehen aus wie Bodyguards, die uns in Schach halten müssen (was wahrscheinlich auch so ist, denn ganz ehrlich: Diesen Flohzirkus möchte ich nicht durch London führen!).

»Macht euch klar, dass ihr nicht nur zum Vergnügen hier seid, sondern vor allem zum Lernen!«, ruft Dr. Doppler mit kieksender Stimme. »Macht euch klar, dass es ein Privileg ist, in London sein zu dürfen. Diese Hauptstadtwoche soll für euch Geschichte, Kunst und Politik persönlich erlebbar machen. Taucht ein in diese Weltmetropole, aber mit offenen Augen! Hier könnt ihr an jeder Straßenecke etwas lernen, London ist lebendige britische Geschichte. Wir erwarten von jedem von euch nach Abschluss der Reise einen individuellen Erlebnisbericht, verstanden?« Unwilliges, zustimmendes Gemurmel. »Gut. Ich werte dieses unqualifizierte Geräusch als klares Ja. Heute tauchen wir ganz tief in die historische Entwicklung der Stadt ein und beginnen im elften Jahrhundert, das ist das Jahrhundert, in dem der Tower of London gebaut wurde. Noch Fragen?«

»Wann ist Lunch?«, will Hobson-Harrington wissen.

Dr. Walker streckt ihn mit einem unwirschen Blick nieder. »Folgt mir, und zwar pronto!«

Ein individueller Erlebnisbericht von *moi*? Ich weiß ja nicht. Wenn ich der werten Lehrerschaft alles preisgegeben hätte, was ich in Edinburgh so an haarsträubenden Dingen fabriziert habe, wäre sie kollektiv in tiefe Ohnmacht gefallen. Und wer weiß schon, was das geschätzte Schicksal dieses Mal mit mir vorhat?

Dr. Walker geht voran in Richtung U-Bahnhof, wir Schüler trotten hinterher. An den Schluss der Karawane setzen sich Dr. Doppler und Mrs Flynn, damit keine Schäfchen vom Weg abkommen und sich in die Läden oder sonst wohin verirren, wo es nicht so lehrreich zugeht.

Ziel unserer Fahrt ist die Station Tower Hill. Die U-Bahn ist proppenvoll. Ich stehe mit meinen Mädels im Gang des Waggons und halte mich krampfhaft fest, um nicht aus der Kurve getragen zu werden. Wir quatschen das Übliche, und ich suche Bens Blick, aber der ist umringt von Ashley und ihren Bitches, die auf ihn einlabern, als hätten sie keinen anderen Grund zum Leben. Ich sehe, wie er seinen Blick genervt wandern lässt, meine mitfühlenden Augen findet und mit einem schiefen Lächeln die Schultern zuckt. Ha, unsere Kommunikation funktioniert wieder! Auch in der Schule hat er mich in den letzten drei Monaten durchaus wissen lassen, dass er nicht mit allem einverstanden ist, was Ashley an ungefragten emotionalen Ausbrüchen über ihn kübelt. Jedenfalls sind wir im Gegensatz zu unserer schiefen Begegnung im Zug back to normal. Und dann geschieht ein Wunder. Ben löst sich aus der Gruppe und hangelt sich zu mir herüber. Ich hangle mich ihm entgegen, sodass wir inmitten lauter fremder Passagiere aufeinanderstoßen.

»Wir treffen uns neuerdings nur noch in fahrenden Zügen«, stelle ich fest und schenke Ben als Entschuldigung für gestern ein Lächeln, darum bemüht, diese Klassenfahrt auch als Chance zur Versöhnung zu sehen. »Vielleicht finden wir ja mal einen ruhigeren Ort?«

Ich sehe ihm in die klaren blauen Augen und habe den Wunsch, auf der Stelle in ihnen zu ertrinken. Die Schmetterlinge melden sich wieder aufgeregt in meinem Bauch. Bin ich froh, dass meine Gefühle für ihn nicht wirklich verschüttet sind! Er nickt zustimmend.

»Doof irgendwie, das alles, was? Ich meine, egal worüber wir reden, zwischen uns steht immer der Streit zwischen unseren Familien.« Er senkt die Stimme und sieht auf einmal ganz traurig aus. »Mich macht das fertig, Lisa, echt. Vor allem weil ich weiß, dass du nicht darüber hinwegkommst. Du misst dem allem noch immer eine riesige Bedeutung bei, stimmt's?«

Mir zerreißt es fast das Herz, Ben so reden zu hören. Aber mir bleibt nichts anderes übrig, als zu nicken.

»Wusstest du, dass Edna einen Wintersitz in London hat?«, fährt Ben fort. »Sie ist schon in der Stadt. Ashley und ich werden sie besuchen. Ich möchte, dass du das weißt. Du musst dir nichts dabei denken, aber du tust es trotzdem, hab ich recht?«

Diese verqueren Gedanken fahren mir sofort in den Magen. Bei uns ist nichts mehr einfach, für uns führt der Weg nicht mehr schnurstracks geradeaus und ich bin in der Tat nicht unschuldig daran, er hat ja so recht. Den Schatten von Edna kriegen wir nie wieder los. Ein Wintersitz in dieser Stadt, perfekt. Klar, dahin ist sie also mit Benedict und all ihren Koffern gefahren. Sie ist überall.

Ich schlucke. »Aber wir versuchen, uns allein zu sehen, ja?« Ich sehe ihn fragend an.

Er nickt und hebt die Hand, um meine Wange zu streicheln. In diesem Moment fährt die U-Bahn in die Station ein und bremst so abrupt, dass ich gegen Bens schlanken, muskulösen Körper geschleudert werde. Mich durchfährt es heiß, als ich mich an ihm festhalte. Er umklammert eine Haltestange und rettet mich mit starkem Griff vor dem Hinfallen. Ich sehe zu ihm auf und ärgere mich, dass ich heute Morgen keine Zeit mehr hatte, ein bisschen von Mamas *Butterfly Dream* aufzulegen. Stattdessen probiere ich es mit meinem schönsten Augenaufschlag. Und tatsächlich: Er wird rot. Mein Ben wird rot! Und ich auch, merke ich. Yes!! Wir sind doch noch nicht verloren.

»Lorenz? Davis?«, brüllt Dr. Walker vom Waggonausgang. »Wo bleibt ihr? Braucht ihr eine Sondereinladung, oder was? Auf geht's!«

Ben und ich kämpfen uns durch den Pulk der Passagiere auf den Bahnsteig. Ich renne in Dr. Walker hinein, der abrupt stehen geblieben ist, während Ben mit elegantem Hüftschwung an ihm vorbei Anschluss an seine Jungs findet, die ihn schulterklopfend begrüßen.

»Nicht verloren gehen«, erklärt Dr. Walker, hält mich auf Armeslänge von sich ab und grinst. »Nicht vom Weg abkommen. Mach keinen Blödsinn.«

»Hab ich nicht vor«, erwidere ich und denke: Der kriegt wirklich alles mit. Was mich daran erinnert, dass ich bei meiner Mission diesmal vorsichtiger sein muss als in Edinburgh. Sollten die Lehrer mich vorzeitig nach Hause schicken, wäre alles verloren. Inklusive Ben.

Auf dem Platz vor der Tower-Anlage stapeln sich die Touristen. Wir sehen Dr. Doppler zu, wie er sich durch den Menschenauflauf zur Kasse vor und dann mit den Tickets in der Hand wieder zu uns zurückkämpft. Seine Kleidung sieht reichlich ramponiert aus.

»Der hat Steherqualitäten«, meint Zoey anerkennend.

Sara legt den Kopf schief. »Traut man ihm kaum zu.«

Jocelyn nickt bestätigend.

»Also *ich* schätze Dagwood-mein-zweiter-Vorname-ist-Industrialisierung-Doppler«, sage ich.

»Wen *du* so alles schätzt«, kommentiert Zoey. »Das wird langsam wahllos. Ich sage nur …« Doch bevor sie das Wort Butterhexe aussprechen kann, bekommt sie zur Abwechslung mal von mir den Ellenbogen in die Seite.

Auf bewährte Weise schlagen uns die drei Lehrer, die inzwischen wahre Kettenhundqualität beweisen, eine Bresche durch die Menschenmassen und schaffen es, uns hinter die wuchtigen Mauern des Towers zu führen.

»Falls wir getrennt werden«, ruft Dr. Doppler uns zu und ordnet unauffällig seine derangierte Kleidung, »kein Problem. Wir treffen uns am Jewel House. Zur Besichtigung der Kronjuwelen.«

Ich weiß, jetzt wird es spannend für mich. Ich bebe

praktisch vor Aufregung und versuche verzweifelt zu verbergen, dass ich kurz vorm Zerplatzen bin.

Werde ich außer den englischen Kronjuwelen ernsthaft auch die von Schottland zu sehen bekommen? Und kriege ich bei der Besichtigung der Ausstellungsanlage genug mit, um einen Plan zu entwickeln, wie ich das Stück Glas in der schottischen Krone gegen meinen Kristall austauschen kann? Glücklicherweise weiß ich nun ja, wie ich erkenne, welcher der Steine aus Glas ist. Ganz einfach: Es ist der Stein, der nicht aufleuchtet, wenn ich meinen Kristall über die Krone halte. Das hat mich meine Begegnung mit der bizarren Professorin in ihrer magischen Höhle gelehrt. Kristalle, die einander kennen, begrüßen sich sozusagen mit einem Lichtschein. Und obwohl mich dieser Gedanke mit Zuversicht erfüllt, setze ich mich bewusst etwas von der Gruppe ab, um meiner Aufregung Herr zu werden und mich auf meine Aufgabe zu konzentrieren.

»Wo willst du denn schon wieder hin?«, will Zoey wissen.

»Ich komme gleich nach«, versichere ich ihr.

»Jaja, die personifizierte Extrawurst geht eigene Wege«, entgegnet sie und winkt ab. »Irgendwann kennen wir dich nicht mehr.«

Ich ziehe Zoey verschwörerisch hinter eine Säule und gebe darauf acht, dass Sara und Jocelyn das nicht mitbekommen, die sich gerade irgendwelche Nachrichten auf ihren Handys zeigen. Ich hoffe, es ist eine von Sean dabei.

»Sei mir nicht böse«, sage ich leise zu Zoey. »Aber ich muss irgendwie an die schottische Krone herankommen, das ist wichtig für unsere Familie.«

»Lisa de Bruce, Chefin des weltberühmten schottischen Königs-Clans«, brummelt Zoey. »Schon klar.«

»Ich kann nichts dafür, dass mein Opa ein schottischer Kämpfer war, ich bin ihm das schuldig, auch wenn er tot ist«, erkläre ich beschwörend. »Auch meiner Großmutter.«

Zoey seufzt. »Okay. Egal was du wieder anstellst, ich cover dich und deinen süßen Hintern, falls etwas schiefgeht. Anscheinend ist es für dein Seelenheil und deinen inneren Frieden ja unheimlich wichtig.« Sie schüttelt den Kopf. »So genau will ich das alles, ehrlich gesagt, gar nicht wissen. Tu, was du nicht lassen kannst.«

Sie ist näher am Sinn meiner Mission dran, als sie ahnt. Aber mehr braucht sie auch nicht zu wissen.

»Du bist so ein Schatziputzi«, flüstere ich und drücke sie.

»Was treibt ihr da eigentlich?«, fragt Sara, die uns entdeckt hat.

»Ach, nix«, beteuere ich.

»Lisa braucht mal eine kleine Auszeit von uns nervtötenden Weibern«, meint Zoey und zwinkert mir dabei verschwörerisch zu. Dann hakt sie sich links und rechts bei Sara und Jocelyn ein und marschiert mit ihnen los.

Gute alte Zoey!

Ich ducke mich wieder hinter die Säule, lasse den nachfolgenden Rest der Klasse davonziehen und drehe mich nach allen Seiten um. Ich stutze. Der Rasen vor den mittelalterlichen Gebäuden scheint irgendwie blasser zu werden, als würde eine undefinierbare Naturgewalt ihm die Farbe entziehen. Unwillkürlich greife ich nach meinem Medaillon, weil ich das Gefühl habe, Schutz zu brauchen. Unruhe steigt in mir auf, und ganz kurz habe ich das Gefühl, als würde der Boden unter mir nachgeben. Der Kristall in meiner Hand wird wärmer und wärmer. Noch während ich zu verstehen versuche, was hier vor sich geht, höre ich hinter meinem Rücken ein Brummen und Schnaufen, das klingt, als würde es von einem Bären stammen. Was zum …?

Ungläubig starre ich den großen Braunbär mit dem hellen, struppigen Fell an, der an mir vorbeiwandert und mich keines Blickes würdigt. Was mich ziemlich froh macht – dem würde ich nur ungern in die Quere kommen. Es wird aber nicht besser, denn ihm folgen drei Löwen, drei ernsthaft echte, majestätische Löwen. Die allerdings wenden ihre Köpfe zu mir und legen sich mir zu Füßen. Es ist wie eine ehrerbietige Huldigung. Eine Huldigung? Ich muss einen Sprung in der Schüssel haben! (Aber es fühlt sich alles so real an.)

»Lisa, aufwachen!«, befehle ich mir.

Diese Erscheinung macht mir Angst. Neben mir schlägt ein Blechnapf auf. Die Löwen erheben sich und spazieren würdevoll davon. Ich sehe zuerst zum Turm des White Tower hinauf, dann blicke ich den drei Tieren hinterher. Sie gehen wiegenden Schritts zum White Tower, in dessen drittem Stock ein vergittertes Fenster offen steht. Jemand muss den Napf aus diesem Fenster geworfen haben. Was ist hier los? Was ist mit mir los?

»Oh«, sagt ein Mann mit einer mir bekannten, wohlklingend tiefen Stimme, der unvermittelt hinter mir zu stehen scheint. »Im 13. Jahrhundert hat der regierende König von England sich die Freude gemacht, Tiere aus aller Welt im Tower zu halten. Seine adligen Feinde hat er im White Tower eingesperrt. Sie hatten keine Chance zu entkommen, deswegen haben sie sich ab und zu bemerkbar gemacht, indem sie alles aus dem Fenster warfen, was nicht niet- und nagelfest war. Was du siehst, hat alles seine historische Richtigkeit. Nicht wundern. Zeit bedeutet nichts.«

Nicht wundern? Zeit bedeutet nichts? Wo habe ich das schon mal gehört? Ich kriege mal eben eine lebendige Geschichtslektion, gehe einfach mal so im 13. Jahrhundert spazieren und soll mich nicht wundern? Natürlich war es Rose, die mir so lebhaft davon erzählt hat. Und ich kann mir die alten Zeiten immer wieder so deutlich vor Augen rufen, dass sie zum Greifen nah sind.

Aber wo ist der Mann zu der schönen tiefen Stimme, wo ist der Bettler aus Wapping? Er ist einfach nirgends zu entdecken, so sehr ich mich auf der Suche nach ihm auch um die eigene Achse drehe. Wieder spüre ich, dass die Welt um mich herum beginnt, sich zu verändern. Ich blicke noch einmal zum Turm hinauf, wo ein Kopf hinter dem Fenster im dritten Stock verschwindet. Trug er eine Krone? Mein Blick richtet sich zurück auf die Wiese vor dem White Tower, die trotz des Winters plötzlich wieder gesund grün wirkt.

Dort sehe ich zwar nicht meinen Bettler, aber dafür eine Schar Raben, die vor dem Turm herumlungert. Ich weiß, das müssen die berühmten Raben aus der Legende sein, nach der das britische Königreich zugrunde geht, wenn sie jemals die Anlage des Towers verlassen. Mich durchzuckt bei ihrem Anblick ein tiefer Schrecken. Gott, wenn das gleichzeitig meine bekannten alten Verfolger sind … Was haben die mich zu Hause und in Edinburgh fertig gemacht! Und jetzt? Hatte der Bettler vielleicht recht damit, die Viecher mit Verachtung zu strafen?

Ich gehe direkt auf die Raben zu. Da steht wahrhaftig wieder dieser schwarze Riesenkerl mit dem Diamantfleck auf der Stirn und würdigt mich keines Blickes.

»Hey!«, rufe ich.

Der Rabe dreht seinen Kopf zu mir hin – um ihn gleich darauf wieder abzuwenden. Er meint offenbar, dass er die Aufsicht über die Kronjuwelen voll im Griff hat und mich nicht ernst nehmen muss, das Mistvieh. Oder er fühlt sich von meinem neuen Freund, dem Bettler, beleidigt. Ich würde ihm jedenfalls gern seinen gefiederten Kragen umdrehen.

»Lorenz!«, brüllt mich eine andere bekannte Stimme wütend an.

Mir ist, als würde ich aus einer Art Trance erwachen.

Erstaunt merke ich, dass ich mein Medaillon umklammere, als wollte ich es zerdrücken.

»Verdammt, Lorenz!« Der allwissende, alles sehende Dr. Walker fixiert mich aus der Ferne mit wildem Blick. »Das hier ist kein Streichelzoo!«

Ich erschrecke bis in die Fußspitzen, werfe die Hände in die Luft und galoppiere dem Rest meiner Gruppe hinterher, so schnell ich kann.

»Sind wir heute ein bisschen von der Rolle?«, fragt Dr. Walker, als ich bei ihm ankomme. »Muss ich noch mehr auf dich aufpassen?«

Ich schüttle so energisch den Kopf, dass meine Haare fliegen. Bloß das nicht. Ich bin froh, dass er mich vor mir selbst gerettet hat, aber mein Verschwörerleben wäre mit einem Schlag zu Ende, wenn er mich zu sehr beaufsichtigen würde. Ich schließe mich also brav dem Zug der Neugierigen an, die sich wie ich auf die Kronjuwelen freuen, und versuche zu verbergen, dass ich am ganzen Körper zittere.

5. Kapitel

An dem Aufbewahrungsort des Kronschatzes, einer ehemaligen Militärbaracke, müssen wir zunächst diverse Sicherheitsschleusen passieren, und ich begreife, warum der fiese Vogel vor dem White Tower so gelassen ist. Der Laden hier ist absolut einbruchsicher. Anschließend werden wir auf einem Laufband an den englischen Kronjuwelen vorbeigefahren, so schnell kann man gar nicht gucken, und schon sind wir wieder draußen. Ich fasse es nicht und marschiere zu Dr. Doppler hinüber, der – garantiert im Auftrag von Dr. Walker – mürrisch seine Schutzbefohlenen durchzählt.

»Und die Honours of Scotland? Der ganze schottische Kronschatz muss doch hier sein, oder?«, frage ich Dr. Doppler, der mich verständnis- und wortlos ansieht und unbeirrt weiterzählt.

Na, dann eben nicht, sage ich mir und sehe mich suchend nach Aufsichtspersonal um, das mir Auskunft geben könnte. Ich entscheide mich für einen großen, dicken, bärbeißigen Wächter im roten Uniformrock mit reichlich Blechorden auf der Brust. Er trägt einen entzückend geklöppelten Spitzenkragen um seinen stiernackigen Hals und auf dem Kopf einen Hut wie einen Riesenmuffin auf einem Teller, wie sie hier alle traditionellen Wächter, die Yeoman Warders, tragen. Der Mann ist ein echter Bilderbuchtyp und freut sich über sich selbst und seine Bedeutung.

»Verzeihung, Sir«, intoniere ich. »Die schottischen Kronjuwelen …«

Weiter komme ich nicht, denn schon bellt er mich wie ein Berner Sennenhund mit sonorer Bassstime an. »Noch in der Stahlkammer im Keller. Sind nicht zu besichtigen.«

Noch?, frage ich mich. Wieso noch?

»Wieso noch?«, frage ich. »Wann …«

Mein prächtiger Wächter schlägt die Hacken zusammen, packt seinen überdimensionalen Schweinegrillspieß, dreht sich um und macht den Abgang. Na super.

Da stehe ich nun und muss mir meine eigenen Gedanken machen, die natürlich ins Nirgendwo führen. Heißt das, die Honours of Scotland werden hier nur vorübergehend verwahrt und gehen bald wieder zurück nach Edinburgh – was bedeuten würde, dass ich von vorne anfangen muss? Das kann doch nicht wahr sein! Ich muss hier an diesem Ort an die Krone herankommen, hier und nirgendwo anders. Die Zeit drängt, lange halte ich das alles nicht mehr aus! Aber wie soll ich es anstellen? Dieser Ort ist besser bewacht als der Goldschatz in Fort Knox, das schaffe ich nie und nimmer. Mein Stimmungspegel fällt auf der Stelle weit unter null. Wundervoll. Wieder nagen Zweifel am Sinn meiner Mission an mir.

Niedergeschlagen wandere ich ziellos in der Gegend herum, wälze sinnlose Gedanken – und stutze. Der Typ da drüben, auf der Bank unter dem Baum, kommt mir seltsam bekannt vor. Ich schüttle den Kopf. Wen soll ich hier denn kennen? Ich bin gerade mal einen Tag da. Trotzdem nähere ich mich der Bank mit zögernden Schritten und finde dort tatsächlich eine vertraute Gestalt in einem Mantel, nein, einer Kutte vor. Ich gehe weiter auf die Bank zu, und wer sitzt da und sieht mich mit freundlichem Blick an? Mein Freund, der Bettler. Natürlich, sage ich mir, wer sonst? Den habe ich schon richtig vermisst, nachdem ich vorhin meinte, seine Stimme gehört zu haben. Ich kann nicht anders, ich muss lächeln.

»Wie geht es?«, frage ich und setze mich wie selbstverständlich neben ihn. Eigentlich komisch, dass ich das mache. »Wie kommen Sie hierher?«

Er lächelt ebenfalls und um seine Augen bilden sich tausend Fältchen. »Gut geht es, danke. Ich kann hier ein- und ausgehen, wie ich will. Keine Mauer kann mir standhalten.« Sein Mund verzieht sich mit diesem Satz zu einem breiten Lächeln. »Ich möchte mich noch einmal für deine Hilfsbereitschaft bedanken, das war wirklich nett. Nenn mich Bob.«

»Lisa«, stelle ich mich vor. »Gern geschehen.«

Er räuspert sich. »Lisa, du interessierst dich also für den ersten schottischen König und seine Krone? (Woher, äh …? Aber nein, wir wundern uns nicht.) Ich kenne jemanden, der die letzten sechshundert Jahre Geschichte Großbritanniens kennt wie kein anderer. Außer mir natürlich.« Er lächelt wieder und nestelt einen vergilbten Zettel aus seiner Kutte, der aussieht wie ein Stück altes Pergament. Ich nehme ihn ein wenig verwundert entgegen und lese.

Master Malcolm de Burgh. Historian Extraordinaire. Dazu die Adresse. Ein außergewöhnlicher Historiker? Wieso trägt der wundersame Bob so etwas bei sich?

»Ich kenne die Geschichte Englands und Schottlands zwar aus eigener Anschauung, aber Malcolm kann sie dir besser erklären und dir weiterhelfen – er ist berühmt für seine Kenntnisse«, fügt er lächelnd hinzu.

Ich starre auf den Zettel. Der Name kommt mir nicht im Geringsten bekannt vor. Woher auch? Aber, Moment mal, wollte Bob der Bettler mir gerade diskret zu verstehen geben, dass er sechshundert Jahre alt ist? Ausgefallener Humor. Ich sehe auf, um den kleinen feinen Scherz zu machen, dass er sich dafür gut gehalten hat, aber er ist weg, einfach weg, als hätte er sich in Luft aufgelöst.

Ich starre zurück auf das Papier in meiner Hand. Malcolm de Burgh, da steht es. Okay. Warum ihm nicht einen Besuch abstatten? Was habe ich zu verlieren? Nichts. Ich kann nur gewinnen.

»Lorenz!!«, brüllt eine allzu bekannte Stimme.

Hinten am Ausgang zum Burghof steht Dr. Walker und wirbelt mit den Armen wie eine Windmühle. Dabei bleibt mir auch ein Augenrollen nicht verborgen, das ich sogar von hier aus sehen kann. Oh, oh. Ich weiß, das Wohlwollen meines gestrengen Gönners sollte ich nicht überstrapazieren, das hätte schreckliche Folgen. Ich lasse mich also mit der Menge der Touristen in seine Richtung treiben und kann mich im Strom der Menschen kaum bewegen. Dabei spüre ich unvermittelt und deutlich einen heißen Schmerz auf meiner Brust. Keuchend ziehe ich das Medaillon hervor, das erneut rötlich schimmert, gleichzeitig merke ich, wie eine fremde Hand nach meinem Hals greift. Ich schreie auf.

»Hey«, brüllt eine Stimme neben mir. »Diebe!«

Die Hand lässt von mir ab. Jemand fasst mich an der Schulter und sieht mir erschrocken ins Gesicht.

»Geht es dir gut?«, fragt Ben.

Ben! Mein Held, mein Retter!

»Danke«, rufe ich aus, während mir das Herz bis zum Hals klopft. »Vielen Dank! Ich glaube, jemand wollte meinen Kristall klauen.«

»Ist ja noch mal gut gegangen«, meint er. »Alles in Ordnung bei dir?«

»Never better«, sage ich und vergesse augenblicklich die heiße Stelle auf meinem Brustbein, die unangenehm pulsiert. Dass gerade er es gewesen ist, der mich gerettet hat! Ich könnte jubeln vor Freude.

»Komm schnell«, sagt Ben und zieht mich mit sich. »Walker ist schon so was von stinkig wegen dir, gleich platzt er. Man könnte meinen, er ist eifersüchtig.«

»Auf dich? Du spinnst.«

Auf so was Absurdes können nur Männer kommen. Was mich aber viel mehr beunruhigt als Dr. Walkers Gemütszustand, ist das merkwürdige Gefühl, das ich auf der Haut gespürt habe, und der Umstand, dass mein Kristall geleuchtet hat. Wie war das? Ein Kristall erkennt den anderen und reagiert auf ihn?

»Und du bist sicher, dass jemand mein Medaillon stehlen wollte?«, frage ich Ben, während wir uns einen Weg durch die Massen bahnen.

»Hätte ich sonst ›Diebe‹ gebrüllt? Natürlich«, antwortet Ben.

»Hast du gesehen, wer es war?«

»Keine Ahnung«, sagt er. »Das ging so schnell, vergiss es. Hauptsache, du hast das Ding noch.«

Das Ding? Bisschen lieblos, die Wortwahl. Manchmal wundere ich mich, dass er so weit weg ist von meinen Empfindungen. Ben dreht sich zu mir und sieht meinen Blick.

»Sorry, das Medaillon natürlich«, sagt er. »Ich wollte dich nicht beleidigen.«

Na bitte, er ist eben doch kein Klotz. Ich lächle ihn an und folge ihm, als er uns weiter mit dem Ellenbogen Raum verschafft. Was lerne ich nun aus diesem irritierenden Vorfall? Auf alle Fälle, dass irgendjemand auf meinen Kristall scharf ist. Die spannende Frage aber lautet: War irgendein anderer Kristall in der Nähe? Einer, der aus der Höhle stammt und nicht Aurora Lequeer gehört? Und waren Dieb und Kristallträger identisch? Hm, oder es war Trixi höchstpersönlich. Aber die ist doch von Rose geschickt …?

Die Menge der Touristen um uns löst sich immer mehr auf und wir kommen zügig voran. Dr. Walker wirft mir einen Blick zu, der Bände spricht. Ich muss mich ab sofort zusammenreißen, schärfe ich mir ein, bloß nicht mehr auffallen. Ben streicht mir kurz über den Arm, dann verschwindet er mit seinen Kumpels in Richtung U-Bahn. Ich schließe mich dem allgemeinen Schultross an, in dem ich allerdings meine Mädels nirgendwo entdecken kann. Der Schrecken über das, was mir eben passiert ist, steckt mir noch in den Knochen. War es Zufall oder verfolgt mich wirklich jemand? Mein Kristall hat mich jedenfalls einmal mehr vor einer Gefahr gewarnt. Und Ben hat mich gerettet.

Yay!

»Hey, da bist du ja«, begrüßt Zoey mich auf dem U-Bahnsteig von Tower Hill, wo sie mit Sara und Jocelyn auf mich wartet.

»Wo warst du?«, will Sara wissen. »Ich hab dich gar nicht mehr gesehen.«

»*Ich hab* Lisa gesehen«, sagt Jocelyn unschuldig. »Vor uns auf dem Laufband im Jewel House.«

Zoey wirft mir einen fragenden Blick zu, ich reagiere mit einem enttäuschten Achselzucken.

»Warst du mit Ben zusammen?«, fragt Sara.

»Ja. Aber viel zu kurz«, berichte ich und nicke.

»Komm«, fordert Jocelyn mich auf. »Da drüben ist er. Wir steigen bei ihm ein.«

Ach, wenn ich diese rührenden Freundinnen nicht hätte. Wir vier steigen also in die U-Bahn und stellen uns neben Ben und seine Kumpels.

»Na, Jungs?«, sage ich. »Wo seid ihr untergekommen?« Erst mal ein harmloses Thema so zum Anwärmen.

Ben zeigt mit dem Kinn auf Ken und Wayne und erzählt. »Wir wohnen mit Tim bei einem Polizisten-Ehepaar.«

»Der Mann ist ein ganz harter Kanten«, wirft Ken ein. »Die hatten zwei schwer erziehbare Söhne im Haus. Einer sitzt im Knast, der andere ist bei einem britischen Sonderkommando in Afghanistan.«

»Jetzt üben die an uns, was sie bei den eigenen Idioten versäumt haben«, ergänzt Wayne. »Hände auf den Tisch, Wasser, Brot und Porridge zum Frühstück, und das Ganze noch mal als Abendessen. Ein Traum.«

»Die Matratze ist mit Stroh gefüllt, das Bettzeug ist aus Polyester«, berichtet Ken. »Da kann kein Schwein drin schlafen.«

»Und dann die Stinkefüße von Hobson-Harrington. Übel«, meint Ben.

»Das waren deine«, erklärt Wayne und rempelt Ben mit der Schulter an.

»Kein Käse so krass wie deiner!«, ruft Ben. »Vielleicht sollte ich die Schule wegen seelischer Grausamkeit verklagen?« Und lacht. Er lacht und ich sehe seine Grübchen! Diese wundervollen Grübchen! Ich kriege die Krise, wenn ich den Anlass zu diesem Lachen betrachte, so peinlich pubertär finde ich das alles, aber was soll's?

»Krieg dich ein«, sagt Zoey wie immer leise, wenn sie mich in einem solchen Zustand sieht. »Was willst du, er ist ein Junge. Immer noch nicht kapiert? Ein Junge.«

Jaja, ist ja gut. Männer. Recht hat sie, vor allem nachdem ihre Chatbeziehung mit ihrem geliebten Llewellyn aus Edinburgh in Rekordzeit den Bach runtergegangen ist.

(»Grün hinter den Ohren«, hat sie danach bedient erklärt. »Eine ganz unreife, untreue Tomate.«)

Ich aber leide an massiven Entzugserscheinungen und nehme einiges an Dummheiten in Kauf.

»Beee-hen!«, flötet es zu allem Überfluss aus dem Hintergrund.

Natürlich. Miss Ashley Arrogant Ashton.

»Kommst du mal? Ich brauche dich.«

»'tschuldigung«, murmelt Beee-hen mir zu. »Wir reden noch, ja? Ich find's ätzend, aber du weißt ja, ich muss.«

Jaja, ich weiß. Kann die mal ihre ganzen öden, abgestandenen Verhaltensmuster ablegen? Bei *der* Erziehung geht das wohl nicht mehr wirklich. Trotzdem bin ich gespannt auf den Tag, an dem Ben mal richtig auf den

Tisch haut. Aber bis dahin heißt es wohl warten, warten, warten. Außer ich kriege diese Woche doch noch die schottische Krone zwischen die Finger. Grrrr!

Am Treffpunkt auf der Wiese in der Nähe vom Marble Arch versammeln die Lehrer uns noch einmal um sich. Die Gasteltern, die bereits auf uns warten, halten höflich Abstand.

»Morgen«, ruft Dr. Walker in die Menge, »morgen erlebt ihr das literarische London. Mrs Flynn führt euch zu Schauplätzen der berühmtesten Bücher und den Lebensorten der größten englischen Autoren.«

Mein Herz blüht auf. Wusste ich's doch. Mrs Flynn ist der treueste Fan all der wunderbaren alten Schinken, die Dickens jemals geschrieben hat.

»Ich sage nur Charles Dickens«, zwitschert Mrs Flynn. Genau. »London steckt voll von Geschichten über ihn und von ihm.«

»Und über die Folgen der industriellen Revolution«, intoniert lautstark und unvermeidlich Dr. Doppler. »Ich sage nur Maschinenzeitalter, Kinderarbeit! Dickens war mit zwölf Jahren selbst Hilfsarbeiter in einer Fabrik für Schuhcreme.«

»Da könnt ihr mal sehen, wie gut ihr es habt«, sagt Dr. Walker trocken. »Handys, Make-up und irregeleitete Hormone, das ist euer Leben.« Er räuspert sich. »Macht was Vernünftiges aus dem Rest eures Tages.«

Eifrig Pläne schmiedend, löst sich die Gruppe unserer

Schüler auf. Alle streben zu ihren jeweiligen Gasteltern, auch Ben wird gleich von seinem Polizisten-Ehepaar mit Beschlag belegt, keine Chance auf eine Verabredung zu einem Gespräch. Um ehrlich zu sein, kann ich momentan auch gar keine gebrauchen, jedenfalls keine, die meinen Aktionsradius einschränkt. Kein gutes Zeichen, ich weiß, aber ich habe wirklich etwas sehr Wichtiges vor: einen Besuch in der Geschichte. Bin gespannt, wohin der mich führt und ob er mich überhaupt weiterbringt.

Die Maliks freuen sich, Zoey und mich zu sehen, und fahren mit uns nach Hause. Sie wollen uns sofort wieder bekochen, aber ich bin mir nicht sicher, ob ich eine weitere Attacke der pakistanischen Küche überlebe. Außerdem muss ich erstens diesen einen Besuch absolvieren und mir zweitens einen Schlachtplan für meine Mission überlegen. Ich brauche dringend eine Auszeit.

»Tut mir leid«, sage ich, als wir mit den Maliks, die reichlich bedröppelt wirken, in ihrem Hausflur stehen. »Aber ich wollte noch mal weg.«

»Nur was Kleines zum Knabbern?«, fragt Mubashir, während seine Frau uns mit einem aus dem Nichts hervorgezauberten Teller mit Keksen in der Hand flehentlich ansieht.

»Ich besorge mir unterwegs ein Sandwich«, verkünde ich. »Zoey, du bleibst doch hier?«

Zoey sieht unruhig auf den Boden, und ich denke, so kenne ich sie gar nicht.

»Ich muss noch etwas erledigen«, erklärt sie schließlich. »Etwas Persönliches. Ich kann leider auch nicht bleiben und am Essen teilnehmen. Morgen bestimmt wieder.«

Amina sieht aus, als hätten wir ihr das Herz gebrochen, Mubashir hat offenbar Magengrimmen. Ich weiß, dass die Maliks uns eigentlich allein nicht rauslassen dürfen, aber einfach zu nett sind, um uns einen Ausflug zu verbieten.

»Wie?«, frage ich unverblümt. »Was heißt persönlich?«

»Persönlich persönlich«, antwortet Zoey. »Persönlich wie in geheim. Kennst du doch.«

Sie sieht mich streitlustig an. Was ist denn jetzt los? Seit wann hat *sie* Geheimnisse vor *mir*? Ich bin hier diejenige, die Geheimnisse hat! (Scherz.)

»Bin schon still«, sage ich und streichle ihr besänftigend über den Arm. »Tut uns wirklich leid«, versichere ich den Maliks. »Aber es ist so aufregend, hier in London zu sein! Und wir sind bald zurück.«

Auch eine kühne Behauptung. Eigentlich ist es gemein, dass wir ihre Gutmütigkeit ausnutzen, denn schließlich tragen sie die Verantwortung für uns. Aber so richtig verboten haben die Lehrer es ja nicht. Was hat Dr. Walker gesagt? Macht was aus dem Rest eures Tages. Und genau das habe ich vor.

Zoey und ich machen uns kurz frisch. Während ich mich kämme, verabschiedet sie sich schon. »Tschüss, bis nachher. Ich werde abgeholt.«

Sie wirkt ungewöhnlich in sich gekehrt. Ob ich mir Sorgen machen sollte? Und von wem wird sie eigentlich abgeholt? Sie geht die zwei Treppen nach unten und ich höre die Haustür zuklappen. Schnell hechte ich in unserem Zimmer zum Fenster und schaue hinunter. Zoey steigt hinten in eine große blaue Limousine, am Steuer ein beschlipster Mann im Anzug, neben ihm eine Frau im Kostüm. Wer um Gottes willen kann das sein? Keine Idee. Vielleicht erzählt sie mir heute Abend davon. Oder auch nicht. Wegen meiner eigenen chronischen Geheimniskrämerei. Aus Prinzip. Seufz. Da haben wir's. Es rächt sich alles auf der Welt. Schicksal, ich ergebe mich.

Ich weiß, dass ich erst mal konzentriert nachdenken muss, bevor ich mich zu de Burgh aufmache. Gerade bin ich mir nämlich gar nicht mehr so sicher, ob ich tatsächlich einen mir vollkommen unbekannten Mann besuchen sollte, den mir ein weiterer völlig unbekannter Mann als Historiker empfohlen hat. Bin ich lebensmüde? Mama würde mir den Hals umdrehen, wenn sie wüsste, was ich hier für Aktionen starte. Jedenfalls brauche ich jetzt einen Park oder so was. Plötzlich fällt mir das überraschende Löwengebrüll in der Nacht wieder ein, und ich beschließe, zunächst den London Zoo zu besuchen. Und komischerweise weiß ich mit Sicherheit, dass mein erster Weg zu den Löwen führen wird.

Nachdem ich unseren Gasteltern mitgeteilt habe, dass

ich noch in den Zoo will, drückt mir Amina ein verpacktes Sandwich in die Hand, damit ich in den Straßen von London nicht spontan verhungere.

Das ist sooo nett! Aber ich werde im Großstadtdschungel schon nicht umkommen. Schließlich bin ich ein ausgebufftes Berliner Kind, das sich Arm in Arm mit Paula auf Abenteuersuche durch Gewühl und Gefahren der heimischen Metropole geschlagen hat. Harhar.

»Take care«, sagt Amina, und Mubashir klopft mir jovial auf die Schulter. »Don't be too late«, rät er mir.

Ich könnte heulen bei so viel Fürsorglichkeit.

»Thanks«, murmle ich, stecke dankbar das kleine Fresspaket in die Tasche und eile auf die menschenleere Straße. Dort drehe ich mich noch einmal um, winke den beiden zu, bis die Haustür zugeht, und beobachte, dass sie mir noch durch das kleine Fenster nachschauen. Dann drehe mich entschlossen um und suche mir meinen Weg zum Zoo.

Die alte, dunkel begrünte Zooanlage, die selbst während dieser Jahreszeit immer noch hübsch aussieht, ist nur spärlich besucht, kein Wunder bei dem lausigen Wetter. Ich gehe zur Kasse und kann zunächst niemanden hinter der Glasscheibe entdecken. Ich klopfe gegen das Fenster, einmal, zweimal.

»Hallo?«

Nichts. Dann bewegt sich im äußersten Winkel des Kassenraums eine dick in mehrere Schals eingemummelte Gestalt, eine Frau mit zusammengewachsenen Augenbrauen. Sie sieht abweisend und dabei ein wenig beängstigend aus.

»Eine Schülerin für jetzt«, bestelle ich.

Sie gähnt mich an und zeigt einen Einblick in ihren Rachen, den ich mir gern erspart hätte. »Wir schließen demnächst«, kündigt sie an.

»Macht nichts«, sage ich.

»Wenn du meinst«, murmelt sie, druckt mir ein Ticket aus und kassiert ihr Geld ein. Besucher können so störend sein.

»Danke«, sage ich freundlich und füge fast ein »Und schlafen Sie schön« hinzu, unterdrücke diesen Wunsch aber, um nicht ein schlechtes Beispiel für die Jugend von heute abzugeben.

Kurz darauf stapfe ich mit knirschenden Schritten über die sandigen Wege, die von einem Regenguss noch ganz nass sind, und passiere dabei kleine Grüppchen unförmig und wetterfest gekleideter Besucher, die allesamt dem Ausgang zustreben. Die Erde und die Pflanzen am Wegesrand verströmen einen feucht-modrigen Geruch und geben mir das Gefühl, als wäre ich auf einem Friedhof gelandet. Ich komme bei den Hyänen und den Erdmännchen vorbei (deren flinke Putzigkeit offensichtlich *nicht* vom Wetter abhängt) und stoße schließlich auf die Löwenanlage und eine Bank, auf der ich mich dankbar niederlasse. Allerdings erst, nachdem ich die Spuren des letzten Regenschauers weggewischt habe.

Okay, ich bin da, wo ich hinwollte. Einer tiefen Besinnlichkeit zum Zwecke des Nachdenkens steht nun nicht mehr das Geringste entgegen. Schneefall setzt ein. Und so sitze ich frierend auf der harten Holzbank vor dem Löwen, der wie ein Denkmal seiner selbst vor mir auf einem Felsen hockt (muss der alte Afrikaner nicht noch mehr frieren als ich?). Wir sehen einander unverwandt in die Augen, während sich auf seinem Kopf ein Häufchen Schnee sammelt. Was für ein Bild. Wir sind die Ruhe selbst und genießen die einsame Zweisamkeit.

»Hallo?«, rufe ich schließlich zum Löwen hinüber. »Soll ich da hingehen oder soll ich's lassen?«

Er antwortet nicht.

»Sag mal was!«

Er schaut mich nur tiefsinnig an. Schließlich gähnt er. Wie die Frau an der Kasse. Die beiden sind sich einig, dass der Tag für sie zu Ende ist. Na fein, ich kann Hinweise annehmen. Was mir noch einfällt, ist, dass Papa sich noch nicht gemeldet hat, obwohl die Fashion Days bald anfangen. Auf die ausstehende Aufklärung zum Thema Gold bin ich jedenfalls gespannt, ich muss ihn dringend anrufen, aber nicht jetzt. Jetzt gibt es Wichtigeres zu tun. Nur fällt mir zum Tagesordnungspunkt ›Erstürmung des Towers‹ im Moment leider nichts Brauchbares ein, und weil auch der Löwe mir keine Auskunft geben will, denke ich, ich sollte jetzt mal aktiv werden, einfach, um aktiv zu werden. Und so steht mein Entschluss fest: Ich werde mit der U-Bahn in die Innenstadt fahren. Ich habe dort einen Besuch zu erledigen.

In der U-Bahn-Station drücke ich mich an den miefenden Menschenmassen auf dem Bahnsteig vorbei, immer in Angst, ich könnte beklaut werden, und entdecke in einer der unverputzten, roh dastehenden Wände die versteinerten Abdrücke von urzeitlichen Austernmuscheln und Seetang. Die Stadt ist älter, als ich dachte. (Mubashir hat gestern beim Abendessen erzählt, dass sie beim Ausschachten der U-Bahn am King's Cross ein versteinertes Mammut gefunden haben. Auch was Hübsches.) Ich krame noch einmal den pergamentenen Zettel aus der Tasche, den der Bettler mir in die Hand gedrückt hat, und tippe Malcolm de Burghs Adresse in mein Smartphone ein. Fünf Sekunden später weiß ich, dass die Adresse in der Nähe von Soho ist. Dort steige ich aus und finde mich bald auf einer engen, belebten Straße inmitten einer Ansammlung gut besuchter Läden, Pubs und Restaurants wieder. Das Getümmel mit seinen bunten, blitzenden und blinkenden Lichtquellen kommt mir sehr unwirklich vor. Und so stapfe ich an Unmengen von raffiniert dekorierten Fenstern mit verschiedensten Auslagen vorbei – Mode, Delikatessen, Schnickschnack, den der Mensch nicht braucht. Dabei halte ich mein Smartphone in der Faust und versuche verzweifelt, mich in den schmalen Straßen zurechtzufinden, während ich mich durch immer dichtere Menschenmassen hindurchschlängle. Was mir da begegnet, ist eine Mischung aus grau gewandeten Büroangestellten, jungen Frauen im kurzen Rock und mit weitem Ausschnitt und verwegenen Typen im T-Shirt (im Dezember!), dazu rothaarige Japanerinnen, blonde Afrikaner und obendrein der Straßenverkehr samt Taxis, Mopeds und Autos. Als Krönung gibt es zwei Reiterinnen auf stolzen Polizeipferden, die sich unbeirrt mit majestätischem Schritt ihren Weg durch das Durcheinander bahnen und ganz im Wilder-Westen-Style allein mit ihrer Gegenwart für Recht und Ordnung sorgen.

Tief beeindruckt starre ich den Pferdehintern hinterher, bis sie nicht mehr zu sehen sind, und frage mich, wie ich mich hier noch zurechtfinden kann. Ich schaue auf mein Handy, sehe nach links und nach rechts, habe keine Ahnung, wo ich bin, da entdecke ich an der Straßenecke hinter mir, notdürftig von einer Straßenlaterne verdeckt, eine bekannte, hagere Gestalt. Hm, mal überlegen. Scharfes Profil, tief liegende Augen, kriminelle Energie? Bingo! Es ist das reizende Kerlchen aus der Nachbarsvilla in Cliffmoore, Benedict der Biestige. Verdammt! Musste das jetzt sein?

Ich denke gar nicht lange darüber nach, was er von mir will. Das Gold, das ich nicht habe, ist immer eine schöne Option, das Medaillon ebenfalls, oder er will mir schlicht an den Kragen, weil Edna ihm den Auftrag gegeben hat – just for the fun of it. Jetzt fragt sich nur, wie ich ihn loswerde. Die Polizeipferde, meine Freunde und

Helfer, sind jedenfalls schon mal weg. Ich setze mich in Bewegung. Nach ein paar Metern ändert sich das Straßenbild, ich finde mich vor einer kunstvoll geschmiedeten Schranke wieder, über der sich ein mächtiger, aus Holz geschnitzter Bogen wölbt. Er ist mit verschnörkelten Ornamenten, Drachen und anderem Getier geschmückt und erstrahlt in roter, weißer und goldener Farbe. Mit einem blauen Dach. Schick. Dahinter erstreckt sich auf beiden Seiten einer schmalen Straße eine schier unendliche Reihe an chinesischen Läden und Restaurants. In dieser Fußgängerzone tummeln sich Hunderte von Chinesen, alte, junge, große, kleine, Frauen wie Männer. Es ist, als befände ich mich in Peking oder Shanghai – oder einfach nur in Londons Chinatown. Es sind nur wenige Touristen unterwegs und plötzlich fühle ich mich ziemlich einsam. Über die Köpfe der Chinesen hinweg sehe ich Benedict herankommen. Ich muss mir etwas einfallen lassen. Ich werfe einen Blick nach links und nach rechts, um einen geeigneten Fluchtweg zu finden. Die chinesischen Restaurants, Massagesalons und Lebensmittelläden sind allesamt in Häusern untergebracht, die aus dem achtzehnten Jahrhundert stammen, die Jahreszahlen an den Fassaden zeugen davon. Neben mir tut sich vor einem Restaurant ein schwarzes Kellerloch auf. Ohne zu zögern, springe ich hinein und lande auf einem Sack voll Reis, der augenblicklich aufspringt, sodass sich die Körner in einem weißen Strom über mich ergießen. Ein zierliches Männchen taucht aus der Dunkelheit auf, flucht auf Mandarinchinesisch auf mich ein, und ich bin froh, dass ich ihn nicht verstehe.

»Sorry, sorry, sorry«, rufe ich und stürze mich todesmutig in die Finsternis des angrenzenden Raumes. Dort stolpere ich über einen weiteren Sack, knalle mit dem Knie an einen Holzbalken und entdecke einen Lichtschein, der von oben kommt. Hinter mir höre ich weiteres Gefluche, was bedeutet, dass Benedict mir immer noch auf den Fersen ist und gerade meinen verärgerten Chinesen noch mehr verärgert hat. Ich entdecke den Zugang zu einer engen Treppe und laufe hinauf. Meine Schultern berühren beim Hinauflaufen links und rechts die Wand, und ich habe die vage Hoffnung, dass mein Verfolger, der hinter mir her poltert, hier stecken bleibt.

Die Treppe mündet in einen schmalen Gang, der vermutlich ins nächste Haus führt. Mein Weg ist durch eine kleine Holztür versperrt, die keinen Griff aufweist und sich dementsprechend nicht öffnen lässt – zumindest nicht von dieser Seite. Mir bricht der kalte Schweiß aus. Ich nehme Anlauf, so gut das in der Enge geht, und ramme die Tür mit der Schulter. Verdammt, tut das weh! Aber sie knirscht in den Fugen, das ist gut. Beim zweiten Anlauf gibt sie nach und macht den Weg in den nächsten schmalen Gang frei. Ich hetze über die knarrenden Bohlen und platze ungebremst in den nächsten Raum. Drei Augenpaare starren mich entsetzt an. Ich stehe in einem winzigen Zimmer, das offenbar zur Vorbereitung von Essen dient, denn die drei chinesischen Damen vor mir sind dabei, kleine Teigtäschchen zu kneten, zu füllen und zu falten. Dabei haben sie allerlei wehrhaft aussehende Gerätschaften wie Nudelhölzer und breite Messer in der Hand. Das könnte meine Chance sein, denke ich, verbeuge mich hastig ein paarmal und fuchtle mit den Händen in der Luft, um ihnen klarzumachen, dass ich verfolgt werde. All die anwesenden Damen zwitschern freundlich und eifrig nickend auf mich ein, sodass ich den Eindruck habe, sie könnten mich verstanden haben. Ich verbeuge mich noch einmal und bewege mich seitlich an ihnen vorbei zu einer Tür, die sich hinter ihnen auftut. Ich öffne sie, winke den Frauen zum Abschied zu und schließe die Tür leise hinter mir.

Gerade als ich die Treppe dahinter hinunterrenne, höre ich hinter mir empörtes Gekreische, das auf das Eintreffen meines Verfolgers schließen lässt. Es poltert und rumpelt und hört sich an, als würde er Opfer einer hübschen Tracht Prügel. Yay, es hat funktioniert, die Segnungen des Nudelholzes! Geschieht ihm recht!

Am Ende der Treppe gerate ich in eine Küche, in der ein uralter Chinese gerade eine tiefbraun lackierte Ente nach der anderen von Haken herunterholt, die von der Decke hängen. Die Enten sehen arg nackt aus, aber sehr, sehr lecker. Ich lächle ihn an, denke, auch hier kann Höflichkeit nicht schaden, und bewege mich unter vielen Verbeugungen rückwärts in den nächsten Raum – wo ich prompt auf diverse Säcke Reis und einen Mann stoße, der mich ungläubig anschaut und seine Hände schützend über einen Sack Reis hält, der direkt neben ihm steht – nebst einem aufgerissenen Exemplar. Mein Herz setzt für einen Schlag aus. Ach, du lieber Gott, hier war ich schon mal.

»Sorry, sorry, sorry«, wiederhole ich mich und klettere zum Kellerloch hinaus auf die Straße. So viel zu alter britischer Architektur. Alles ist so verwinkelt und miteinander verbunden, dass man auf Umwegen irgendwann da landet, wo man angefangen hat. Das macht mich nicht gerade optimistisch, was den Weg zu Malcolm de Burgh angeht.

Schnaufend sehe ich mich um, um herauszufinden, wo ich hergekommen bin, bevor ich Benedict hierhergelockt habe. Ich durchquere die Straße bis zur Schranke, gehe unter dem chinesischen Prachtbogen hindurch und verlasse Chinatown, nicht ohne einen Blick hinter mich zu werfen, ob der Miesling mir erneut auf den Fersen ist. Ist er aber nicht. Ich hoffe, dass ihn die Teig verarbeitenden Damen gehörig in die Mangel nehmen, und gehe wieder in den rein englischen Teil von Soho hinüber.

Natürlich haben Edna und Benedict in ihrer Winterresidenz irgendetwas Gemeines ausgeheckt. Warum sonst sollte die alte Hexe gerade dann in London residieren, während wir hier auf Klassenfahrt sind? Ich werde mir darüber klar, dass Benedict mein Leben definitiv noch nicht verlassen hat und so lange nicht verlassen wird, bis Edna erreicht hat, was sie will. Aber was ist das wirklich?

Ich weiß es nicht, und ich weigere mich, jetzt darüber nachzudenken. Eins nach dem anderen, sage ich mir. Und mache mich auf den Weg zu Malcolm de Burgh.

6. *Kapitel*

Nachdem ich eine Weile durch hochherrschaftliche Straßen mit gepflegten Gärten gelaufen bin, wird das Viertel zwar ruhiger, aber auf andere Weise unübersichtlicher. Und dunkler. Die Häuser werden kleiner, die Hecken um die Gärten höher. Ich habe das Gefühl, mich durch eine Wildnis von Gassen, finsteren Torbögen und Durchgängen zu schlagen, ein Labyrinth, das ich in dieser Großstadt, die so viele breite Prunkstraßen besitzt, nicht erwartet habe. Mein Handy spinnt komplett, als ich versuche, mich damit zu orientieren. Es wirkt irgendwie, als wären alle technischen Funktionen außer Kraft gesetzt, als hätten moderne Gerätschaften in diesem Umfeld ihr Recht verloren. Nach einer Weile bekomme ich das Gefühl, mich komplett verlaufen zu haben, und drehe mich verstört um.

»Can I help you?«, fragt mich ein ganz in Schwarz gekleideter Passant, aber ich schüttle nur den Kopf und haste weiter.

Inzwischen habe ich echt Angst und halte jeden Fußgänger für einen möglichen Taschendieb. Oder was Schlimmeres. Nach der Adressenangabe muss Master de Burgh hier wohnen, genau hier. Aber es gibt keine Hausnummer oder irgendeinen anderen Hinweis.

Tschilp.

Ich kriege echt zu viel. Als ich zum dritten Mal an dem verwunschenen Park in der Mitte eines winzigen Platzes vorbeikomme, der von einem schmiedeeisernen Zaun umschlossen wird, gebe ich es auf. Es hilft alles nichts, ich muss jemanden nach dem Weg fragen. Ich sehe mich suchend um und entdecke zu meiner Erleichterung eine elegant gekleidete Dame mittleren Alters, die vordergründig nicht so aussieht, als wollte sie mir einen Knüppel über den Kopf ziehen. Bereitwillig hört sie sich an, wo ich hinwill. Ihre Augen leuchten auf. »Oh dear. This is it«, teilt sie mir mit. »See?«

Sie deutet mit einem für viel Geld manikürten Zeigefinger auf ein Häuschen, das sich im Miniaturwald des Privatparks verbirgt, wie ich erst jetzt sehe. In einem der Fenster flackert eine Kerze.

»Danke«, sage ich erleichtert und gehe auf die schmiedeeiserne Tür zu, in deren Schloss ein riesiger Schlüssel mit verschnörkeltem Griff steckt.

Ich drehe ihn um und taste mich in der Dunkelheit des dichten Baumbewuchses vorsichtig den schmalen Weg entlang, der zu dem Häuschen führt. Ich brauche gar nicht zu klopfen, denn wie von Geisterhand öffnet sich die Tür von allein. Meine Augen müssen sich erst an die fehlende Beleuchtung des Flurs gewöhnen, ehe sie eine gebückte Gestalt ausmachen, die sich tief vor mir verbeugt.

»Willkommen«, sagt das Männchen, das da vor mir steht. »Malcolm de Burgh. Du musst Lisa sein. Bob schickt dich, nicht wahr?«

Mich durchfährt der Gedanke, wie seltsam es ist, dass ein Bettler namens Bob einen Freund mit Park und Schlösschen (möge es noch so klein sein) in einer der besten Wohngegenden Londons hat. Zögernd trete ich ein. Der Flur ist bis an die Decke mit Bücherregalen gefüllt, die bis zum Überlaufen vollgestopft sind. Wir kommen an einem Wohnzimmer und einem Arbeitszimmer vorbei, beide randvoll mit Büchern. Selbst die Küche, in die er mich geleitet, weist über und neben dem Herd (tatatataaa!) noch mehr Bücher auf. Das ganze Haus ist eine einzige Bücherhöhle.

»Du befindest dich in einem Buchladen«, erklärt Master de Burgh. »Ich lebe davon.«

Ich nicke, denke allerdings gleichzeitig, dass dies der seltsamste Buchladen ist, den ich je in meinem Leben gesehen habe, und es sind alles Geschichtsbücher, so weit ich erkennen kann.

»Meine Spezialität ist Historisches«, führt Master de Burgh aus, während er mit flinken Fingern einen Tee aufbrüht. »Wenn jemand etwas über britische Geschichte wissen will, kommt er zu mir.«

Er reicht mir eine Tasse, an deren Inhalt ich nur ganz vorsichtig nippe. Zu unrecht. Der Tee ist köstlich.

»Nach einem mittelalterlichen Rezept«, führt der Master aus. »Aus dem Orient. Hast du davon gehört, dass das einbalsamierte Herz von König Robert I. the Bruce bis ins Heilige Land gereist ist? Stimmt nicht. Woher ich das weiß? Elizabeth de Burgh, die zweite und letzte Ehefrau von Robert, ist meine Vorfahrin.«

Ich hätte Lust, ihn zu fragen, warum er das a) loswerden musste und b) ob er kürzlich mit ihr gesprochen hat, beiße mir aber auf die Zunge. Stattdessen stelle ich ihm meine alles entscheidende Frage: »Stimmt es, dass einer der vier Kristalle in Roberts Krone aus Glas ist?«

Master de Burgh kichert. »Das nenne ich mal eine direkte Frage. Du scheinst Ahnung zu haben. Natürlich. Sonst hätte Bob dich nicht geschickt. Die Antwort ist …«

Er macht eine Kunstpause.

»Ja?«, frage ich.

Was soll die künstliche Dramatik? Er scheint richtig Spaß daran zu haben, mich auf die Folter zu spannen.

»Die Antwort ist Ja!«, trompetet er heraus, als würde er die Eine-Million-Euro-Frage einer Quizshow beantworten. »Isabella MacDuff, die Gräfin von Buchan, die Witwe von Roberts Erzfeind John Comyn, hat den Kristall bei der Krönung entwendet.«

Endlich!, sage ich mir. Endlich kann ich mir ganz, ganz sicher sein. Aber ich sehe schon, dass der große Historiker noch etwas loswerden will, allerdings noch ein bisschen die Spannung erhöhen möchte, indem er reichlich sinnlos in seiner bestens gerührten Teetasse herumrührt. Endlich spricht er weiter.

»Du musst wissen, König Robert the Bruce hatte John Comyn umbringen lassen, weil der ihm den Anspruch auf seinen Thron streitig machte. Isabella wollte durch den Diebstahl Robert schaden und sich selbst mit der Macht des Kristalls Schutz verschaffen. Du hast von der Kraft des Bergkristalls gehört?«

»Das habe ich«, werfe ich mit wackelnder Stimme ein.

Die Sache hat mit Mord angefangen. Es war der Urbeginn des Fluchs! Wie schaurig.

»Es heißt, erst wenn der fehlende Kristall in die Krone zurückgekehrt ist, wird die Seele von Robert the Bruce Frieden finden.«

Nicht nur seine, denke ich. Alles ist wahr. Der Fluch hat mit Robert the Bruce begonnen, er muss mit Robert the Bruce enden. Ich stöhne unwillkürlich auf. Deirdre hatte recht. Ich bin die Auserwählte, die diese Aufgabe zu Ende bringen muss.

»Wenn der Kristall in falsche Hände gerät, ist großes Unheil zu erwarten«, sagt Master de Burgh und seine düstere Miene jagt mir einen Schauer über den Rücken. »Ein falsches Wort der Beschwörung pflanzt sicheren Tod in den Kristall. Und wenn jemand Gefährliches, jemand Heimtückisches die anderen Kristalle aus der Krone brechen würde und sie dann zusammenfügt, würde die Macht des Bösen triumphieren in der Welt.

Der Frieden wäre auf ewig verloren. Der Besitzer dieses zusammengefügten Kristalls könnte jeden und alles vernichten!«

Für einen Moment steht die Welt um mich still.

Es geht also nicht mehr nur um mich, um die Familien Cooper und Cumberland. Nein, landet mein Kristall in den falschen Händen, könnte das den Untergang der ganzen Welt bedeuten. Das wäre entsetzlich! Das darf auf keinen Fall passieren, sage ich mir, niemals! Was für eine Verantwortung lastet auf mir! Ich weiß, ich muss handeln, und zwar schnell!

»Nimm noch einen Schluck Tee, mein Kind«, sagt Master de Burgh besorgt. »Du bist ganz blass geworden.«

Wie ferngesteuert nehme ich noch einen Schluck Tee und denke, innerlich fühle ich mich noch viel, viel blasser.

»Es heißt übrigens, dass jeder der Kristalle einen Hüter hat und dass diese vier Hüter sich um den Schutz der Steine kümmern. Aber das ist nur Teil der Legende und die Legende ist noch nicht zu Ende erzählt.«

Einmal mehr beginnen meine Gedanken zu rasen. Wenn ich einer der Hüter bin, wie offenbar Rose meint, wer sind dann die anderen? Gibt es jemanden, der mir bei meiner überwältigenden Aufgabe helfen könnte? Aber ich darf mir nicht zu viel erhoffen. Es ist zunächst ja nur eine Legende und bringt mich in dem Fall nicht weiter.

Ich stehe wie in Trance auf und setze die Teetasse ab. »Danke«, sage ich. »Das war sehr aufschlussreich.«

»Freut mich sehr.« Master de Burgh erhebt sich ebenfalls. »Wenn du noch weitere Fragen hast … du kannst mich gern jederzeit besuchen.«

»Danke«, wiederhole ich und gebe meinem gelehrten Gastgeber die Hand.

Er geleitet mich behutsam am Ellenbogen durch die Bücherberge hindurch nach draußen vor die Haustür – zum Glück, denn ich fühle mich ziemlich wackelig auf den Beinen. Er verbeugt sich. Ich verbeuge mich. Dann schließt er die Tür, und ich bleibe so lange davor stehen, bis die Kerze im Fenster erlischt und mich die allumfassende abendliche Dunkelheit in die Realität zurückkatapultiert.

Immer noch leicht benommen, gebe ich mir einen Ruck. Es ist alles zu viel, aber ich darf jetzt nicht verzagen, ich darf jetzt nicht aufgeben! Das kommt nicht infrage! Da ich nun weiß, wie ich zurück nach Wapping komme, mache ich mich zielstrebig auf den Weg.

Während der Fahrt mit der Underground versuche ich, mich zu beruhigen. Wie gern ich mit jemandem über das Chaos in meinem Kopf sprechen würde! Aber mit wem? Zoey und Paula scheiden aus (erstens müsste ich denen viel zu viel erklären, zweitens hätte ich Angst, dass sie mir wegen geistiger Verwirrung die Freundschaft kündigen). Aus denselben Gründen fallen Sara und Jocelyn flach. Und auch Rose kommt nicht in Betracht, denn ich muss unbedingt das Gefühl für meine alte Welt wiederfinden.

Grübelnd steige ich an der Wapping Rail Station am Nordufer der Themse aus – bis mein Blick auf eine Reihe von Emaille-Schildern fällt, die die Bahnsteige schmücken und liebevolle Szenen aus dem Leben von Wapping zeigen. Mit einem Mal durchströmt mich ein warmes Gefühl. Ich mag diese Stadt, ich mag sie sogar sehr. *Sie* muss mir Stärke geben, und das wird sie auch, das fühle ich genau. Beschwingt gehe ich nach oben an die frische Luft, atme tief ein und laufe weiter nordwärts zu den Maliks, »nach Hause«. Der Gedanke an die beiden und an Zoey gibt mir ein wohliges, sicheres Gefühl der Zugehörigkeit.

Nachdem ich ein paar Straßenecken hinter mir gelassen habe, bleibe ich verwirrt stehen. War ich hier schon mal? Gehe ich noch in die richtige Richtung? Plötzlich sehe ich in der Dunkelheit ein glühendes Licht, das mich gezielt zu sich hinzieht. Es sieht aus wie ein Stück brennende Kohle, das direkt aus der Hölle stammt, ein gleißender, kristallähnlicher Klumpen Glas. Was in drei Teufels Namen ist das? Mich überfällt eine namenlose Angst, und ich zwinge mich, in die entgegengesetzte Richtung zu gehen. Ich muss dringend herausfinden, wo ich bin. Hektisch sehe ich mich um und weiß, diese Ecke sollte ich kennen. Oder? Die Straßen und Gassen mit ihren dunkelroten Backsteingebäuden sehen alle so ähnlich aus. Aber ja, hier bin ich schon mal gewesen.

Langsam beruhige ich mich wieder, hier kenne ich mich aus. Es sind nur wenige Passanten unterwegs und plötzlich kriecht erneut ein ungutes Gefühl in mir hoch. Ich greife unwillkürlich nach meinem Medaillon, das an meinem Hals pulsiert. Oh Gott, es geht wieder los!, denke ich, genau wie heute Vormittag im Innenhof des Towers. Kopflos haste ich an Häusern mit Fenstern vorbei, die vor Schmutz blind sind. Der Gehsteig gibt unter mir nach, aus den Treppenhäusern dringt infernalischer Gestank, verrußte Kellerlöcher schnappen nach mir. Ich renne und renne und lande schließlich schwer atmend in einer spärlich beleuchteten Gasse, an deren Ende ein schwarzer Torbogen lauert. Ich will die Richtung, in die ich gehen muss, auf meinem Handy prüfen, habe aber keinen Empfang. Mühsam versuche ich, meine Gedanken zu ordnen, und weiß, ich darf jetzt nicht in Panik verfallen, sonst bin ich verloren.

Zögernd betrete ich den Torbogen und durchschreite bestimmt zwanzig Meter absoluter Finsternis, nur ganz da hinten leuchtet ein Licht, wahrscheinlich eine Straßenlaterne. Als ich durch den Bogen hindurch bin, tut sich eine ganz andere Welt auf. Die Gasse ist mit Kopfstein gepflastert, die Häuser hier sind kleiner und – ich zucke zusammen – ich höre das Geräusch von Pferdehufen und Kutschenrädern. Ein stechender Geruch von verfaulendem Abfall und verrottendem Fisch fährt mir in die Nase. Ich höre Glockenlärm, Händlerrufe, das Trappeln von Rinderhufen und Schweinepfoten wie beim Viehtrieb. Ich sehe, wie Hunde nach einem flüchtenden Schwein schnappen, ihr giftiges Gebell und das Echo von menschlichen Schritten hallen durch die trübe Nacht. Dann eine weitere Erscheinung. Ein abgemagerter Junge mit kurzen Hosen und Schiebermütze rennt an mir vorbei. So muss Oliver Twist als Waisenkind ausgesehen haben, schießt es mir durch den Kopf, alles ist so, wie es die Bücher, die ich zur Vorbereitung auf meine Reise zentnerweise gelesen habe, beschreiben. Ich komme mir vor wie auf einer Zeitreise.

Zeit bedeutet nichts …

Fast muss ich lachen, als ich begreife, was dieser Satz von Rose für mich bedeutet. Aber dann kommen zwei Männer mit groben Gesichtern, schmutzigen Matrosenhemden und zerrissenen Hosen auf mich zu. In ihren schwieligen Händen blitzen Messerklingen. Ich will schreien und weglaufen, kann mich aber nicht rühren und bleibe wie angenagelt stehen. Als ich von hinten einen Luftzug spüre, drehe ich mich hastig um – und entdecke einen Mann im weiten schwarzen Mantel, der zu mir aufschließt. Er hebt einen ebenholzfarbenen Spazierstock mit einem Silberknauf und schlägt mit kräftigen Hieben auf die Kerle ein. Sie schreien vor Schmerzen mit gurgelnden Stimmen auf und rennen weg. Meine Angst steigert sich ins Unermessliche, ich bin immer noch wie gelähmt. Der Mann im Umhang stützt sich mit der einen Hand auf seinen Spazierstock, die andere legt er mir beruhigend auf die Schulter und sieht mir in die Augen.

»Die Gefahr ist vorbei«, sagt er mit sanfter Stimme. »London ist von alters her nachtbesessen. War es immer. Was du siehst, ist der finstere Untergrund der Stadt mit ihrem Geschmeiß an Gesetzlosen. Was du riechst, ist der Gestank der Misthaufen, der Schlachthöfe, der Färbereien, die es hier jahrhundertelang gab. Was du hörst, ist der Lärm des Alltags von alters her. So etwas geht nie verloren. Du bist gesegnet mit dem Gespür für Zeit und Leben. Nimm es als einen Teil von dir, und nichts und niemand kann dir etwas anhaben.«

Der wohltuende Klang seiner weichen Stimme ermutigt mich, und ich traue mich, ihn von der Seite zu betrachten. Er ist ein aristokratisch wirkender Herr mit einer hohen Stirn und dunklem Knebelbart in einem Umhang, der aus dem vorvergangenen Jahrhundert stammen muss. Er nickt mir zu, lächelt knapp und verschwindet in einem Torbogen, der unvermittelt rechts von uns auftaucht. Ich gehe darauf zu und will ihm folgen, bleibe dann aber doch lieber stehen und sehe ihm nach. Nichts sonst ist zu entdecken, nur das schwarze Loch, das ihn aufgenommen hat. Als ich mich umdrehe und die alte gusseiserne Laterne fixiere, die das Ende der Straße beleuchtet, stelle ich fest, dass ich allein bin. Alle Geräusche verstummen schlagartig. Es ist, als wäre ich eine Wanderin zwischen vielen Welten.

Zeit bedeutet nichts …

Eine Weile lausche ich meinem Herzen, das so heftig und unregelmäßig pocht, als wollte es zerspringen. Ich zwinge mich, mich zusammenzunehmen und tief und gleichmäßig zu atmen. Dann laufe ich zu der Laterne, hinter der sich urplötzlich die Straße auftut, in der das Haus der Maliks steht. Oh Gott, war das ein Trip, das war eindeutig zu viel!

Ich schnappe immer noch nach Luft und merke, wie mein Atem langsam, aber sicher ruhiger wird. Was habe ich da gerade erlebt? Drei Atemzüge später habe ich endlich das sichere Gefühl, wieder in der Wirklichkeit angelangt zu sein. Gleichzeitig glaube ich, durch meine kleine Zeitreise die Stadt und ihr Wesen besser zu verstehen und sie dadurch zu meiner machen zu können. Nicht nur das. Auch die Geschichte, mein Platz darin und der Sinn dessen, was ich tue, ist für mich greifbarer geworden. Ich fühle, ich bin Teil der Geschichte geworden und habe darin eine Funktion. Meine Mission in ihr hat wirklich einen Sinn!

Ich fühle mich unendlich erschöpft und schleppe mich mit schlurfenden Schritten auf das Haus der Maliks zu. Endlich bin ich da. Ich läute die Glocke, deren Klang beruhigend tief und voll durch die kühle Abendluft hallt. Mubashir öffnet die Tür, als hätte er dahinter schon auf mich gewartet, an seiner Seite Amina, die mich mit betroffener Miene ansieht. Was ist passiert? Oder haben sie sich einfach Sorgen um mich gemacht?

»Komm rein, komm rein«, sagt Mubashir. »Schnell!«

»Gut, dass du da bist. Zoey ist schon oben. Du solltest

dich um sie kümmern, uns will sie nicht sehen«, berichtet Amina. »Etwas zu essen?«

Nein, nach Essen ist mir nicht, obwohl ich nach all den Erlebnissen einen Bärenhunger haben müsste. »Danke«, verneine ich und schüttle den Kopf.

»Schau nach ihr«, bittet mich Amina.

Sie wirkt hilflos und macht mir Angst.

So schnell ich kann, steige ich die Treppe hinauf und öffne die Tür zu unserem Zimmer. Zuerst kann ich Zoey nicht entdecken, dann gehe ich zu ihrem Bett, wo sie völlig regungslos unter der Decke liegt.

»Schläfst du schon?«

Keine Antwort.

Ich sehe genauer hin und bemerke, dass ihre Bettdecke sich ein wenig bewegt.

»Zoey?«

Sie antwortet nicht. Ich habe einen Verdacht.

Ich wage es.

»Weinst du?«

Es dauert sehr, sehr lange, bis sich die Bettdecke weiter nach unten bewegt und ihr verstrubbelter Haarschopf mit den schönen, langen, blonden Haaren zum Vorschein kommt. Ihre Augen und ihre Nase sind gerötet.

Sie sieht mich an. Ich sehe sie an. Ich sage nichts. Sie sieht so unendlich traurig aus, dass es mir das Herz zusammenzieht.

»Ich will sie nie wieder treffen«, sagt Zoey schließlich, von neuen Schluchzern geschüttelt.

»Wen?«, frage ich.

»Meine Mutter. Ihren Mann. Die Kinder.«

Ich warte.

»Ich hasse sie.«

Tiefer, verzweifelter Schluchzer.

»Warum?«, will ich wissen.

»Sie sind so …« Sie ringt nach Worten. Ich sehe sie ermunternd an. »Sie sind so … nett.«

Oh.

»Äh … ist das nicht ein bisschen widersinnig?«, frage ich vorsichtig.

Zoey streicht sich die wirren Haare aus dem Gesicht.

»Weißt du, ich … ich habe mich immer nach meiner Mutter gesehnt«, beginnt Zoey stockend zu erzählen – was ich verstehen kann. Normalerweise behält sie ihre Gefühle eher für sich. »Ich habe sie verflucht, weil sie mich verlassen hat, und doch habe ich jeden Tag an sie gedacht. An sie und ihren neuen Mann, diesen verdammten Börsenmakler, den ich von ganzem Herzen gehasst habe. Ich habe ihn gehasst, weil er den Platz meines Vaters eingenommen hat, der einfach irgendwohin geflüchtet ist, der Feigling.«

»Dass du deine Mutter jetzt wiederhast, ist doch gut, oder?«, wende ich ein. »Das ist doch nur natürlich.«

»Sagst du.« Zoey schnauft unwillig. »Ich fand es furchtbar, dass meine Mutter nach mir irgendwo drei Kinder in die Welt gesetzt hat, aber nie für mich da war. Jedes Jahr eine Weihnachtskarte, das war alles. Und jetzt hat mein Onkel Kontakt mit ihnen aufgenommen und ein Treffen arrangiert und ich Idiot habe ihre Einladung angenommen und bin hingegangen und dann … und dann …«

Endlose, herzzerreißende Schluchzer. Ich beuge mich zu ihr und nehme sie in den Arm. Am Anfang wehrt sie sich ein bisschen, dann lässt sie meine Nähe aber doch zu. Ihr ganzer Körper bebt. Schließlich gibt sie sich einen Ruck, löst sich aus meiner Umarmung und setzt sich auf.

»Du musst mich für total verrückt halten«, erklärt sie und schnäuzt sich geräuschvoll in ein Taschentuch, das ich ihr reiche. »Nur … Es war ein wunderschöner Abend. Wir haben geredet, ich habe mit den Kindern gespielt, total süß, weißt du. Es war, als wären wir … eine Familie … eine Familie! Es war schrecklich.«

»Das ist doch total schön«, antworte ich.

»Ist es nicht!« Sie schnäuzt sich noch einmal, ganz empört. »Ich gehe zurück nach York und sie bleiben hier und sind ihre eigene Familie. Nicht meine! Und ich hasse mich für meinen Neid! Es ist meinem Onkel und meiner Tante gegenüber ungerecht, die ich echt liebe. Ich will diese Gefühle gegenüber meiner anderen Familie nicht! Es nimmt den beiden etwas weg, etwas ganz Entscheidendes, und ich hasse mich dafür. Ich hasse mich!«

Ich nehme Zoey wieder in den Arm. »Du gehst zurück nach York und hast sie genauso lieb wie vorher«, entgegne ich.

Es klopft an der Tür.

»Ja?«, frage ich.

Mubashir streckt vorsichtig den Kopf herein. »Wir dachten, ihr braucht die hier bestimmt nötiger als wir«, erklärt er.

Amina schiebt sich an ihm vorbei und überreicht Zoey unser mitgebrachtes Chic-Choc-Nugat.

»Danke«, schluchzt Zoey.

»Gern«, sagen Mubashir und Amina, ziehen sich fluchtartig zurück und schließen die Tür diskret hinter sich.

Zoey reißt die Packung Nugat auf und stopft das erste Stück in sich hinein. »Genau das, was ich jetzt brauche«, sagt sie und mampft voller Genuss. »Es ist wie ein Gruß von meinem Onkel, gerade noch rechtzeitig. Willst du auch was?« Sie reicht mir die Schachtel.

»Nein, die Nacht ist noch lang. Hau rein.«

Zoey gibt einen lachenden Schluchzer von sich – oder einen schluchzenden Lacher, je nachdem.

»Danke«, murmelt sie. »Du bist eine echte Freundin.«

Nein, du, denke ich. Nur eine Freundin würde mich an so einem Schmerz teilhaben lassen. Und ich? Ich weiß nicht, wie ich ihr helfen soll. Ich würde es so gern, aber ich weiß nicht, wie.

»Kuscheln?«, frage ich, weil es das Einzige ist, was mir einfällt.

Zoey nickt. Wir kuscheln uns in ihr Bett. Sie legt ihren Kopf in meine Armbeuge und ich streichle ihr Haar. Bald wird ihr Atem ruhiger, bis ich das Gefühl habe, sie ist eingeschlafen.

Aufgewühlt starre ich in die Nacht. Ich kann nur hoffen, dass Zoey sich bald wieder besser fühlt. Auch wenn ich es nicht will, aber ihre Situation reißt alte Wunden bei mir auf. Ob Mama, Papa und ich jemals wieder eine Familie sein werden? Ich weiß es nicht. Papa … den muss ich morgen unbedingt anrufen, schießt es mir durch den Kopf. Und Rose. Die als Allererstes! Schließlich weiß sie über alles Bescheid, was mich nicht mehr loslässt. Auch über Auroras wahre Absichten? Wir werden sehen.

7. Kapitel

Nach einer barmherzigerweise traumlosen Nacht fühlt sich dieser Mittwochmorgen an, als habe die Heizung ihren Geist aufgegeben. Völlig fertig schlage ich die Augen auf. Zoey steht vor mir, mit dunkel umränderten Augen und einer dicken roten Nase.

»Guten Morgen«, krächzt sie. »Du siehst aus, als hättest du nicht geschlafen oder wärst irgendwelchen Geistern begegnet. Was hast du gestern noch gemacht? Alles in Ordnung?«

»Alles in Ordnung«, behaupte ich und zur Vorwärtsverteidigung, weil ich keine Diskussion möchte: »Hast *du* mal in den Spiegel geschaut?«

»Darauf verzichte ich heute.« Sie seufzt. »Ich gehe mich jetzt ganz kalt duschen.«

Sie geht ins Bad, und während ich die Dusche prasseln höre, greife ich hastig zum Handy. Ich rufe Rose auf dem Festnetz in Ednas Villa an. Eine andere Telefonnummer von ihr kenne ich nicht. Mein Anruf geht ins Leere, sie ist nicht da oder nimmt einfach nicht ab. Gut, dann später. Dann muss jetzt erst mal Papa her. Ich probiere es zuerst auf seinem Handy, lande aber nur auf der Mailbox. Nächster Versuch. Zum Glück hat Mama mir gesagt, in welchem Hotel er absteigen wird. Die Empfangsdame dort erzählt mir, dass er noch gar nicht eingecheckt hat. Ich hinterlasse sicherheitshalber die Telefonnummer und Adresse der Maliks, meine Handynummer wird er ja wohl noch haben. Zum Schluss versuche ich noch einmal, Rose zu erreichen. Vergebens. Wo ist sie bloß?

Zoey kommt aus dem Bad und frottiert sich die nassen Haare mit einem Handtuch. Sie sieht immer noch ein bisschen verquollen aus.

»Wie geht es dir denn inzwischen?«, möchte ich von ihr wissen.

»Danke«, antwortet sie. »Wird schon.«

»Stürzen wir uns heute einfach ins Vergnügen«, schlage ich vor. »Dann sieht die Welt schon viel besser aus.«

»Auf den Spuren von Charles Dickens?« Sie lacht. »Das glaubst du doch selbst nicht.«

»Oh doch«, sage ich. »Wenn Elvyra Flynn in ihrer Begeisterung erst mal loslegt … Das wird ganz großes Kino, wart's ab!«

Und so ist es dann auch. Nachdem uns die Maliks mit dicken Sandwiches und wunderbar klebrigen Süßigkeiten ausstaffiert haben, fahren Zoey und ich zum Marble Arch. Von dort aus führt uns Mrs Flynn kreuz und quer durch London, an ihrer Seite Dagwood Doppler, der unermüdlich zu jedem literarischen Detail den grausamen Hintergrund des anbrechenden Maschinenzeitalters liefert.

Während wir mit U-Bahn und den klassischen roten Doppeldeckerbussen unterwegs sind, beobachte ich aus dem Augenwinkel, was Ben so treibt. Er ist nicht wirklich an Charles Dickens und seinen dramatischen Geschichten interessiert, die ich persönlich ja überaus spannend finde. Gerade nach den Ereignissen von gestern Abend fühle ich mich ihnen ganz nah. Doch während seine Jungs die meiste Zeit herumalbern, Papierkugeln durch den Bus schießen oder peinliche Selfies machen, starrt er unbeteiligt aus dem Busfenster. Was ist denn mit dem heute los? So kenne ich ihn gar nicht. Ich überlege, ob ich zu ihm gehen und ihn fragen soll, entscheide mich schließlich aber dagegen. Zumal er mir gerade einen Blick zuwirft, den ich nicht deuten kann. Ist er traurig? Wütend? Enttäuscht? Und auch wenn es mir in der Seele wehtut zu wissen, dass irgendwas mit ihm nicht stimmt – seit ich weiß, dass Edna mit ihrem Bluthund Benedict in der Stadt ist, ist mir eines klar: Es ist gesünder für mich und mein Seelenheil, Abstand zu Ben zu halten.

Und so konzentriere ich mich auf die Stationen, die unsere gesamte Klasse heute abklappert: Wir besuchen in Cornhill das Büro des geizigen Ebenezer Scrooge, der seine Angestellten drangsaliert hat und in der *Weihnachtsgeschichte* so fürchterlich von drei Geistern fertiggemacht wird. Wir sehen die Marktplätze, auf denen der vom Schicksal getriebene Nicholas Nickleby mit den verwegenen Gauklern einer Wanderbühne aufgetreten ist, und besuchen den Rest der Mauer des Marshalsea-Gefängnisses, in dem der Vater von Charles Dickens wegen mörderischer Schulden gesessen hat. Zu jedem Schauplatz kennt Mrs Flynn die lebendigsten (und Dr. Doppler die finstersten) Anekdoten, und ihre Wangen glühen von Station zu Station leidenschaftlicher. Und ich? Ich lasse mich mitreißen, denke aber ein wenig beunruhigt daran, wie es war, durch diese Zeit zu driften. Ich bin ganz froh, zur Abwechslung mal ins Sherlock-Holmes-Museum zu kommen, wo der legendäre Detektiv gewohnt und gearbeitet haben soll. Unser Gruselpegel wird noch einmal erhöht, als wir an den Mördern und ihren Opfern, die in Wachsgestalt das alte, verwinkelte Haus bevölkern, vorbeigescheucht werden.

»Hunger!«, schreit es aus der Menge.

Wahrscheinlich wieder der beknackte Hobson-Harrington.

Aber ich muss zugeben, dass auch mir der Magen mittlerweile auf den Füßen hängt, denn die fluffigen Sandwiches der Maliks halten nicht lange vor.

»Ich kenne hier um die Ecke ein Lokal mit den besten fish and chips der Stadt«, behauptet Dr. Doppler, der mir bisher nicht gerade als der größte Feinschmecker der Welt aufgefallen ist.

Das ungläubige Murren meiner Klasse schlägt um in das Knurren der Mägen. Und so folgen wir alle bereitwillig Dr. Doppler und Mrs Flynn in ein sehr simples, aber sauberes Lokal, das fish and chips in unvorstellbaren Variationen anbietet, von Asiatisch über Südkaukasisch bis Vegetarisch. Zoey, Sara, Jocelyn und ich wählen klassisch mit extra Mayo und bereuen es nicht, frisch, knusprig, fett – oberlecker!

Nachdem wir aufgefuttert haben, staple ich die Plastikteller mit den Resten und das Plastikbesteck auf das Tablett, um alles zu entsorgen. Die Mädels sind dankbar und so gehe ich zu dem großen Abfalleimer und schabe die Sachen in den Müll. Während ich das tue, spüre ich, wie jemand an meiner Kette zieht.

»Hey«, sage ich. »Was …«

Ich drehe mich um, das Tablett in der Hand, und jage es versehentlich in den Bauch von Tim Hobson-Harrington, der seinerseits mit einem überquellenden Tablett hinter mir steht.

»Sag mal, geht's noch?«, frage ich ihn.

»Hä?«, macht er. »Pass doch auf!«

Und kippt sich den Müll über seine Jacke. Erst da kapiere ich, was Sache ist, denn seitlich von ihm steht Ashley, die zurückzuckt. Sieht so aus, als wäre sie es gewesen, die an der Kette gezogen hat und nun merkt, dass das Ablenkungsmanöver, zu dem sie Hobson-

Harrington angestiftet hat, gründlich in die Hose gegangen ist.

»Wolltest du mein Medaillon klauen?«, fauche ich sie an.

»Du hast doch einen Knall«, faucht sie zurück.

Noch bevor ich mir eine saftige Antwort überlegen kann, drängt sich Ben zwischen uns.

»Hey, hey, hey, easy, easy, okay, okay?«, ruft er beschwörend.

Er liebt offenbar das Echo seiner Stimme. Ich bin richtig sauer. Muss er mal wieder seine reizende Cousine retten. Wie süß.

»Sie hat versucht, mir die Kette zu klauen«, zische ich.

»Oh bitte, nicht schon wieder *das* Thema«, erwidert Ben genervt.

Inzwischen hat sich Ashley verzogen, sodass ich ihr leider nicht mehr an die Gurgel gehen kann. Und plötzlich setzt bei mir eine blitzschnelle kleine Logikkette ein, die folgendermaßen aussieht: Ben, Edna, Ashley. Edna wollte mir schon immer das Medaillon abluchsen.

»Wart ihr gestern Abend bei Edna?«, will ich trotzdem wissen.

Ben stutzt und zögert. »Ja, warum?«

»Ist Rose bei ihr?«

»Nein.«

Okay, dann weiß ich wenigstens darüber definitiv Bescheid.

»Hatte Edna Besuch?«

Aurora schießt mir durch den Kopf. Auch abartig.

»Ja, uns.« Ben sieht mich an, als hätte ich nicht mehr alle Tassen im Schrank. Ist wahrscheinlich so, aber ich kann es einfach nicht lassen.

»War Ashley mal allein mit Edna?«, frage ich.

»Lisa, jetzt komm mal wieder runter, ja?«, sagt Ben und stöhnt leise. »Ist schon richtig, dass sie in Edinburgh Sachen gemacht hat, die echt grenzwertig waren, aber das ist lange vorbei.«

Ist offenbar ein naheliegender Gedanke.

»Noch mal«, beharre ich, »waren die beiden allein? Oder um's noch genauer auszudrücken: Habt ihr drei über mich gesprochen?«

Da passiert es. Ben wird rot. Er sieht nervös zu Mrs Flynn hinüber. »Komm, wir müssen los.«

Und Mrs Flynn tut ihm den Gefallen.

»Abmarsch!«, verkündet sie lauthals. »Keine Müdigkeit vorschützen!« (Immer diese dummen alten Lehrersprüche.)

»So kommt ihr mir nicht davon, Ben!«, zische ich.

»Okay, okay, wir reden drüber«, lenkt er ein. »Wäre wahrscheinlich besser. Edna liebt dich nicht wirklich, aber das ist dir ja sowieso klar.«

Ich lache böse. »Erzähl keinen Mist«, sage ich trocken.

Ben sieht mich mit einem bedienten Blick an und setzt sich in Bewegung, ich sehe ihm tief seufzend hinterher. Das war jetzt wohl nicht gerade hilfreich für die Verbesserung unserer Beziehung … Ich könnte mir in den Hintern beißen – und weiß doch genau, warum ich diese Fragen stellen musste. Ich stöhne auf und hefte mich dann wie die anderen an die Fersen des großen Charles Dickens.

Unser nächstes Ziel ist Jacob's Island, eine Gegend, die von alten Fabrikbauten aus schmutzig gelben Ziegeln beherrscht wird.

»Einer der schlimmsten Slums von London Ende des 18., Anfang des 19. Jahrhunderts«, erklärt Dr. Doppler mit begeistert aufglühenden Bäckchen. »Er wurde *Hauptstadt der Cholera* genannt, eine Brutstätte tödlicher Krankheiten und mörderischer Verbrechen, viele Kinder starben hier vor Erschöpfung an den Folgen der Kinderarbeit.«

Uns wird ganz schwummrig, langsam verstehen wir, warum der gute Doktor so besessen ist von seiner industriellen Revolution. Vom ehemaligen Slum ist hier zwar nichts mehr zu sehen, aber es lässt sich erahnen, welches elende Leben die inzwischen renovierten Fabrikgebäude vor zweihundert Jahren beherbergt haben müssen.

»Hier ungefähr war der Kanal, in dessen Schlamm der berüchtigte Mörder Sikes in Dickens' berühmtestem Roman *Oliver Twist* erstickt ist«, berichtet Mrs Flynn. »Mit den Schicksalen von Oliver Twist und anderen Figuren hat der Autor echte soziale Reformen angestoßen.«

»Industriearbeiter waren übrigens die begeistertsten Leser«, ergänzt Dr. Doppler freudig.

Die Erzählungen der beiden ziehen mich derart in ihren Bann, dass ich wieder den Jungen in der abgerissenen Kleidung von gestern Abend vor mir sehe und die Ganoven mit den Messern, die ausgesehen haben, wie Sikes ausgesehen haben muss. Es ist erschreckend, wie nah sich das alles anfühlt, gleich fängt mein Herz wieder an zu pochen.

Mrs Flynn führt uns zu einem Schild, das an einer Mauer angebracht ist und das Porträt von Charles Dickens zeigt. Ich starre darauf – und will verdammt sein, wenn er nicht haargenau so aussieht wie der Typ, dem ich letzte Nacht begegnet bin: hohe Stirn, altmodischer Knebelbart. Ich werd verrückt, wie kann das alles nur sein?

Das »Und weiter geht's!« von Mrs Flynn nehme ich gar nicht wahr, Zoey muss mich anstupsen, damit ich in die Gegenwart zurückkehre. Benommen folge ich unserer Gruppe.

»Unsere letzte Station ist der Demon Club«, kündigt Mrs Flynn an.

»Uuh, Dämonen«, machen vor allem die Jungs, und plötzlich wird mir klar, dass mir über das ganze Eintauchen in vergangene Zeiten der Gedanke an Bens Edna-Besuch nicht flöten gehen darf. Als ich Ausschau nach ihm halte, entdecke ich ihn am Rande der vor sich hin wandernden Klasse. Er hängt mit seinen Jungs ab und scheint seit unserem kleinen Intermezzo eben wieder bester Laune zu sein. Zumindest reißt er einen mehr oder weniger dummen Witz nach dem anderen. Ich gehe schnurstracks auf ihn zu, ich darf nicht mehr warten, es reicht.

»Jetzt«, sage ich bestimmt.

»Was, jetzt?«, fragt er verblüfft und sieht seine Jungs unsicher an.

»Wir reden«, erkläre ich und ziehe ihn hinter mir her.

»Zieh dich warm an, Benny«, ruft uns Wayne hinterher.

Doch bevor wir uns von der Gruppe absetzen können, klatscht Mrs Flynn in die Hände. »Der Demon Club hat sein Hauptquartier gleich um die Ecke von unserem üblichen Treffpunkt, das ist doch ein ganz praktischer Ausklang unseres Tages«, ruft sie. »Dort oben an der U-Bahn-Station Marble Arch treffen wir uns.«

Komisch, dass Mrs Flynn für uns etwas aussucht, was in ihren Augen eigentlich unseriös sein müsste. Was hat *sie* denn bitte schön mit bösen Geistern wie Dämonen am Hut? *Ich* bin hier die Expertin für Geister aller Art! (Harhar.)

Unsere Klasse macht sich in kleinen Gruppen auf den Weg zur U-Bahn-Station. Ich gebe Zoey, Sara und Jocelyn Zeichen, dass ich vorhabe, mit Ben allein zurückzufahren. Zoey nickt mütterlich dazu, Sara reckt ihren Daumen nach oben und Jocelyn grinst vielsagend.

Tja, kleiner Irrtum. Wenn das nur mal so was wie ein Date wäre, wie die drei vermuten. Das wäre einfach zu schön, um wahr zu sein …

Auf dem Bahnsteig folgt Ben mir gottergeben nach hinten in ein Abteil der U-Bahn, in das sonst keiner aus unserer Klasse einsteigt. Wir setzen uns nebeneinander, er starrt auf die leere Bank vor uns. Ich berühre ihn aufmunternd mit dem Ellenbogen und bemühe mich um einen möglichst unangestrengt heiteren Tonfall.

»Und? Wie war es jetzt bei Tantchen Edna?«

»Du wirst es nicht glauben«, brummelt Ben, »aber es war ein netter Abend.«

»Bei Tee und Plätzchen«, ergänze ich. »Dann kam die Rede auf mich.«

Ben stöhnt. »Ich verstehe euch beide einfach nicht«, gibt er unumwunden zu. »Trotz dieser vermaledeiten Familienvorgeschichte, trotz der tragischen Liebesgeschichte zwischen deiner Mutter und Ednas Sohn. Ich finde, deine Voreingenommenheit gegen sie ist genauso furchtbar wie ihre eigene Verbissenheit, was dieses bescheuerte Gold angeht, von dem ihr immer geredet habt. Sie kann nicht aufhören, davon zu sprechen, dass es ihr Eigentum ist. Oder wenigstens ein Teil davon.«

»Das Gold ist weg«, sage ich nüchtern. »Es ist in Edinburgh verschwunden.« (Dass ich weiß, wer es hat, will ich ihm hier nicht auf die Nase binden. Dass Papa es sich unter den Nagel gerissen hat, aus welchem Grund auch immer, würde alles nur noch mehr verkomplizieren.)

»Benedict sucht in ihrem Auftrag immer noch nach den Goldmünzen, das muss man sich mal vorstellen«, sagt Ben.

Dacht ich's mir doch. Glaubt dieser hirnrissige Chauffeur etwa ernsthaft, dass ich ihn auf eine heiße Spur führe und er das Gold stolz seiner Brötchengeberin überreichen kann?

»Und? Hat er eine Spur?«, will ich wissen.

Ben zuckt die Schultern. »Keine Ahnung. Er ist hinter irgendwas her. Oder irgendwem.« Er sieht mich scharf an. »Bild dir jetzt bloß nicht ein, dass du das bist.«

Mir läuft es spontan kalt den Rücken runter. Ich weiß ja, dass es so ist. Und ich weiß auch, dass Benedict nicht aufhören wird, ehe er das Gold in den Fingern hat. Allein das Gefühl, ihn womöglich bald wieder im Genick zu haben, ist fürchterlich unangenehm. Er wird erneut zuschlagen, das ist mir klar. Ich weiß nur nicht, wann.

»Und noch eins«, sagt Ben. »Das kann ich dir nicht ersparen. Du darfst nicht immer gleich durchdrehen, wenn Ashley deine Wege kreuzt. Du musst deine Voreingenommenheit in den Griff kriegen.«

Ich seufze. Wenn das mal so einfach wäre. Aber wahrscheinlich hat er recht, mein Gemütszustand macht sogar mir zurzeit einen »etwas« angespannten, wenn nicht überspannten Eindruck. Hoppla. Überwältigt mich da gerade ein Anfall von großmütterlicher Milde und Weisheit?

»Halt mir Ashley einfach vom Leib«, stoße ich hervor. »Dann kann ihr auch nichts passieren.«

Ben lacht. »Da ist sie wieder, die alte Lisa mit ihrer ungezügelten Leidenschaft.«

»Mach dich nur lustig«, murre ich.

»Schon gut. So mag ich dich ja.« Ben will mich beruhigen und legt mir die Hand auf den Arm. Hmmm, ein wohliges, warmes Gefühl, das seine Hand da auf meinem Unterarm verströmt. Aber seltsamerweise kommt es nicht in meinem Bauch an. Was ist los? Warum sind die Schmetterlinge verstummt? Keine Panik, sage ich mir. Bestimmt liegt es daran, dass gerade so viel auf dem Spiel steht. Zu viel, als dass ich mich in seiner Gegenwart entspannen könnte. Ich lehne mich zurück und seufze. Und sage, ohne ihn anzuschauen: »Ich mag dich auch.«

Es ist entsetzlich, wie schwer es mir fällt, diesen Satz über die Lippen zu bekommen.

Ben beugt sich zu mir und küsst mich auf die Wange. »Was auch immer dich und dein hübsches Köpfchen gerade so quält«, sagt er leise, »ich hoffe, wir kriegen das wieder hin.«

Ich habe das Gefühl, ich müsste jeden Augenblick in Tränen ausbrechen, und kann ihn nicht anschauen. Er bemüht sich so sehr, und ich lasse ihn auflaufen, weil ich die Macht des Fluches über alles stelle. Die Macht, die ich bisher nicht brechen konnte!

»Wir müssen«, sage ich tonlos, als die U-Bahn quietschend in den Bahnhof Marble Arch einfährt.

Ben greift nach meiner Hand und zieht mich sanft vom Sitz. Hand in Hand gehen wir die Treppe nach oben zum Ausgang, allmählich streben immer mehr unserer Klassenkameraden neben uns hinauf. Unsere Hände lösen sich voneinander, und wir suchen den Weg nach draußen, ohne uns noch einmal zu berühren. Ich schlucke. Ist das das Ende – oder war das ein Anfang? Warum bloß ist das so schwer zu unterscheiden?

Über der Erde versammeln wir uns am Marble Arch, der mehr denn je aussieht wie ein altrömischer Triumphbogen. (Kriege ich jetzt gleich Visionen von Julius Cäsar, der schließlich auch schon mal in London war? Stöhn.) Dr. Doppler zählt uns zu seiner Zufriedenheit als vollzählig versammelt durch und Mrs Flynn hält eine weitere Rede.

»Charles Dickens war eins der ersten Mitglieder des Demon Club, der im Übrigen bis heute existiert. Er tagt in einem traditionsreichen Klub, den wir jetzt besuchen werden. Ich konnte Sir Richard Eldergate, den Vorsitzenden des Demon Club dafür gewinnen, euch über die Aktivitäten der Klubmitglieder zu berichten. Der Empire Club ist nur fünf Minuten von hier entfernt.«

Zustimmendes Gemurmel. Keiner von uns will heute noch große Wege zu Fuß zurücklegen.

Der altehrwürdige Klub hat, wie in London nicht anders zu erwarten, seinen Sitz in einem gigantischen, burgschlossähnlichen Gebäude aus knallroten Ziegeln, mit unzähligen Erkern, in denen jede Menge Sprossenfenster prangen. Ein viktorianisches Prunkstück, über dessen glanzvoll gestaltetem Eingang der Union Jack flattert.

In der Empfangshalle lungern lauter ältere Gentlemen in hochfeinen Anzügen herum. Aus der Mitte des Raums bewegt sich ein hochgewachsener Herr im zweireihigen Anzug mit tadellos aufrechter Haltung auf uns zu und klappt dezent die Hacken zusammen. Er beugt sich zu Mrs Flynns Hand herunter und küsst sie. Igitt aber auch.

»Ma'am«, sagt er. »Es ist mir ein Vergnügen.«

»Doktor«, sagt er zu Dagwood Doppler, ergreift dessen Hand und bricht sie ihm beiläufig. So scheint es jedenfalls, denn der gute Doktor versucht offensichtlich, den Impuls zu unterdrücken, vor Schmerz lauthals aufzuschreien.

»Folgen Sie mir bitte in den Tagungssaal des Demon Club«, fordert Sir Richard uns auf und schreitet unserer Meute straff voran.

Der Saal weist an der rückwärtigen Wand eine Empore und allerlei gepflegtes Mobiliar auf, dazu diverse Gemälde und Kupferstiche. Der Raum atmet Geschichte, wie Dagwood Doppler sagen würde. Sir Richard bittet uns, Platz zu nehmen. Wir verteilen uns auf die verschnörkelten antiken Stühle, die in großer Zahl im Saal stehen, während Sir Richard sich vor uns aufbaut.

»Schon zu Charles Dickens' Zeiten hielt der Demon Club Séancen ab, um mit Wesen aus dem Jenseits Zwiesprache zu halten«, beginnt Sir Richard seinen Vortrag. »Auch mittels altägyptischer Rituale sprachen zu diesem Zweck von weither angereiste Medien mit Verstorbenen.

Wünschelrutengänge und kinetische Phänomene wie das Tisch- oder Gläserrücken haben den Klub seit jeher experimentell beschäftigt. Grundsätzlich geht es dem Demon Club um die Erforschung paranormaler Erscheinungen, um die Macht der Witchcraft und um die Meisterinnen der Witchcraft.«

Ich zucke zusammen, als hätte ich mich verbrannt. Habe ich richtig gehört? Oder leide ich neuerdings unter behandlungswürdigen Halluzinationen? Ich dachte, außer mir gibt es heutzutage keine ernst zu nehmenden Menschen mehr, die an Hexerei glauben und ihr ständig auf den Grund gehen!

Aufregung steigt in mir hoch. Dieser Klub müsste mir ja bei meinem Verdacht gegen meine persönlichen Hexen weiterhelfen können. Plötzlich habe ich den Eindruck, dass Sir Richard mir in die Augen sieht und seinen Vortrag direkt an mich richtet. Er fährt fort.

»Durch das gesamte Königreich Großbritanniens – von England bis nach Schottland – unternehmen die Mitglieder Expeditionen zu Gebäuden jeder Art, vom Wohnhaus bis zum historischen Pub, um nächtliche Erfahrungen an verwunschenen Plätzen zu sammeln oder Experten kennenzulernen, wie etwa einen Poltergeist-Spezialisten aus Neuseeland oder einen Meister der Magie aus Edinburgh. Der Klub sieht es als seine vornehmste Aufgabe an, stetig zu prüfen und zu lernen.«

Meine Ohren glühen und ich richte meine Aufmerksamkeit an diesem Punkt wieder voll und ganz auf den Vortragenden. Mein Blick ist nämlich zwischenzeitlich über die Wände gewandert, zu den Porträts von all den paranormal interessierten Klubmitgliedern wie Dickens, und dann … Sekunde, bitte … Ich höre Edinburgh, ich denke, Schottland, in meinem Hinterkopf klingelt es. Was hat mich da gerade irritiert? Einundzwanzig, zweiundzwanzig … Ich kann es bestimmt gleich sagen …

Mein Blick wandert zu einem der Kupferstiche zurück, die neben den Ölporträts an den Wänden hängen. Ich sehe genauer hin und kann endlich den Namen erkennen, der unter dem Porträt einer jungen Frau auf einem der Stiche steht – und das ist ein echter Klops, denn ihr Name ist … Janet Horne! Ich habe gar nicht gemerkt, dass Sir Richard seinen Vortrag unterbrochen hat und meinem Blick gefolgt ist.

»Interessant, dass du sie als Einzige bemerkst«, teilt er mir mit, während die anderen im Saal verständnislos dreinschauen. »Janet Horne ist die letzte Hexe, die auf den britischen Inseln hingerichtet wurde, eine Schottin übrigens. Das war im Jahre 1727. Kurze Zeit danach wurde die Rechtsprechung diesbezüglich geändert. Niemand wurde mehr als Hexe zu Tode gebracht.«

»Deswegen gibt's heute so viele davon«, kräht Hobson-Harrington. »Soll ich Namen nennen?«

Er dreht sich zu mir um. Ich lasse mich von dem allgemeinen blöden Gelächter nicht irritieren, mir ist ganz kalt ums Herz.

»Janet Horne …?«, stammle ich. »Kennen Sie eine Janet Horne Society?«

»Nein«, sagt Sir Richard und zieht die Augenbrauen hoch. »Aber wenn es sie gibt, klingt es so, als sollte ich sie kennenlernen.«

Den Rest des Vortrags nehme ich nur noch am Rande zur Kenntnis, ständig spukt der Name der letzten hingerichteten Hexe in meinem Kopf herum. Wieso hat Aurora Lequeer das Institut nach ihr benannt?

Während vorn Sir Richard sein Bestes gibt, fange ich heimlich an, auf meinem Handy zu googeln. Die meisten Ergebnisse verweisen auf die Hinrichtung von Janet Horne, und es wird mir zur schaurigen Gewissheit: Frau Professor Aurora Beatrix Lequeer leitet eine Gesellschaft, die den Namen einer der prominentesten Hexen trägt, die die Welt je gesehen hat. Was sagt uns das? Ich habe keine Ahnung. Und es beunruhigt mich über alle Maßen. Weiß Rose von diesem Hintergrund, Rose, die Expertin für alles Hexenmäßige? Was hat das zu bedeuten? Ich muss unbedingt noch mal versuchen, sie zu erreichen, und ich muss meine »Freundin« Trixi anrufen. Sie ist mir ein paar Erklärungen schuldig! Wozu habe ich ihre Visitenkarte in meiner Reisetasche?

Ich komme erst wieder ein wenig zu mir, als ich Seite an Seite mit Zoey auf dem Rückweg zum Marble Arch bin. Mich knufft es von der Seite an, klar, Zoeys bekannt spitzer Ellenbogen.

»Grusel«, sagt sie. »Wo bist du denn gerade wieder?

Im Gegensatz zu dir habe ich mit diesem übersinnlichen Quatsch nicht das Geringste am Hut.«

»Ach …« Ich mache eine wegwerfende Handbewegung, weil ich meine Gedankengänge für mich behalten möchte und mir nichts Besseres einfällt.

Sara und Jocelyn schließen zu uns auf.

»Kommst du mit shoppen? Es ist noch Zeit«, meint Sara.

»Die Oxford und die Regent Street mit den schicken Läden sind hier gleich um die Ecke«, fügt Jocelyn hinzu.

Ich schüttle den Kopf. »Ich will versuchen, meinen Vater zu erreichen«, behaupte ich. »Der muss schon in der Stadt sein.«

Dass die Janet Horne Society mit ihrer zweifelhaften Leiterin mein wichtigstes Ziel sein wird, verschweige ich wohlweislich.

»Meldest du mich bei den Maliks ab?«, bittet Zoey mich.

»Mach ich«, verspreche ich.

Zurück an unserem Treffpunkt, versammelt sich unsere Klasse noch einmal vor unseren Lehrern. Das Gebrabbel ist ohrenbetäubend, alle schmieden aufgeregt Pläne.

»Morgen besucht ihr das britische Parlament«, kündigt Dr. Doppler mit sich überschlagender Stimme an. »Ein weiteres Highlight eurer Reise, danach folgt ein Besuch in der Westminster Abbey, der wichtigsten Kirche des Königreichs.« Trübe Gesichter, so weit das Auge reicht. »Freut euch gefälligst!«, setzt Doppler nach. Keine Reaktion.

Mrs Flynn räuspert sich. »Der restliche Nachmittag steht zur freien Verfügung«, kündigt sie den langersehnten Moment an. »In Vierergruppen, nicht weniger!«

Nachdem ich meinen Mädels viel Spaß gewünscht habe, verabschiede ich mich von Dr. Doppler und bekomme mit, dass Ben mit seinen Jungs und ein paar Mädels (darunter – natürlich – Ashley) zum Piccadilly Circus will.

»Und nicht vergessen: Sperrstunde neun Uhr. Spätestens dann seid ihr bei euren Gasteltern!«, ruft Mrs Flynn mahnend.

Ich verabschiede mich auch von ihr und gehe zurück zur U-Bahn-Station, um nach Wapping rauszufahren. Während der Fahrt überlege ich mir einen Schlachtplan für den Abend. Ich muss die Visitenkarte der Professorin unter meinen Sachen herauskramen, ich muss sie anrufen und ein paar Fragen zum Hintergrund ihres Instituts stellen (und zwischendurch mit den Maliks zu Abend essen natürlich). Vielleicht sollte ich mich auch noch mal mit ihr treffen, bohrende Fragen überlegen? Was hat sie mit der Hexe Janet Horne zu tun, was hat sie insgesamt mit Hexen zu tun, mit Rose (Anruf bei Rose nicht vergessen!)? Kann ich Professor Lequeer nach dieser Erkenntnis noch trauen – oder kann sie mir im Gegenteil sogar mit ihren Kenntnissen des Übersinnlichen bei meiner Mission helfen? Kann ich ihr von meiner Mission im Tower erzählen? Oder besser nicht? Für meinen Geschmack war sie gestern einen Tick zu scharf auf meinen Kristall. War nicht vielleicht sie es die ganze Zeit, die versucht hat, meinen Kristall zu klauen? Was, wenn sie selbst eine Hexe ist? Meine Fantasie schlägt Purzelbäume. Ich bin jedenfalls sicher, dass ich noch einmal im Haus der Janet Horne Society vorbeischauen muss, um den Dingen nachhaltig auf den Grund zu gehen.

Als ich aus der U-Bahn-Station komme, warten dort schon wie versprochen die Maliks auf mich, die ich während der Fahrt angerufen habe. Sie haben es sich nicht nehmen lassen, mich abzuholen. Auch wenn Amina untröstlich war, dass Zoey noch shoppen ist und sie heute Abend nur für mich kochen darf.

Als wir in unsere Straße einbiegen, steht direkt vor dem Haus ein edler schwarzer Bentley, auf dem in verschnörkelten goldenen Buchstaben die Aufschrift *BL – Balthazar* zu lesen ist.

»Wer ist das?«, fragt Amina ihren Mann.

»Ich weiß es nicht, mein Schatz.«

Mubashir sieht irritiert drein. Kein Wunder. Die Riesenlimousine wirkt in dieser Gegend weiß Gott fehl am Platz. Mubashir parkt seinen Wagen direkt hinter dem Bentley und steigt aus. Gleichzeitig öffnet sich die Fahrertür der Limousine. Ihr entsteigt ein baumlanger Typ in Chauffeur-Uniform, der aussieht wie Präsident Obama in XXL und Mubashir freundlich mit seinen strahlend weißen Zähnen angrinst, während er die Tür zum Fond öffnet. In Zeitlupe – so kommt es mir zumindest vor – entsteigt dem Wagen ein ebenso baumlanger Typ, aber eher von der weißen Sorte. Er dreht sich zu unserem Auto um, grinst ebenfalls und zeigt mir sein fröhliches Gesicht.

Ich fass es nicht! Papa. Mir bleibt die Luft weg. Die Maliks sehen staunend zu, wie ich aus dem Wagen hechte, zu Papa renne und versuche, ihn totzudrücken. Ich merke schon, wie mir Tränen der Freude über die Wangen laufen, Papa wischt sie mit dem Daumen zärtlich weg.

»Komm, steig ein«, fordert er mich auf.

»Moment.« Ich drehe mich zu den Maliks um und ziehe bedauernd die Schultern hoch. »Sorry.«

»Dein Daddy?«, fragt Amina und lächelt.

Mubashir nickt mir begütigend zu.

Papa geht mit langen Schritten zu ihnen und drückt zuerst ihm die Hand. »Walter Lorenz, freut mich.«

»Die Freude ist ganz auf meiner Seite«, erklärt Mubashir.

Amina macht fast einen Knicks, als Papa ihr die Hand reicht, er ist ja auch ziemlich imposant.

Ich renne derweil hoch in mein Zimmer, wühle meine gesamten Sachen durch und finde schließlich die Visitenkarte mit der Telefonnummer der Professorin, dann galoppiere ich atemlos zurück nach unten.

Schön, dass du da bist, Papa, denke ich, während sich meine Mundwinkel zu einem breiten Grinsen verziehen. Und jetzt zieh dich warm an, Walter Lorenz. Heute bist du fällig.

8. Kapitel

Mit Papa und Fahrer durch London, Wahnsinn, besser geht es nicht! Wenn ich nicht gerade das Innere des luxuriösen Schlittens bestaune oder an meinem Mangosaft nippe, den Papa aus einer Minibar hervorgezaubert hat, genieße ich die Aussicht durch die getönten Seitenfenster. Dann fällt mir prompt Ednas Chauffeur ein.

Ich schaue durchs Rückfenster und denke natürlich sofort, dass wir verfolgt werden. Ich bilde mir ein, hinter dem Steuer eines Wagens die hagere Gestalt Benedicts auszumachen. Verflixt, ist er das tatsächlich? Ich spähe noch einmal angestrengt durch die Heckscheibe. Und bin sicher, neben ihm auf dem Beifahrersitz thront Edna. Sind jetzt etwa beide hinter mir her? Auch das noch, Janet Horne hat eine Neuauflage meines Verfolgungswahns bewirkt. Großartig.

»Ach was«, sagt Papa, der mich beobachtet hat, drückt mich an sich und weiß sofort, was mit mir los ist. »So etwas passiert nicht wieder. Keiner ist hinter dir her, außerdem bin ich bei dir.«

Sein Wort in Gottes Gehörgang, aber er hat ja recht. Als der fiese Benedict mir in Edinburgh die Goldmünzen abnehmen wollte, die mein Großvater dort in der Verborgenen Stadt gebunkert hatte, war Papa zur Stelle und hat mich gerettet. Das werde ich ihm nie vergessen, auch wenn er mir dabei fast einen Herzanfall beschert hätte. Und Rose bin ich auch bis in alle Ewigkeit dankbar. Die hatte ihm nämlich den Tipp gegeben, ein Auge auf mich zu haben.

Unser freundlich grinsender Chauffeur (ihm ist deutlich anzusehen, dass er weiß, wie schön er ist und wie glänzend seine Zähne strahlen) setzt uns vor Papas Hotel im feinen Stadtteil Mayfair ab.

»Herzlichen Dank, Jerome«, sagt Papa zu ihm. »Ich glaube, unsere kleine Überraschung mit dem Abholen ist uns absolut gelungen.«

»Das kannst du laut sagen!«, bestätige ich Papas Worte. »Herzlichen Dank, Jerome.«

Jerome lässt die Zähne blitzen. »Sure«, antwortet er.

Dann nickt er uns zu und fährt davon.

Papa führt mich durch die in Rotgold gehaltene, plüschige Lobby seines Luxushotels (»Zahle nicht ich«, versichert er energisch) in ein kleines, aber feines Restaurant. Die Kellner kümmern sich in stilvoller, unnachahmlich britischer Höflichkeit um uns. Wir nehmen an einem

Tisch Platz, auf dem bereits Kerzen brennen, und bekommen die Menükarten gereicht.

»Aperitif, Miss?«, fragt mich ein alterslos wirkender Kellner, der in seinem steifen Frack einem alten Schwarz-Weiß-Film entsprungen zu sein scheint.

»Nein, danke«, antworte ich ein bisschen zu entrüstet.

Papa lächelt und bestellt sich ein Glas Champagner. »Zur Feier des Tages.«

»Sehe ich so alt aus, dass man mir Alkohol zutraut?«, frage ich ihn.

»Ich war mit dir auf so vielen Kinderspielplätzen«, entgegnet er und sieht mich dabei melancholisch an. »Und jetzt sitzt eine schöne junge Dame vor mir.«

Ich spüre, wie ich rot werde.

»Nimm ihm nicht übel, dass er es auch bemerkt«, meint Papa lächelnd.

Ich stelle fest, dass ich mit dieser vornehmen Umgebung nicht umgehen kann (das ist mir hier alles viel zu erwachsen), und vertiefe mich in die Lektüre der Menükarte, die in der Beschreibung der Speisen dichterische Qualität aufweist – was bedeutet, dass ich nicht wirklich verstehe, was da alles beschrieben wird, geschweige denn, dass ich es essen will.

»Also, lass uns feiern«, sagt Papa. »Dass London eine schöne Stadt ist.«

Hä? Was meint er denn jetzt damit? Klar ist London eine schöne Stadt. Genau wie Edinburgh. Was mein Stichwort ist. Frontalangriff, lautet die Devise.

»Und Edinburgh? Du wolltest mir etwas erzählen.«

Er versteckt sich hinter der Menükarte, die von eindrucksvoller Größe ist, und vertieft sich darin, als wollte er etwas wiederfinden, was er verloren hat.

»Was hältst du von dem Fisch? Oder lieber Fleisch?« Er steckt seine Nasenspitze über die Karte.

»Edinburgh«, wiederhole ich. »Aber das kann man nicht essen.«

»Ich nehme Fleisch«, teilt er mir mit. »Das Steak klingt gut.«

Ganz schön hartnäckig. Wobei ich zugeben muss, dass auch mir mittlerweile der Magen knurrt. Na gut, aufgeschoben ist nicht aufgehoben.

Wir bestellen drei Gänge, alles meine Lieblingsgerichte, und genießen das Essen, das wenig später wunderschön angerichtet auf dem Tisch steht. Mein Vater, der Genießer, hat sich noch ein Glas Rotwein dazu bestellt und lehnt sich behaglich zurück, während ich die Reste des Desserts in mich hineinschaufle, ein Trifle, eine saftige Süßspeise aus mehreren Schichten Vanillesauce, Biskuitteig und Früchten, allerdings ohne den sonst üblichen Alkohol. Am Ende bin ich pappsatt – was mich allerdings nicht davon abhält, einen neuen Anlauf zu nehmen.

»Also, wie war das jetzt in Edinburgh?«, will ich endlich wissen. »Du wusstest von Rose, wo ich war …«

»Ja«, antwortet er. »Ich glaube, ich trinke noch einen Digestif.«

»Einen was?«

»Einen Schnaps, zum Verdauen. Du bist leider noch zu jung dafür. Kann ich ansonsten nur empfehl…«

»Könntest du jetzt endlich mal damit rausrücken, was du mit dem Gold gemacht hast?«, falle ich ihm verärgert ins Wort.

»Nicht so laut!«, erwidert er und sieht sich nervös um. »Ich möchte dich schützen, Lisa, glaub mir. Ich denke, das ist alles zu viel für dich.«

»Zu viel?!«, schnaube ich und kann nicht verhindern, dass meine Stimme lauter wird. »Du hast recht! Ich kriege tatsächlich langsam zu viel! Du nennst mich eine junge Dame und behandelst mich wie einen Säugling?«

Papa wirft stöhnend die Hände in die Luft. »Beruhige dich! Ich erzähle dir ja alles, was du wissen willst. Nur bitte beruhige dich«, redet er beschwörend auf mich ein.

Ich verschränke grimmig die Arme vor der Brust und nicke. »Bin ganz Ohr«, sage ich so ruhig wie möglich.

»Okay, okay.« Papa räuspert sich und beugt sich ein Stück zu mir. »Also, wie du schon sagtest: Rose hatte mich gebeten, ein Auge auf dich zu haben. Da ich während eurer Klassenfahrt ohnehin beruflich in Edinburgh zu tun hatte, habe ich mich heimlich an deine Fersen geheftet, um zu sehen, ob du Schutz brauchst, wollte dich aber nicht beunruhigen. Rose hatte mir erzählt, was es mit dem alten Familiengold auf sich hat. Anfangs habe ich ihr nicht so recht geglaubt, doch als du dann mit diesem rothaarigen Jungen aus den Katakomben gekommen bist und den Leinenbeutel in der Hand hattest, habe ich meine Meinung geändert.«

Ich muss grinsen, als ich an Ewan und unsere gemeinsamen nächtlichen Aktionen in Edinburgh denke. Doch Papa guckt ganz ernst und spricht leise weiter.

»Und dann ging alles ganz schnell. Auf einmal waren diese drei Ganoven da und ich hatte keine Zeit mehr zu überlegen. Es tut mir unendlich leid, dass ich dich so erschreckt habe.« Papa schüttelt den Kopf. »Den eigenen Vater zu sehen, wie er sich mit irgendwelchen Kleingangstern prügelt …«

Ich verschlucke mich an meinem Apfelsaft und kriege einen Hustenanfall. Kleingangster? Benedict, ja, den kann man getrost so bezeichnen. Aber die Knautschis? Ich rufe mich zur Ordnung, damit ich mich jetzt nicht verrate und was Falsches sage.

Papa klopft mir auf den Rücken. »Alles okay?«, fragt er, als ich mich halbwegs wieder eingekriegt habe. »Wo war ich stehen geblieben? Ach ja. Das Wichtigste für mich damals war, dass du nicht weiter in Gefahr gerätst. Was auch immer hinter dieser Familienfehde steckt (ach, Papa, wenn du wüsstest!), ich wollte auf keinen Fall, dass du noch einmal in Gefahr gerätst. Deswegen habe ich das Gold an mich genommen, denn allein, dass es sich in deinem Besitz befand, hielt ich für viel zu gefährlich.«

»Und wo ist es jetzt?«, will ich wissen.

»Zuerst habe ich es in einem Bankfach untergebracht. Weißt du, es sind wertvolle historische Münzen, die viel mehr wert sind als ihr eigentlicher Goldwert. Sie gehören in ein britisches Museum. Wir müssen es loswerden, so schnell wie möglich. Es klebt Pech daran.«

Hat Rose schon gesagt, muss er von ihr haben.

»Sie gehören den Familien Cooper und Cumberland«, wende ich ein. »Edna Cumberland hat Anspruch darauf erhoben und womöglich zu Recht. Vielleicht gibt sie endlich Frieden und lässt uns in Ruhe, wenn sie wenigstens etwas davon abkriegt. Opa Angus war es ihr schuldig.«

Papa wiegt den Kopf. »Ursprünglich stammt das Gold aus einem Raub, der aus einem Streit zwischen Engländern und Schotten entstanden ist, so weit ich weiß«, erklärt er. »Ich habe keine Ahnung, ob das Problem juristisch sauber zu lösen wäre. Auf einen Rechtsstreit habe ich nicht wirklich Lust, es ist schon schlimm genug, dass ich kaum erklären kann, wie ich an das Gold gekommen bin, ohne das Blaue vom Himmel zu lügen.«

»Und wo ist es jetzt?«, wiederhole ich.

»In meinem Zimmersafe«, flüstert er, während er seinen Blick erneut durch das kleine Restaurant schweifen lässt.

»Hier im Hotel?! Ist es da wirklich sicher?«, frage ich leise. »Du arbeitest doch, du bist so gut wie nie in deinem Zimmer, da kann doch jeder ran!«

»Ach was«, meint Papa. »Weiß doch keiner davon.«

»Edna kommt dahinter! Die hat ihre Mittel und Wege«, sage ich. »Und Benedict scheut vor nichts zurück, wenn sie ihn von der Leine lässt. Sie sind beide in der Stadt, ich rechne mit dem Schlimmsten, wenn sie in der Nähe sind. Gold verdirbt den Charakter, richtig? Aber manchmal kann man einen verdorbenen Charakter zur Ruhe bringen, wenn man ihn befriedigt. Denkst du noch einmal über Ednas Anspruch nach?«, bitte ich ihn.

»Okay.«

Pause.

Längere Pause.

Er sieht mich an und sagt immer noch nichts.

»Und?«, frage ich. »Noch was?«

Er räuspert sich. »Ich bin nicht sicher, ob ich dir nicht zu viel Hoffnung mache … Du hast immer gesagt, ich soll versuchen, Mama von der Scheidung abzubringen …«

»Ja, das habe ich«, sage ich mit fester Stimme. »Heißt das, du arbeitest ernsthaft daran, dass wir wieder als eine Familie zusammenleben?«

Pause.

»Das wäre mein Traum«, sagt er schließlich.

»In Berlin?«, frage ich zaghaft, denn mir wird klar, dass das den Abschied von England bedeuten würde. Von Cliffmoore, von Omas Häuschen, von meinen Mädels – und von Ben.

Er zuckt mit den Schultern. »Um das zu entscheiden, ist es noch zu früh«, meint er. »Erst mal muss es überhaupt klappen.«

»Und wie willst du das anstellen, was hast du vor?«

Papa lächelt. »Durch meinen Stoffhandel habe ich einen der größten Modezaren der Welt kennengelernt, Balthazar Little. Er hat mir auch Jerome an die Seite gestellt und den Wagen geliehen«, berichtet er. »Balthazar sucht ständig neue Modedesigner für sein Imperium. Da habe ich deine Mutter ins Spiel gebracht.«

Meine Gedanken fangen mal wieder an zu rasen. Da Mama wirklich eine tolle Designerin ist (ich liebe allein ihre Zeichnungen), lässt Ashleys Vater ihr gerade komplett freie Hand. Leonard Ashton ist der entscheidende Kopf der Kaufhauskette Barkers, für die Mama arbeitet, und er hat Mamas und Martins Damenbekleidungs-Firma sehr viel Geld gegeben.

»Balthazar Little sitzt in London«, konstatiere ich. »Sie soll aus York weg. Sie soll von Martin weg. *Das* willst du.«

Papa sieht mich mit unbewegter Miene an. Mir wird heiß und kalt.

»Ziehen wir dann alle nach London?«, frage ich leicht entsetzt.

»Erst mal abwarten, was passiert«, meint er und lehnt sich nach vorn. »Was hältst du von der Idee?«

Ich starre ihn an. Ich mag Martin und unsere Patchworkfamilie, aber Papa ist Papa. Und Mama ist Mama. Jetzt geht's richtig ans Eingemachte und ich muss mir eine so grundlegende Frage stellen wie: Werde ich auf Dauer in England heimisch werden? Will ich nicht lieber nach Berlin zurück? (Paula würde vor Freude durchdrehen und ich wahrscheinlich auch.) Aber jetzt ausgerechnet nach London, alles noch mal neu, alles noch mal von vorn? Ohne Ben? Das geht doch nicht. Eine Lawine von Zweifeln stürzt über mich herein. Wie sieht es wirklich in Ben aus, habe ich ihn nicht längst verloren? Er hat Angst, dass Ashley seinen Eltern schadet, wenn er sich zu mir bekennt, und ich habe kein hundertprozentiges Vertrauen mehr zu ihm. Er ist doch tief in den ganzen Kuddelmuddel mit Edna verstrickt … Immer mit der Ruhe, Lisa, jetzt erst mal schauen, was passiert, schärfe ich mir ein. Ich werde Ben nicht einfach aufgeben, so viel steht fest, die Auflösung des Fluchs muss es richten. Doch kaum habe ich diesen Gedanken zu Ende gedacht, steigen erneut Zweifel in mir hoch. Wie viel hatten wir denn die letzten Tage miteinander zu tun? Wir treiben immer mehr auseinander. Was soll ich nur tun?

»Worüber denkst du denn nach, hm? Vielleicht kann ich Mama wirklich zurück in meine Nähe holen. Wie fändest du das?« Papa sieht mich durchdringend an.

Mein Kopf fühlt sich plötzlich ganz leer an.

»Ich weiß es nicht«, murmle ich.

Leider stimmt das wirklich, ich weiß überhaupt nichts mehr und fühle mich überrannt. Egal wohin ich schaue, diese ganzen Ach-so-dringenden-Entscheidungen überfordern mich.

»Pass auf«, sagt Papa. »Alles braucht seine Zeit, ich

möchte nur, dass du Bescheid weißt, was ich vorhabe. Ich halte dich auf dem Laufenden und berichte dir, wenn es etwas zu berichten gibt. Das Wichtigste für mich ist, dass du dich nicht ausgeschlossen fühlst.«

»Danke«, antworte ich leise.

»Ich fahr dich jetzt zu deiner Gastfamilie zurück«, erklärt er. »Lass dir alles durch den Kopf gehen, aber mach dich nicht verrückt, das Schicksal baut uns immer eine Brücke.«

Dieser Satz könnte von Rose stammen, und ich kann einen kleinen Lacher nicht unterdrücken, der aber mehr wie ein Schluchzer klingt, denn Papa steht auf, beugt sich zu mir herunter und nimmt mich in den Arm. »Ich rufe uns ein Taxi.«

Ich zögere.

»Ist noch was?«, will er wissen.

»Ich muss noch jemanden anrufen, eine Freundin von Rose«, antworte ich.

»Dann tu das.«

Und was frage ich Aurora in Papas Gegenwart, wenn ich sie erreiche?

»Ich komme gleich wieder«, teile ich ihm mit und gehe zur Damentoilette.

»Geheimnisse?«

Ich nicke gespielt verschwörerisch. Papa sieht mir amüsiert hinterher.

Auf der Toilette vergewissere ich mich, dass niemand im Raum ist. Dann krame ich die Visitenkarte hervor, und beginne, auf meinem Handy zu wählen. Erst klingelt es lange durch, bis sich schließlich eine blechern quäkende Frauenstimme meldet.

»Diese Nummer ist nicht vergeben.«

Wie bitte? Ich versuche es noch einmal.

»Diese Nummer ist nicht vergeben.«

Habe ich einen Zahlendreher drin oder sonst einen Fehler gemacht? Ich sehe auf die Visitenkarte und wähle noch einmal konzentriert.

»Diese Nummer …«

Geschenkt. Ich geb's auf und gehe zurück zu unserem Tisch.

»Und?«, fragt Papa. »Hast du sie erreicht?«

Ich schüttle den Kopf. »Würdest du mir einen Gefallen tun?«, bitte ich ihn. »Würdest du mit mir an dieser Adresse vorbeifahren, bevor du mich bei den Maliks absetzt?« Ich zeige ihm Auroras Visitenkarte.

»Was immer du willst«, meint er. »Möchtest du mir erzählen, was so wichtig daran ist?«

Ich bin hin- und hergerissen. »Später«, sage ich. »Wenn wir die Freundin von Rose auch wirklich antreffen.«

Wieso nur denke ich, dass das nicht der Fall sein wird? Dass sie untergetaucht ist und das nichts Gutes zu bedeuten hat?

Vor dem Hotel warten mehrere Taxis auf Kundschaft, wir steigen in das erste ein und Papa zeigt dem Taxifahrer die Visitenkarte.

»Zuerst dorthin«, sagt Papa. »Dann nach Wapping. Dann wieder hierher zurück.«

Der Taxifahrer wirft einen kurzen Blick auf uns beide, nickt und murmelt: »Alright, Governor.«

Er fährt die mir bekannten Straßen, Gassen und Winkel ab und biegt in die Sackgasse ein, an deren Ende das Häuschen steht, das noch verwunschener aussieht als bei meinem ersten Besuch. Der Taxifahrer hält an, Papa steigt mit mir aus und baut sich davor auf. »Hat es das Haus aus dem Märchenwald doch tatsächlich nach London verschlagen«, bemerkt er.

Lustig, dass er auf so etwas kommt, denn das ist auch ganz mein Eindruck. Ich gehe auf die Haustür zu, an der mir sofort auffällt, dass der Kräuterkranz fehlt. Das metallene Schild mit der Aufschrift *Janet Horne Society* hingegen blinkt noch matt im Licht einer einsamen Laterne.

»Wer ist Janet Horne?«, fragt Papa.

Ich ignoriere diese heikle Frage und drücke auf den Klingelknopf. Nichts. Noch einmal. Nichts. Noch einmal. Keine Reaktion.

»Da im Hochparterre des Häuschens ist Licht«, teilt mir Papa mit. »So ein Signal zum Abschrecken von Einbrechern, aber vielleicht ist ja doch jemand zu Hause.«

Tatsächlich ist im Fenster rechts oben neben der Tür ein Lichtschimmer zu sehen.

»Wirf mal einen Blick hinein«, schlägt Papa vor. »Kannst auch ans Fenster klopfen.«

Ich sehe ihn irritiert an, das Fenster ist viel zu hoch.

»Räuberleiter«, erklärt er. »Zu welchem Zweck sonst, meinst du, bin ich so groß geworden?«

Ich nicke begeistert. Wir stellen uns an die Hauswand, wo ich auf Papas verschränkte Hände steige und er mich auf Fensterhöhe hievt. Meine Augen brauchen eine Weile, bis sie in dem diffusen Halbdunkel, das im Inneren herrscht, etwas unterscheiden können. In der Mitte des Raums steht ein lang gezogener Tisch mit dreizehn Stühlen drumherum, darüber baumelt einen antike Lampe von der Zimmerdecke, die die Szenerie in ein schummriges Licht taucht. Auf dem Tisch erkenne ich eine Decke mit … Moment mal. Ist das tatsächlich ein gesticktes Pentagramm, ein fünfzackiger Teufelsstern? Ich halte die Luft an. Mein Blick wandert über die Wände, die, wie im Demon Club, von Frauenporträts bedeckt sind. Einige Gesichter kann ich nur undeutlich unterscheiden, dazu ist der Raum zu schlecht beleuchtet, aber ich erkenne den Kupferstich von Janet Horne wieder – und ich entdecke ein Ölbild von Aurora Beatrix Lequeer. Und dann … dann ist da noch eine Kohlezeichnung von einer Frau, die mir sehr bekannt vorkommt. Ist das denn möglich? Ist das dort etwa … Rose? Ich stöhne innerlich. Auch das noch. Bedeutet das jetzt etwas Ungutes – oder schieße ich mal wieder über das Ziel hinaus? Warum sollte Aurora nicht ein Bild von ihr haben? Schließlich sind die beiden befreundet.

Ich verrenke mir den Hals, um noch mehr in dem Zimmer sehen zu können, und entdecke an der hinteren

Wand ein weiteres Porträt. Ich pralle zurück, sodass Papa Mühe hat, mich festzuhalten. Ich glaub, ich werd nicht mehr! Der Schinken an der Wand zeigt Edna Cumberland. Die gottverfluchte Hexe Edna Cumberland! Es gibt also wirklich eine Verbindung zwischen Aurora und Edna – und von da ist es nicht mehr weit zu Ashley. Sie stecken alle unter einer Decke! Aber warum hängt das Bild von Rose in dieser Hexengalerie? Ein Anfall von Panik überwältigt mich. Mir wird alles zu viel, ich muss hier ganz schnell weg.

»Willst du runter? Was ist mit dir?«, fragt Papa und setzt mich ab.

»Nichts, nichts«, behaupte ich und ziehe meine Kleidung zurecht. »Mir wurde nur gerade schwindlig.«

Das Hexenpack versteckt sich gemeinsam unter dem Deckmantel der Janet Horne Society, womöglich mitsamt seinem kleinen Lehrling Ashley. Aber wie passt Rose ins Bild? Ich krieg die Krise. Ist sie eine von denen?

»Hast du gesehen, was du sehen wolltest?«, will Papa wissen.

Nicht wirklich, denke ich, *das* wollte ich ganz bestimmt nicht sehen, aber ich nicke.

»Lass uns gehen«, bitte ich ihn. »Frau Professor Lequeer ist nicht da. Ich versuche morgen, sie zu erreichen.«

Gelogen. Die will ich nie wieder sehen.

»Na dann, auf zum Taxi«, kündigt Papa an. »Komm, da drüben.«

Der Taxifahrer hat auf der gegenüberliegenden Straßenseite auf uns gewartet. Sobald wir eingestiegen sind, fährt er los, die Adresse in Wapping hat er sich gemerkt.

»Warum bist du so still?«, fragt Papa.

Ich zucke mit den Schultern. »Müde«, murmle ich ausweichend.

Dabei bin ich nicht müde. Ich bin hellwach und überlege fieberhaft, was diese Verbindung zwischen Aurora und Edna bedeutet und was sie für Folgen haben kann. Edna bereitet mithilfe von Aurora neue Attacken von ihrem Wintersitz in London aus vor, da bin ich sicher. Aber wie soll ich mich dagegen schützen? Ich habe nicht die geringste Ahnung.

Meine Finger tasten nach dem Medaillon um meinen Hals. Immerhin habe ich noch den Kristall, der mir Sicherheit gibt. Ich schwöre mir, gut auf ihn achtzugeben.

Eine Viertelstunde später setzt Papa mich bei den Maliks ab, wir steigen aus und er umarmt mich.

»Alles wird gut«, sagt er leise.

Ich möchte es so gern glauben.

»Alles wird gut«, wiederhole ich.

»Ich melde mich, wenn es etwas Neues gibt«, versichert er mir. »Und wir müssen uns unbedingt noch einmal treffen, bevor du zurück nach York fährst. Und grüß mir die Mama, wenn du mit ihr sprichst.«

»Mach ich«, verspreche ich und denke, mit ihr habe ich viel zu lange nicht geredet.

Er drückt mich noch einmal, steigt zurück ins Taxi, winkt mir aus dem Fenster zu und fährt davon. Ich winke ihm hinterher und starre die Straße entlang, auch nachdem der Wagen schon lange verschwunden ist. Entschlossen drehe ich mich um, gehe die paar Stufen zum Eingang des Malik'schen Hauses hinauf und klingle.

Die Maliks freuen sich ehrlich, mich zu sehen, und ich, offen gesagt, auch. Ihr Heim hat sich zu so etwas wie einer Oase der Ruhe und Normalität entwickelt. Wir gehen ins Haus.

»Ein netter Mann, dein Vater«, sagt Mubashir.

»Sehr nett«, meint Amina. »Ich habe noch etwas auf dem Herd für dich. Zoey hat schon gegessen.«

»Sie ist oben«, ergänzt Mubashir.

»Oh«, stottere ich. »Ich habe mit meinem Vater gegessen.«

Amina geht in die Küche, ein wenig enttäuscht. »Ach so, natürlich«, sagt Mubashir. »Du bist bestimmt müde.«

Ich nicke.

Amina erscheint wieder in der Türöffnung und hält ein Stück Fladenbrot und einen Mango-Lassi in der Hand.

»Für die Nacht«, meint sie.

»Nächtliche Hungeranfälle«, erläutert Mubashir und zwinkert mir lächelnd zu.

Ich zwinkere zurück. »Danke! Und gute Nacht.«

»Gute Nacht.«

Ich nehme den Teller und den Becher und stapfe die

Treppe hinauf. Zoey ist noch wach und setzt sich in ihrem Bett auf, als ich ins Zimmer komme. Sie lässt ihr Buch zur Seite sinken und strahlt. »Ich bin ja so froh, dich zu sehen! War heute Abend ein bisschen anstrengend mit den Maliks, so lieb sie auch sind. Bei dir alles in Ordnung?«

»Frag lieber nicht«, antworte ich matt. »Ein Stück Brot? Mango-Lassi?«

»Danke, bin schon versorgt«, sagt sie und zeigt grinsend auf ihr Nachtschränkchen, wo exakt der gleiche Proviant steht. »Willst du sehen, was ich gekauft habe?«, fragt sie aufgeregt. »Drei süße Oberteile und einen total coolen Rock.«

Das ist genau die richtige Ablenkung für meinen Gemütszustand, denke ich und nicke begeistert. »Zeig her!«

Sie startet eine kleine Modenschau ganz für mich allein, die Teile sehen wirklich gut aus an ihr. Ich begutachte und lobe ihre Errungenschaften und Zoey ist glücklich.

»Schade, dass du nicht dabei warst. Du hast echt gefehlt«, sagt sie. »Nächstes Mal musst du unbedingt mitkommen.«

»Ja, unbedingt«, antworte ich und versuche, die Traurigkeit in meiner Stimme zu verbergen. Es ist so, dass mir nach dem Gespräch mit Papa jede Minute mit den Mädels plötzlich unendlich kostbar vorkommt. Wer weiß, wie lange ich sie noch habe.

»Morgen wird's grausam. Parlamentstag …«, stöhnt Zoey und schüttelt sich.

»Kann mich vor Vorfreude kaum halten«, sage ich kichernd.

»In der Oxford Street haben wir übrigens Ben und ein paar andere getroffen. Er hat nach dir gefragt.«

»Okay.« (Tatsächlich? Das ist gut, das ist sehr gut.)

»Nur okay? Na, hör mal!« Zoey lacht.

»Sorry, aber ich bin total am Ende, so schön der Abend mit Papa auch war«, erkläre ich. »Ich gehe besser ins Bett.«

»Ich lese noch ein bisschen«, kündigt Zoey an. »Die Nachttischlampe stört dich hoffentlich nicht?«

»Garantiert nicht.«

Ich gehe ins Badezimmer, mache mich fertig, umarme Zoey und schlüpfe unter meine Decke. So erschöpft war ich schon lange nicht mehr. Schnarch.

Doch der abenteuerliche Tag lässt mich auch im Schlaf nicht los.

Ich träume von zwei Hexen, die auf ihren Besen wild durch das Hotelrestaurant kurven, in dem ich mit Papa beim Essen sitze. Natürlich sind es Aurora und Edna, die sich da ein Wettrennen liefern. Papa wischt mit den Händen durch die Luft, als wären sie bloß ein paar lästige Fliegen, die man einfach so verscheuchen kann. Die beiden lachen aber nur höhnisch und bewerfen uns mit Goldmünzen. Die anderen Restaurantbesucher krabbeln hektisch unter den Tischen herum und beeilen sich, so viele Münzen aufzusammeln wie nur möglich. Ich versuche, sie daran zu hindern, schlage ihnen auf die Finger und raffe selbst zusammen, was geht. Eine der Goldmünzen in meiner Hand wird immer größer, bis ich sie fallen lassen muss. Auf ihr ist ein Löwenkopf abgebildet, der sich aus der Münze löst und zu einem riesigen Mähnenlöwen auswächst. Der Löwe reißt zu meinem Schrecken brüllend das Maul mit den spitzen Reißzähnen so weit auf, dass ich Angst bekomme, von ihm zerfleischt zu werden. Horror! Stattdessen rollt er eine blaue Zunge aus, mit der er über mein Gesicht fährt. Was zum …?

Ich fahre im Bett hoch, vor mir steht Zoey, die lachend einen nassen Waschlappen in der Hand hält.

»Sorry, aber ich wusste nicht, wie ich dich sonst wecken sollte«, erklärt sie. »Du hast geschlafen wie ein Stein.« Dann schnappt sie sich meine Decke und zieht sie mit einem Ruck weg. »Komm schon, Frühstück wartet!«, trällert sie, und noch ehe ich protestieren kann, hat sie mir schon meine Schuluniform in die Hand gedrückt.

Die letzten Traumbilder verscheuchend, schlüpfe ich in meine Klamotten. Hexen hin oder her, heute ist ein neuer Tag. Und ich habe vor, das Beste draus zu machen.

9. Kapitel

Nachdem wir fürstlich gefrühstückt haben, lassen es sich Amina und Mubashir nicht nehmen, Zoey und mich mit dem Auto zu unserem Treffpunkt am Marble Arch zu fahren. Sie lassen es sich auch nicht nehmen, dort aus dem Wagen zu steigen, um sich gebührend von uns zu verabschieden, was konkret heißt, dass sie uns umarmen, auf die Schulter klopfen und nochmals umarmen. Es ist, als würden sie uns nie wiedersehen. Wir umarmen sie zurück – die beiden sind einfach zu rührend. Unsere Mitschüler, die auch gerade eintreffen, schauen schon ganz komisch zu uns herüber. Doch das ist uns egal.

Nachdem sie winkend davongebraust sind, seufzt Zoey tief. »So viel Nettigkeit auf einmal, es ist unfassbar.«

Da kann ich ihr nur beipflichten. Und ich sehe, wie gut es ihr tut (mir im Übrigen auch). Denn während meine Mitschüler fröhlich lärmend in den neuen Tag starten, habe ich das unweigerliche Gefühl, dass sich hinter meinem Rücken etwas zusammenbraut. Etwas, was ich nicht unter Kontrolle habe …

Als wir uns dem Treffpunkt auf der Wiese nähern, hören wir schon aus der Ferne aufgeregtes Kichern und schmachtende Seufzer von den Mädchen. Es fällt der Name Byrnes, und so scheint es die knisternde Vorfreude auf den schönsten Lehrer der Fultonthorpe Grammar School zu sein, die sich hier Bahn bricht. Wie jetzt, kommt der etwa hierher, oder ist er gar schon da?

»Ihr habt richtig gehört«, dröhnt Dr. Walkers Bass über die versammelte Meute. »Euer geliebter Lehrer ist extra von York in die Hauptstadt gereist, um unseren Ausflug mit seinen fundierten Kenntnissen der politischen Szene zu bereichern, und müsste jeden Moment hier eintreffen!«

Moment mal, höre ich da Ironie heraus? Kann Dr. Walker »Sexy Rexy«, wie er von den Schülerinnen genannt wird, etwa nicht leiden? Dabei ist der wirklich schön (aber klar, was stört Dr. Walker das?). Das Tuscheln geht weiter, die Mädchen kriegen sich gar nicht mehr ein. Der schöne Mann mit den stahlgrauen Augen ist, das weiß ich längst, nicht einmal doof. Wahrscheinlich ärgert Dr. Walker einfach diese schwitzige Art pubertärer Heldenverehrung.

»Er wird euch heute zusammen mit Mrs Flynn betreuen«, fährt Dr. Walker fort. »Also nutzt euren Tag!«

Und schon ist er weg, mit Dr. Doppler im Schlepptau.

Was haben die beiden vor? Irgendwie kann ich mir nicht vorstellen, wie der eine Doktor den anderen im nächsten Pub mit wässrigem Bier unter den Tisch trinkt, wie das hierzulande üblich ist, aber wahrscheinlich will er einfach nur weg hier, um dem allgemeinen Geschmalze zu entrinnen.

»Wo bleibt Rexy denn?«

»Verspätet er sich noch mehr?«

Aufgeregtes Getuschel von den Mädchen, genervtes von den Jungs.

Es dauert wirklich lange, bis Sexy Rexy eintrudelt, auch Mrs Flynn tritt schon von einem Füßchen aufs andere.

Als er schließlich um die Ecke biegt, nimmt er die Ovationen der Schülerinnen huldvoll entgegen, Mrs Flynn hingegen verdreht die Augen.

»Na endlich!«, sagt sie streng. »Wir sind wahnsinnig spät dran und du wolltest noch ein paar einleitende Worte sprechen.«

Schuldbewusst zieht er seinen Schlips zurecht. »Das Parlament«, beginnt er zu intonieren, ohne Mrs Flynn weiter zu beachten. »Wie ihr wisst, machen wir heute einen Besuch im Palace of Westminster. Ihr werdet leibhaftige Politiker bei der Arbeit erleben, ob ihr wollt oder nicht. Es wird Zeit, dass ihr euch eurer Verantwortung als Staatsbürger bewusst werdet und lernt, später nicht irgendwelche Würstchen zu Volksvertretern zu wählen, die keine Ahnung haben, was sie tun oder reden, sondern welche, die wissen, was sie reden, und dann das Gegenteil tun.«

Er grinst. Zynismus muss Spaß machen.

Gut gelaunt folgen wir ihm in den Westminster-Palast, ein vieltausendfach verschnörkeltes, gotisches Gebäude, schwer kathedralenmäßig, wo er uns als Erstes das englische Wappen erklärt, das am Gebäude angebracht ist. Es handelt sich um drei goldene Löwen, die eigentlich Leoparden sind, wie er erzählt, und mit hängender blauer Zunge durchs Leben gehen. Blaue Zunge? Haben die Blaubeeren gegessen? Da war doch was ... Wieso habe ich von so einem Tier geträumt? Und von Ben? Ich sehe zu ihm hinüber, er schaut mich an und lächelt. Die blaue Zunge der Hoffnung? So leicht kann Verzweiflung in Nonsens umschlagen. Ich muss lernen, auf mich aufzupassen, sonst drehe ich noch völlig durch. Und natürlich hält die Freude nicht lange. Ben lächelt auch Ashley an, die sich umgehend kichernd bei ihm einhängt. Das Wechselbad der Gefühle ist echt anstrengend.

»Ihr werdet euch fragen, warum die Tiere mit blauer Zunge durchs Leben gehen«, sagt Mr Byrnes. (Er errät meine tiefsten Gedanken.) »Ganz einfach. Um sie von den Zungen anderer Wappentiere zu unterscheiden und Verwechslungen zwischen den Adelshäusern zu vermeiden.« (Die haben vielleicht Sorgen.) Dann wird es ernst.

»Ich habe Tickets für die Besuchergalerie des House of Commons besorgt, dem Unterhaus, in dem die gewählten Volksvertreter über die Gesetzgebung und den Staatshaushalt entscheiden«, berichtet er. »Wir werden an einer gesetzgebenden Sitzung teilnehmen, Demokratie in action. Dort ist absolute Stille angesagt.«

Überbordende Begeisterung, so weit das Auge reicht. Dennoch folgen ihm und Mrs Flynn alle brav die imposanten Treppen hinauf, durch imperiale Säle und Gänge bis zur Galerie, wo allerhand einschüchternde Sicherheitschecks angesagt sind. Unsere Plätze befinden sich hinter einer dicken Glaswand.

»Hier sind schon einige mehr oder weniger gefährliche Gegenstände auf die Abgeordneten geworfen worden«, erklärt Mr Byrnes und setzt mit einem Zwinkern hinzu: »Manche zu Recht.«

Ich setze mich an den Rand einer Bank, neben mir nimmt Sara Platz, neben ihr meine anderen Mädels. Neugierig sehe ich einem völlig entnervten Ehepaar zu, das sich durch die Bankreihe neben mir schiebt und sich seufzend mit seiner ungefähr zehnjährigen Tochter und seinem Teenagersohn niederlässt, der sich an seinen Eltern vorbeidrängt, um sich am äußersten Ende der Bank neben seine Schwester zu quetschen. Die Kleine hat offenbar etwas dagegen.

»Aua«, sagt sie empört, aber die Eltern reagieren nicht und erst recht nicht der Bruder. Stattdessen schaut er kurz zu mir und zwinkert mir freundlich zu.

Als die Debatte beginnt, verstehe ich, warum Zuschauer auf die Idee kommen, mit Sachen zu werfen. Es ist eine atemberaubend steife Veranstaltung, die einem die Haare zu Berge stehen lässt, so viel verlogenen Stuss erzählen die Abgeordneten, ganz wie Rexy es geweissagt hat. Es geht um Haushaltsökonomie, Versorgungs- und Nutzungsoptimierung und die Geheimnisse der globalen Ölpreisgestaltung. Waaaaaah!

Von der Bank nebenan lehnt sich der Sohn der Familie zu mir herüber.

»Hey, ich bin Philip. Geht dir das auch so auf den Keks?«

»Lisa«, antworte ich flüsternd. »Und wie.«

»Das dauert noch Stunden«, meint er. »Hast du Lust, den Kellerraum zu besichtigen, in dem Guy Fawkes das Schießpulver gebunkert hat, um das Parlament in die Luft zu jagen?«

Über die Pulververschwörung am 5. November 1605, bei der die Königsfamilie, die Regierung und alle Parlamentarier fast gestorben wären, habe ich gleich am Anfang meiner Schulzeit in England alles gelernt. Die Fultonthorpe Grammar School feiert die Vereitelung des Komplotts jedes Jahr mit einem beeindruckenden Feuerwerk.

»Warum nicht?«, entgegne ich und versuche augenblicklich, mein schlechtes Gewissen zu beruhigen, dass ich Mr Byrnes' Politstunde schwänzen will, aber der konzentriert sich ganz auf die Debatte. Mrs Flynn hingegen sieht aus, als würde sie halb schlafen. Von der Seite droht also keine Gefahr. Allerdings kenne ich den Typ neben mir nicht. Andererseits: Er sieht ganz nett aus. Also was soll schon groß passieren? (Sollte mich meine wachsende Unzurechnungsfähigkeit nicht beunruhigen? Aber das hier ist wirklich ätzend.)

»Danach kommen wir sofort wieder her«, sagt Philip, als er mein Zögern wahrnimmt.

Ich muss zugeben, es klingt schon sehr verführerisch, wie er seine Idee verkauft, und ich fühle mich an meinen abenteuerlustigen Kumpel Ewan in Edinburgh erinnert, der mich in die geheimen Gänge und Höhlen der Verborgenen Stadt und von Castle Rock geführt hat. Philips Knuffigkeitsgrad ist allerdings nicht im Entferntesten so hoch wie der von Ewan.

»Kann ich mitkommen?«, fragt Sara, die auch schon seit geraumer Zeit demonstrativ unruhig auf ihrem Sitz hin- und herrutscht.

Ich nicke. »Gute Idee.«

»Geht nicht«, flüstert Philip und hebt bedauernd die Schultern. »Ich krieg nur einen an der Aufsicht vorbei.«

Sara zuckt mit den Schultern und fügt sich in ihr Schicksal.

Philip steht auf, was seine Eltern und seine Schwester offensichtlich nicht besonders interessiert, und huscht an den gebannt lauschenden Zuhörern vorbei, ich hinter ihm her. »Uff«, sagt Philip draußen vor der Tür.

»Nicht auszuhalten«, bestätige ich.

»Hier entlang«, fordert er mich auf und ich folge ihm

bereitwillig, froh, dem langweiligen Gequatsche entflohen zu sein.

Mit laut hallenden Schritten gehen wir durch die breiten Gänge des Parlamentsgebäudes, an mächtigen, goldbestickten, antiken Gobelins vorbei, die mehrere Quadratkilometer groß sind. Ab und zu folgt eine Marmorbüste oder Statue eines Parlamentariers oder adligen Regierungsmenschen und hie und da auch eine blecherne Ritterrüstung, nur gelegentlich begegnen wir einer lebenden Person.

»Wir müssen nach unten, ganz nach unten«, erklärt Philip und läuft mit mir eine prächtige Freitreppe hinunter.

Langsam frage ich mich, ob es nicht doch viel zu leichtsinnig ist, einem wildfremden Jungen in einen Keller zu folgen, möge er historisch noch so wertvoll sein. Aber jetzt umkehren? Wäre auch peinlich. Und was soll schon schiefgehen? Ich kann mich ja wehren, wenn er frech würde. Immerhin habe ich in der Schule diverse Selbstverteidigungskurse absolviert, ich weiß, wie man wirkungsvoll mit einem Knie umgeht oder einen durchschlagenden Fußtritt in strategisch wichtige Weichteile platziert.

Je weiter wir uns entfernen, umso weniger Bediensteten oder Angehörigen des Parlaments begegnen wir. Und die paar grau gewandeten Würdenträger, denen wir über den Weg laufen, interessieren sich nicht die Bohne für uns.

Am Fuß einer weiteren Treppe angekommen, sieht sich Philip nach allen Seiten um.

»Jetzt wird's interessant«, meint er und zieht einen Schlüssel hervor.

Ich staune. »Wo hast du den Schlüssel her?«, will ich wissen.

Er grinst. »Gewusst, wie«, antwortet er.

Ist genau genommen nicht wirklich eine Antwort, denke ich, erinnere mich aber an die unbekümmerte Frechheit und den Erfindungsreichtum von Ewan.

Philip geht zielstrebig auf eine Tür aus Massivholz zu und schließt sie auf. »Schnell!«, zischt er und öffnet die Tür.

Ich schlüpfe rasch hindurch, während er sie bereits vorsichtig hinter uns schließt, um keinen Lärm zu verursachen. Er sieht sich unschlüssig um und zählt die Türen durch, die sich links und rechts von dem unbeleuchteten Gang befinden, der sich vor uns auftut.

»Die da«, sagt er entschlossen. »Komm.«

Er geht auf die ausgewählte Tür zu und schließt sie mit demselben Schlüssel auf. Hinter ihr führt eine schmale Treppe steil hinunter ins schwarze Nichts. Hm. Was ist da unten? Wir gehen blindlings hindurch, hinter uns schnappt die Tür zu und es wird absolut zappenduster.

»Keine Angst«, sagt Philip. »Hier muss irgendwo ein Lichtschalter sein.«

Wir tasten zu beiden Seiten der Treppe nach einem

Schalter. Endlich finde ich ihn. Am Ende der Treppe erwacht eine funzlige Glühbirne zum Leben.

»Wollen wir wirklich da runter?«, frage ich, denn allmählich kriege ich doch Angst vor meiner eigenen Courage. So groß kann meine Neugier auf Guy Fawkes und seine kriminellen Machenschaften gar nicht sein, als dass ich mich vor lauter Langeweile einer Abgeordnetensitzung in ein unkalkulierbares Abenteuer stürze. Habe ich sie noch alle?

»Wir sind gleich da«, versichert Philip mir.

Wir gehen die Stufen hinunter, die immer schmaler werden, und ich habe Mühe, die Balance zu halten. Endlich kommen wir unten an und betreten einen Vorraum mit einer weiteren Tür. Mir wird die Luft knapp. Philip zwinkert mir vergnügt zu und öffnet auch diese Tür.

»Bitte sehr«, fordert er mich auf einzutreten.

Ich gehe zögernd in einen düsteren Raum hinein, in dem meine Schritte widerhallen. Ich kann mich zunächst kaum orientieren, der Raum muss ganz schön groß sein. Leider wird er nur notdürftig von einer Glühbirne beleuchtet, die von der Treppe her ein schwaches Licht wirft. Ich kann, wenn ich ehrlich bin, nicht das Geringste erkennen.

»Gibt es hier auch einen Schalter?«, frage ich und drehe mich zu Philip um. »Hier ist stockfinstere Nacht, wir hätten eine Taschenlampe mitnehmen sollen.«

Keine Antwort. Stattdessen fällt hinter mir die Tür ins Schloss – und ich stehe einsam im Dunkeln.

»Philip?«, frage ich. »Bist du da?«

Keine Antwort.

»Philip?«

Das kann doch nicht wahr sein … Ich taste mich zurück zur Tür und versuche, sie zu öffnen.

»Hey, Philip!«, rufe ich. »Keine Scherze, bitte. Mach auf!«

Keine Antwort.

Ich rüttele an der Tür, die nicht nachgibt.

»Philip, hey!«, schreie ich. »Mach endlich auf!«

Nichts. Dieser kleine verdammte Stinker! Was soll das, warum macht er das? Nur keine Panik jetzt, sage ich mir, ruhig bleiben, tief durchatmen. Ich versuche, meinen Atem zu verlangsamen, was auch ganz gut gelingt. Okay. Was jetzt?

Ich starre in die Finsternis und hoffe, dass sich meine Augen irgendwann daran gewöhnen und ich etwas erkennen kann. No such luck. Mit schweißnassen Händen taste ich mich an der nackten, kalten Wand entlang und horche in die Dunkelheit.

»Philip? Du Blödmann, wo bist du?«

Keine Reaktion. Ich spüre, wie allmählich Panik in mir hochsteigt, aber ich weiß, dass ich mich zusammennehmen muss, wenn ich eine Chance haben will, hier wieder herauszukommen. Es muss doch noch einen anderen Ausgang geben, denke ich, der Raum ist viel zu groß für nur eine Tür. Ich atme noch einmal tief durch und spüre plötzlich, wie der Kristall in meinem Medaillon wärmer wird. Verdutzt bleibe ich stehen. Reagiert er etwa auf einen anderen Kristall, der hier irgendwo ist? Kann es sein, dass sich unter dem Palace of Westminster eine Höhle befindet, genau wie bei Aurora? Kommt mir in dieser Stadt gar nicht so unwahrscheinlich vor. Oder will mich jemand mit seinem Kristall aufspüren, jemand wie … Aurora Lequeer? Oh, bitte nicht!

Mit flatternden Fingern ziehe ich das Medaillon hervor und halte es vor mich in die Dunkelheit. Dank seines Lichtschimmers entdecke ich am Ende des Raums, der wie eine antike unterirdische Prunkhalle auf mich wirkt, eine Tür. Da, da muss ich hin! Ich stolpere an einer Reihe schwerer Holzstühle vorbei, die kreuz und quer vor einem gigantischen Eichentisch stehen, und nähere mich der Tür. Plötzlich höre ich, wie sich in meinem Rücken knarrend eine weitere Tür öffnet. Ich wirble herum und entdecke einen Lichtschein, der farbig aufblitzt. Da kommt jemand – und ich will nicht wissen, wer das ist!

Wie von Sinnen renne ich zu der gegenüberliegenden Tür, die hoffentlich meine Rettung ist, und schicke ein Stoßgebet zum Himmel, dass ich sie aufkriege. Ich zerre an ihrem klobigen Metallgriff, während ich immer wieder einen Blick über die Schulter werfe. Hinter mir kommt eine schwarze Gestalt auf mich zu, die Hand, in der ich einen Stock erkennen kann, drohend erhoben. Ich ziehe und zerre und endlich, endlich geht die Tür auf! Keuchend schlüpfe ich hindurch und lasse sie ins Schloss donnern, bevor der Stock auf mich niedersausen kann.

Meine Augen scannen fieberhaft die Tür. Da, ein metallener Riegel. Mit zitternden Fingern schiebe ich ihn in den Verschlussring, der in die Wand eingelassen ist. Geschafft, hier kommt keiner mehr durch! Das Blut rauscht mir in den Ohren, als ich mich umsehe und feststelle, dass ich mich in einer Art Zwischenraum befinde, der von einem Lichtgitter in der Decke beleuchtet wird.

Plötzlich vernehme ich scharrende Geräusche und ein lautes, hohles Klopfen hinter der Tür. Ha, diese Tür werde *ich* ganz bestimmt nicht öffnen! Im Licht, das von oben in den Raum fällt, entdecke ich an der rückwärtigen Seite ein kunstvoll geschmiedetes Geländer, das zu einer Treppe gehört, die sich ebenso kunstvoll nach oben schraubt. Ohne zu zögern, haste ich mit ausgreifenden Schritten hinauf, nehme zwei, drei Stufen auf einmal und gelange zu einer weiteren Tür. Nicht schon wieder! Ich schließe die Augen und drücke den Griff hinunter. Die Tür bewegt sich, sie bewegt sich! Mit einem Schrei der Erleichterung stoße ich sie auf – und finde mich in einem prächtigen Treppenhaus mit marmornen Stufen, Geländern und diversen klassischen Statuen wieder. Wo bin ich?

»Wo kommst du denn her?«, fragt mich ein Mann von der Seite, der ein Schild mit der Aufschrift *Security* auf der Brust trägt. »Warst du unten im alten Sitzungssaal der Lords?«

»Ja«, antworte ich etwas zittrig. »Ich interessiere mich so sehr für die Parlamentsgeschichte.«

Selten so dusslig gelogen.

»Geht es dir gut?«, will der Mann wissen und sieht mir forschend ins Gesicht.

»Bestens«, lüge ich munter fort. »Können Sie mir sagen, wie ich zur Besuchergalerie im Unterhaus komme?«

»Natürlich«, antwortet er. »Den Gang da oben entlang, am Ende findest du eine Treppe, die in den ersten Stock führt. Dort ist es die Flügeltür am Ende der Halle.«

»Danke«, sage ich und versuche, meine zitternden Gliedmaßen unter Kontrolle zu halten.

»Möchtest du vielleicht einen Schluck Wasser?«, schlägt er vor. »Da drüben ist ein Trinkbrunnen.«

»Danke, danke, nein, danke«, antworte ich.

Ich will nur noch zurück zu meiner Klasse. Dann schnaufe ich ganz tief durch und gehe mit unsicheren Schritten in die Richtung, die er mir gewiesen hat.

Am Abgeordnetensaal angekommen, muss ich noch einmal durch die Sicherheitskontrolle. Glücklicherweise erkennt mich eine der Angestellten (wozu Schuluniformen manchmal so nützlich sind) und winkt mich durch. Ich betrete so leise wie möglich den Saal und stelle fest, dass die Debatte noch in vollem Gange ist. Es herrscht derselbe einschläfernde Tonfall vor, der zu hören war, als ich fast eingenickt wäre. Ich wollte, ich wäre hiergeblieben und hätte mir das Intermezzo meiner Gefangenschaft erspart! Wie blöd kann ein einzelner Mensch nur sein, sich auf einen wildfremden Jungen einzulassen? Hätte ich doch einfach ein Nickerchen gemacht, so wie Mrs Flynn, deren Kinn inzwischen auf die Brust gesackt ist. Ich schwöre mir, dass ich so etwas nie wieder machen werde. Ich darf einfach Fremden nicht mehr leichtfertig vertrauen. Und ich darf mich nicht mehr impulsiv von meiner Neugier zu dieser Art Unsinn verleiten lassen! Mit leicht schlotternden Knien gehe ich hinüber zu Sara, die mich mit glasigen Augen anschaut.

»Was ist los mit dir?«, will sie wissen. »Du siehst grauenvoll aus.«

»Ach, war ein bisschen duster da unten«, versuche ich es mit einem Scherz, in der Hoffnung, dass Sara sich damit zufriedengibt. Die ist tatsächlich so weggetreten, dass sie nur schafsmäßig nickt. Wenigstens das.

Mein Gemütszustand schwankt zwischen Schockstarre und grenzenloser Wut. Auch auf mich selbst. Habe ich eine Chance, meinen Entführer zu erwürgen? Ich schaue nach links zur gegenüberliegenden Bankreihe, wo das Ehepaar mit der kleinen Tochter sitzt. Kein Philip zu sehen, nirgendwo. Wär ja auch ein Wunder gewesen.

Ich beuge mich zu der Kleinen neben mir. »Wo ist dein Bruder?«

»Welcher Bruder?«, entgegnet sie entrüstet. »Ich habe keinen Bruder. Ich will auch keinen.«

»Pscht!«, machen die Eltern.

Ich nicke entschuldigend und setze mich wieder aufrecht hin. Der Typ hat mich komplett gelinkt, das wird mir überdeutlich klar. Er hat mich im Auftrag von irgendwem in den Keller gelockt, mir hätte sonst was zustoßen können! Na toll, Lisa, kannst du dir einen Gefallen tun und irgendwann mal erwachsen werden? Please? Pretty please?

Während die Debatte ihren narkotisierenden Fortlauf nimmt, werde ich glücklicherweise ruhiger und ruhiger. Ich frage mich, wie ich dahinterkommen kann, wer mich in die Falle gelockt hat. Als das untertourige parlamentarische Spektakel endlich vorbei ist und unsere Klasse dem Ausgang entgegenstrebt, wanze ich mich an Mr Byrnes heran.

»Sagen Sie, könnte ich den Kellerraum besichtigen, in dem Guy Fawkes das Pulver gehortet hat?«

Rexy zieht amüsiert die Brauen hoch. Wahrscheinlich hat er mitgekriegt, dass ich vorübergehend desertiert war.

»Natürlich nicht. Als der Palace of Westminster nach dem großen Brand von 1834 neu aufgebaut wurde, ist der gesamte Trakt, der zur Vorbereitung des Attentats diente, zugeschüttet worden. Den Raum gibt es nicht mehr.«

»Oh, okay«, sage ich leise. »Danke.«

»Manchmal sollte man Wissbegier nicht übertreiben«, ruft er hinter mir her.

Der Mann weiß gar nicht, wie recht er hat. In düstere Gedanken versunken, wanke ich den anderen Schülern und Mrs Flynn hinterher ins Freie.

Ah, frische Luft, Sauerstoff! Ich lebe! Und hasse mich

für meinen Ausflug. Für meine Unvorsichtigkeit. Ich hatte Glück, für meine Dämlichkeit nicht schlimmer bestraft zu werden.

»Hey, guys!«, ruft Sexy Rexy, nachdem wir alle den Palace of Westminster verlassen haben. »Zu mir!«

Folgsam scharen sich alle um ihn.

»Wenn wir schon mal da sind, klettern wir auch noch den Elizabeth Tower hinauf«, kündigt er an. »Big Ben winkt. Bitte alle mir folgen, ohne Ausnahme!« Dabei sieht er mich an. Verdammt, er hat echt mitgekriegt, dass ich die Debatte verlassen habe.

Ich nicke eilfertig und schließe mich der Gruppe an. Unsere Aufgabe ist es, uns mit Dutzenden Touristen den Turm hinaufzuquälen. Ich zähle beim Aufstieg 334 Spiralstufen und hechle am Ende der Treppe still vor mich hin. Dann dränge ich mich zu den anderen auf die Aussichtsplattform, auch sie sind blau im Gesicht vor Atemnot. Mrs Flynn lehnt keuchend an der Reling eines imaginären untergehenden Schiffs und verflucht ihr Schicksal. Die Aussicht auf die Themse und die Stadt ist allerdings überwältigend.

»Schön, was?«, sage ich zu Jocelyn, die sich noch immer mit den Händen auf den Knie aufstützt und erst jetzt mühsam aufrichtet.

»Jaja, geschenkt«, stöhnt sie. »Bin froh, dass ich es überlebt habe. Ab morgen esse ich nichts mehr.«

Der Abstieg vom Turm wird um einiges entspannter als der Aufstieg, auch wenn manchmal ganze Tourigruppen an uns vorbeidrängen. Und plötzlich spüre ich wieder dieses Brennen auf der Brust. Mein Kristall glüht mehr denn je. Was ist hier los? Angstschweiß tritt mir auf die Stirn. Auf einmal ist mir hier alles zu eng. Gerade als ich mich zu beruhigen versuche, rempelt mich eine alte Frau mit einem Spazierstock an, mit dem sie sich auf der Treppe abstützt. Reflexartig halte ich das Medaillon fest – und verbrenne mir fast die Hand dabei. Egal. An meinen Kristall kommt keiner ran! Dann ebbt die Hitze in dem Stein wieder ab. Die Remplerin ist an mir vorbei. Und schon wieder hatte ich das Gefühl, dass jemand ihn im Gewühl der Leute stehlen wollte!

Unten angekommen, schaue ich mich um. Außer unserer Klasse und den beiden Lehrern ist kaum jemand zu sehen, hier und da eine versprengte Touristenfamilie. Ich spüre, dass die Bedrohung ganz nah ist, weiß aber auch, dass mein Kristall mich warnt, falls mir mein Verfolger zu nah kommt. Oder habe ich ein anderes Signal gekriegt? Suchend blicke ich mich um und würde gern die alte Frau wiederfinden, die mich eben angerempelt hat. Ist es womöglich dieselbe Alte, die mir schon vor dem Tower das Medaillon stehlen wollte, die mir in der Halle unter dem Westminster-Palast aufgelauert hat?

Hmm, mal sehen, was fällt mir denn alles zum Thema »alte Frau« ein? Meine Überlegungen sind schnell beendet. Es kann nur Aurora gewesen sein, geschickt verkleidet mit Maske und Kostüm. Schließlich hat sie bereits in ihrem Institut mehr oder weniger plump versucht, mich auszutricksen, um mein Medaillon in die Finger zu kriegen. Es passt alles zusammen: Mithilfe eines Kristalls aus ihrer Höhle spürt sie mich auf (deswegen glüht mein Kristall immer wieder) und versucht, ihn mir abzunehmen. Das ist alles, was sie will! Deswegen ist sie für mich auch nicht mehr zu erreichen. Was hat sie nur Fieses damit vor? Aber wenn das tatsächlich so ist, warum hat Rose mich dann zu ihr geschickt? Ich muss Rose endlich dazu befragen, ganz, ganz dringend.

»Weicheier«, sagt Rexy in dem Moment und sieht sich nach dem Abstieg vom Turm seine ausgelaugte, verzweifelte Truppe an, die sich da formlos vor ihm zusammengerottet hat oder einfach irgendwo fallen lässt, wo Platz ist. »Alles Weicheier. Erst lasst ihr euch von einem bisschen praktizierter Demokratie alle machen und dann zerbrecht ihr an ein paar lausigen Treppenstufen. Jämmerlich.« Er lässt einen bedienten Blick über uns schweifen. »Der Tag ist noch nicht vorbei, ladies and gentlemen! Als Nächstes besichtigen wir Westminster Abbey, ein absolutes Muss für jeden aufrechten britischen Staatsbürger. Auf geht's, hepp, hepp!«

Ein entsetztes Stöhnen geht durch die Klasse.

»Ich überlasse euch der Obhut von Mrs Flynn und widme mich der Vorbereitung des Highlights, das danach folgt, aber das müsst ihr euch erst noch verdienen!«

Ein weiteres Stöhnen rollt durch die Reihen.

»Ihr werdet mir dankbar zu Füßen liegen«, kündigt er selbstzufrieden an. »Ich sage nur Fashion Days, ein

Leckerbissen, der im Prinzip an euch verschwendet ist. Aber zum sozialpolitischen Leben gehört nun mal auch die Gestaltung der Form, die Ästhetik, wovon ihr keine Ahnung habt. Egal. Hier gleich gegenüber von Westminster Abbey befindet sich Burton Hall, der Veranstaltungsort der elegantesten Fashionshows, die Europa zu bieten hat.«

Dass er den schönen Seiten des Lebens nicht abgeneigt ist, ist bestens bekannt. Wie er jedoch gerade mit der Zunge schnalzt und genussvoll die Augen verdreht, sieht es aus, als wäre es seine größte Leidenschaft, Modeschauen welcher Art auch immer zu besuchen und sich an den sozialpolitischen Formen ästhetisch gestalteter Models zu erfreuen.

»Also, ich hätte große Lust auf so eine Show«, sagt Zoey.

»Ja, cool!«, meint Sara begeistert. »Da kriegen wir erstklassige Anregungen, was in sein wird.«

»Ich kann's ja doch wieder nicht anziehen«, mault Jocelyn.

»Wenn du sie lieb bittest, schneidert Lisas Mutter dir bestimmt auf deinen üppigen alabasternen Leib, was immer du willst«, behauptet Zoey tückisch.

»Du mich auch«, antwortet Jocelyn.

»Hach, Mr Byrnes«, säuselt Ashley. »Wenn wir Sie nicht hätten.«

»Hättet ihr jemand anderen.« Reginald sieht sie mit müdem Blick an. Für allzu offensichtlich hohle Schmeicheleien ist er offenbar nicht empfänglich, ein weiterer sympathischer Zug an ihm.

»Auf die Füße, guys. Ihr nehmt noch eine volle Portion Kunst und Kultur zu euch und ich kümmere mich derweil um Eintrittskarten für die Burton Hall.«

Jubel allerorten. Unsere Gruppe rappelt sich mühselig, aber einen Tick motivierter vom Boden hoch. Uns soll eine Modenschau recht sein. (Und wenn ich ganz großes Glück habe, treibt sich vielleicht auch Papa da herum. Und vielleicht taucht irgendwann auch noch Mama hier auf, nach dem, was sie angedeutet hat.)

Mr Byrnes wirft sich noch einmal in Positur, um weitere Informationen loszuwerden. Mrs Flynn hüpft schon aufgeregt neben ihm auf und ab und kann es kaum erwarten, uns in der Abbey wesentliche Dinge aus der glorreichen Vergangenheit Großbritanniens beizubringen.

»Die Haupthalle der Burton Hall ist belegt, da bereiten sie eine Riesenshow vor«, erklärt Rexy. »Aber in der Lecture Hall findet die Generalprobe für die große Show einer britischen Modefirma statt, die berühmt für ihre französischen Designer ist. Und genau die sehen wir uns an.«

Der kleine Experte. Allein, wie er das sagt, macht deutlich, was ihn hier vor allem interessiert und wie ihm bei dem Gedanken daran das Wasser im Mund zusammenläuft. Genauso sieht es bei den Jungs aus, die plötzlich alle ganz aufgeregt sind und sich mit einem Mal brennend für französische Mode interessieren. Selbst Ben und seine Kumpels, wie ich mit einem Seitenblick feststelle.

Unsere Gruppe steuert also erst mal Westminster Abbey an, den imposanten Riesenbau mit Millionen gotischen Schnörkeln rundherum, wie bei einer geronnenen Buttercremetorte. Bevor wir durch das furchterregende Portal hindurchgehen, zögere ich. Für heute habe ich eigentlich genug von historischen Bauten, die nur gedämpfte Innenbeleuchtung aufweisen. Der Schreck steckt mir noch immer in den Knochen. Ich brauche eine neue Attacke aus dem hinterhältigen Pfuhl der Hölle wie ein Loch im Kopf. Zoey packt mich am Ellenbogen. »Was ist?«

»Ist dir schlecht?«, fragt Sara mitfühlend.

»Brauchst du was zu essen?«, will Jocelyn wissen und zückt eins ihrer Tupper-Döschen, die sie immer – gut gefüllt mit stärkenden Nahrungsmitteln vielfältigster Art – bei sich trägt und großzügig jedem anbietet, der den geringsten Anflug von Hunger zeigt.

»Alles gut«, lüge ich und zwinge mich, meine Panikattacke zu überwinden. Ich lasse mir doch von diesen alten Witches nicht das Kulturprogramm versauen! Tapfer marschiere ich mit den Mädels in die kalte Düsternis der Westminster Abbey hinein.

Drinnen geht es, wie erwartet, mehr als nur dunkel zu. An Licht wird hier gewaltig gespart, und ich sehe mich ständig nervös um, ob mir jemand an den Kragen will. Zoey stellt schon gar keine Fragen mehr oder gibt anzügliche Kommentare ab, sondern führt mich sanft, als wäre ich nicht ganz bei Trost, von Attraktion zu Attraktion, je nachdem, was Mrs Flynn gerade ansagt.

»So, das ist das Grab von König Richard dem Zweiten. Und dort das von Heinrich dem Dritten. Und seht mal, das Grab von Edward dem Fünften.«

Aha.

Glücklicherweise beruhige ich mich an Zoeys sicherem Arm allmählich, sodass auch ich Spaß an dem gewinne, was es alles so Schickes zu sehen gibt. In einer Ecke namens Poets Corner sind zum Beispiel die Gräber englischer Schriftsteller zu finden. Mrs Flynn muss uns nicht einmal extra auf das Grab von Charles Dickens aufmerksam machen. Sie hält einen Riesenvortrag über die historische und politische Bedeutung des Baus, der seit Jahrhunderten als Krönungsort und Grabstätte der englischen Könige dient, inklusive der tragischen Maria Stuart von Schottland. Da werfen meine schottische Freundin Sara und ich uns bedeutungsvolle Blicke zu. Schmerzlich wird mir ins Gedächtnis gerufen, dass ich den Weg zur schottischen Königskrone immer noch nicht gefunden habe. Aber ich weiß, dass ich in meiner Mission nicht nachlassen werde, gerade, weil ich hier tief in die Geschichte eintauche.

Und dann passiert doch noch etwas Unerwartetes und ich zucke gewaltig zusammen.

»Holy …«, ist alles, was mir entfährt.

Vor einem der Altäre, in etwa dreißig Meter Entfernung, entdecke ich einen Jungen, der mir seeehr bekannt vorkommt. Philip, der kleine Miesling.

»Entschuldige«, murmle ich zu Zoey hinüber. »Bin gleich wieder da.«

Mit schnellen Schritten, aber verhalten genug, um den Frieden des heiligen Orts nicht zu stören, mache ich mich auf den Weg zu Philip, der den Altar bewundert, als könne er kein Wässerchen trüben.

Ich trete hinter ihn und packe ihn am Arm, damit er nicht weglaufen kann.

»Gotcha.«

Er fährt erschrocken herum, seine Augen weiten sich.

»Ganz still«, raune ich ihm zu. »Bleib schön ruhig, mein Freund, dann passiert dir nichts.«

Er will sich von mir losreißen, aber ich habe ihn fest in meinem eisernen Griff. (Ich bin stark, wenn's sein muss, ha!)

»Komm mit«, zische ich ihn an. »Und halt bloß den Mund, wenn dir dein Leben lieb ist.«

Philip sieht sich ängstlich um, als suche er nach Hilfe, speziell bei dem erwachsenen Paar, das drei, vier Meter neben ihm steht, aber nichts von dem kleinen Drama mitbekommen hat, das ich hier gerade inszeniere. Ich deute auf dieses Paar.

»Das hier sind deine Eltern?«

Er nickt.

»Nicht die auf der Besucherempore?«

Er schüttelt den Kopf.

»Okay. Sag ihnen, dass du eine Bekannte getroffen hast und dass du gleich wiederkommst.«

Während ich ihn unauffällig festhalte, stammelt er los.

»Mom … eine Freundin … Ich bin gleich wieder da.«

Seine Mutter wendet den Kopf zu mir, nickt, lächelt und dreht sich zu ihrem Mann zurück.

Ich ziehe Philip zehn Meter weg hinter die nächste dicke, fette Säule.

»Du schuldest mir eine Erklärung, du kleine Sülznase«, fauche ich ihn an.

»Ich … das … tut mir leid«, stottert er. »Dir ist doch nichts passiert, oder?«

»Nein, aber *dir* passiert gleich was, wenn du nicht mit der Sprache rausrückst. Warum hast du das getan? Warum hast du mich eingesperrt?«

»Ich … ich wollte es ja nicht«, stammelt er.

»Aber?«

»Es war die Alte. Es war nicht meine Idee. Es war die alte Frau.«

»Welche alte Frau?«, will ich wissen.

»Irgendeine. Sie …«, er druckst herum, »na ja, sie hat mir Geld versprochen, wenn ich dich in den Keller locke.«

»Hat sie gesagt, warum?«

»Nein. Sie wollte dich nur überraschen. Sie sei eine alte Bekannte und ihr würdet so eine Art Schnitzeljagd machen.«

»Wie sah sie aus?«

Philip zuckt mit den Schultern. »Alt halt.«

»Hat sie dir das Geld gezahlt?«

»Fünf Pfund«, sagt er kleinlaut.

»*Fünf* Pfund? Für lausige fünf Pfund lockst du mich in einen einsamen Keller?!«, zische ich. »Bist du wahnsinnig?! Ich hätte massakriert werden können!«

»Bist du aber nicht«, entgegnet er patzig. »War nur ein Streich, nichts weiter.«

»Du hast doch keine Ahnung«, knurre ich ihn an. »Nicht die klitzekleinste Ahnung, du Idiot!«

Ich sehe ihn an und frage mich, was ich mit ihm zur Strafe anstellen sollte. Allerdings käme das, was mir spontan so durch den Kopf schießt, mitten in der Kirche wahrscheinlich nicht so gut. Jedenfalls steckt er nicht mit meiner Angreiferin unter einer Decke. Dafür wirkt er viel zu harmlos. Ich gebe ihm einen Schubser.

»Verzieh dich«, sage ich.

Es ist so sinnlos.

Das lässt sich Philip nicht zweimal sagen. Wie ein Kleinkind hoppelt er zurück zu seinen Eltern. Unsere Begegnung hat ihn doch ein wenig erschüttert, wenigstens etwas. Ich wandere so unauffällig wie möglich zurück zu den Mädels, die nichts gemerkt haben, nur Sara sieht mich neugierig an.

»Das war dein Verehrer von der Besuchergalerie, stimmt's?«, stellt sie fest. »Willst du was von dem?«

»Hör bloß auf«, stöhne ich.

Das ist nicht mal mehr komisch. Genauso wenig wie die Gewissheit, die sich langsam in mir festsetzt, dass es sich bei der umtriebigen Alten, die ständig durch mein Leben wabert, um Aurora Beatrix Lequeer handelt.

10. Kapitel

Politik, Kunst und Kultur können ganz schön anstrengend sein, denn nach Absolvieren diverser Geschichtsstunden seitens der unermüdlichen Mrs Flynn in diesen heiligen Hallen sind wir fix und fertig. Das Einzige, was uns am Leben hält, ist die Aussicht auf die Modenschau in der Burton Hall. Endlich beendet Mrs Flynn ihren endlosen Vortrag und führt uns hinaus vor die Westminster Abbey, wo sie aufmunternd in die Hände klatscht.

»Genug für heute«, zwitschert sie. »Ich hoffe, ihr habt euch alles gemerkt. Ihr werdet es für euer zukünftiges Leben brauchen.«

»Ein Leben zwischen Särgen und Grabplatten?«, murrt Zoey.

»Folgt mir«, ruft Mrs Flynn. »Es sind nur zweihundert Meter bis zum Veranstaltungsort.«

Zu unserer Erleichterung stimmt das wirklich. Schon bald erhebt sich vor uns Burton Hall, noch ein Prachtbau des Britischen Empire, mit einer mächtigen Kuppel samt niedlichem Türmchen (wie das berühmte Sahnehäubchen obendrauf), die riesige Tür flankiert von mächtigen Säulen.

Wir drängen hinein und stellen fest, da ist schon bös was los in der Vorhalle. Die Menschenmassen strömen nur so ins Innere des Gebäudes, das mehrere Säle und Sitzungsräume zu beherbergen scheint. Da laufen Hausfrauen herum, die mal eben einen Abstecher von ihrer Shoppingtour machen, einige High-Society-Damen, aber auch junge Frauen im klassisch schwarzen Bürokostüm, dazu Büroleiter im üblichen grauen Anzug. Eine bunte Mischung, wenn sie denn mal eine andere Farbe hätte außer Schwarz und Grau. Ich zögere für einen Moment, die Lecture Hall zu betreten, vor der ein Schild mit der Aufschrift *Haute Couture de France et de Grande-Bretagne* prangt. Ist jetzt wahrscheinlich die einzige Chance für einen Versuch, Rose zu erreichen.

»Ist was?«, fragt Zoey.

»Ich muss mal ganz kurz telefonieren«, erkläre ich. »Geht doch schon mal vor und haltet mir einen Platz frei, okay?«

»Machen wir«, verspricht Sara und zieht mit Zoey und Jocelyn im Schlepptau in den Saal ein.

Ich verziehe mich in einen halbwegs ruhigen Winkel der Vorhalle, hole mein Handy heraus und wähle Ednas Festnetznummer in Cliffmoore. Ich hoffe inständig, Rose um diese Uhrzeit erreichen zu können, Edna ist schließlich nicht im Haus und kann Rose demnach auch nicht herumscheuchen. Es klingelt. Und klingelt.

»Cumberland-Residenz, was kann ich für Sie tun?«, meldet sich schließlich Rose.

Yay, sie ist da!

»Hier ist Lisa«, sage ich und könnte heulen, so erleichtert bin ich. »Rose, hilf mir! Warum hast du mich zu Professor Lequeer geschickt?«

»Lisa, wie schön, von dir zu hören!«, ruft sie. »Geht es dir gut? Warum ich wollte, dass du sie kennenlernst? Na, damit sie dir ihre Höhle mit den Bergkristallen zeigt, um dich mit wissenschaftlichen Argumenten zu überzeugen, wie du es dir gewünscht hast. Ist etwas passiert?«

»Ich will nur eins wissen«, entgegne ich aufgeregt. »Wusstest du, dass ihr Institut nach einer Hexe benannt ist, die vor Jahrhunderten hingerichtet wurde?«

»Natürlich weiß ich von Janet Horne«, bestätigt Rose. »Aurora, Edna und ich kennen uns schon lange. Was ist dein Problem, child?«

»Ich glaube, Aurora will mir meinen Kristall stehlen, warum, weiß ich nicht genau, ich habe nur einen schlimmen Verdacht. Jedenfalls kann ich sie nicht mehr erreichen, und ich glaube, sie verfolgt mich.«

»Dich verfolgen? Das kann ich mir nicht vorstellen«, meint Rose. »Das kann doch nicht sein.« Nachdenkliche Pause. »Bist du sicher?«

Worüber kann man sich schon sicher sein? Vor allem, wenn man es mit Hexen zu tun hat!

»Kann es sein, dass sie den Kristall für ihre eigenen Zwecke haben will?«, frage ich. »Und die anderen Kristalle in der Krone gleich mit? Du weißt, was dann passiert, du weißt, dass die Welt dem Bösen dann schutzlos ausgeliefert wäre. Oder?« Meinen Besuch bei Malcolm de Burgh lasse ich mal weg, da ich ohnehin davon ausgehe, dass Rose im Bilde ist. Und tatsächlich, ihr, wie ich meine, zustimmendes Brummen ist mir Antwort genug. »Rose, ist Aurora eine böse Frau? Warum heißt ihr Institut nach einer Hexe?«

Rose probiert ein beruhigendes Lachen, das auf mich jedoch über die Maßen klemmig und unsicher wirkt.

»Du siehst Gespenster, lovey«, sagt sie. »Trixi fand es immer schrecklich, dass weise Frauen früher verfolgt und hingerichtet wurden. Janet Horne war stets so etwas wie ihr Idol. Sie hat die Welt für ihren Tod gehasst und wollte ihr mit der Society ein Denkmal setzen.«

»Die Hinrichtung ist über zweihundert Jahre her! Will sie sich für das Schicksal aller Hexen in der Welt rächen? Das ergibt doch alles überhaupt keinen Sinn!«

»Tja«, murmelt Rose und verstummt dann ganz.

Worüber denkt sie nach?

»Rose?«

»Ja, honey?«

»Worüber denkst du nach?«

»Mach dir keine Sorgen, pass nur gut auf dich auf.«

Knister, knirsch. In meinem Hörer knattern wüste Geräusche.

»Und wieso hängt Edna in ihrem Zimmer?«, will ich wissen. (Klar, nicht sie hängt da, sondern ihr Bild, aber für solche Spitzfindigkeiten habe ich jetzt keine Zeit.)

Knirsch, knister.

»Schlechte Verbindung … Hallo? … Hörst du mich … Lisa?«, höre ich noch von Rose, dann ist die Leitung tot.

Na toll. Das habe ich gerade noch gebraucht. Ich rufe noch einmal an, aber vergebens. Ich komme nicht durch, natürlich. War das jetzt Absicht von Rose? Führt sie selbst etwas im Schilde? Irgendwie wäre es mal wieder ganz nett, wenn sie zur Abwechslung Klartext reden würde. Ich bin gerade so schlau wie vorher, mehr oder weniger. Frustriert stecke ich mein Handy weg und überlege, was zu tun ist. Ich muss den Kristall schützen, er darf nicht verloren gehen, Aurora darf ihn auf keinen Fall in die Finger kriegen. Aber wo soll ich ihn verstecken? Sie kann ihn viel zu leicht über ihre eigenen Kristalle aufspüren.

Was jetzt?

Was jetzt?!

WAS JETZT?!!

Verzweiflung kriecht in mir hoch.

»Was machst *du* denn hier?«, spricht mich ein Mann in meinem Rücken an und ich mache vor Schreck einen meterhohen Satz.

»Seit wann bist du so schreckhaft?«, fragt er und dreht mich an den Schultern zu sich.

Papa. Meine Güte. Gott sei Dank. Ich werfe mich an seine Brust.

»Bin ich froh, dich zu sehen«, flüstere ich.

»Na, ich auch«, entgegnet er. »Was ist denn los?«

»Nichts, alles in Ordnung«, wehre ich ab. »Wir sind mit unserer Klasse hier, meine Freundinnen warten schon drinnen in der Modenschau auf mich.« Mein Blick fällt auf Papas Aktenköfferchen – und plötzlich kommt mir die rettende Idee. »Sag mal, könntest du mir einen Gefallen tun? Ich will in dem Gewühl hier mein Medaillon nicht so offen tragen. Es ist so kostbar, weißt du, und ich habe Angst, dass es geklaut wird. Kannst du es in dein Hotel mitnehmen? Und in deinen Safe sperren?«

Er runzelt die Stirn. »Wenn du das willst? Natürlich.«

»Das ist toll. Danke.«

Papa klappt sein Aktenköfferchen auf, in dem sich viele kleine Fächer befinden. Ich löse das Medaillon von meinem Hals und lasse es in eins der Fächer gleiten. Er lässt das Schloss zuschnappen und verstellt die Zahlenkombination.

»Siehst du? Sicher«, sagt er. »Ich weiß nur nicht, wann ich es dir wiedergeben kann.«

Ach, du Schande. Daran habe ich gar nicht gedacht. Was ist, wenn ich doch noch an die schottische Krone herankomme und das Medaillon ist weggeschlossen? Papa ist in Verhandlungen und das Zeitfenster geht zu, in dem die Krone zugänglich ist? Unsinn, ich muss sowieso erst mal sehen, wie das möglich ist, *falls* es überhaupt möglich ist. Dann lasse ich mir etwas einfallen und stelle sicher, dass Papa da ist, um den Safe für mich zu öffnen.

»Macht nichts«, sage ich. »Hauptsache, du schließt es jetzt ein und es ist sicher verwahrt, das ist das Wichtigste. Danke erst mal.«

»Ich muss los, meine Kleine. Geschäfte. Wir sehen uns bald.«

Er küsst mich auf die Wange und geht in Richtung Hauptsaal. Bevor er ihn betritt, sieht er sich noch einmal um und winkt mir zu. Uff. Eine Angst weniger, auch wenn ich mich ohne das schützende Amulett unendlich nackt fühle.

Mit gemischten Gefühlen gehe ich hinüber in die Lecture Hall, wo die Generalprobe zur Modenschau schon in vollem Gange ist.

»Hierher!«, brüllt Sara aus Reihe drei über die Musik hinweg.

»Pscht!«, machen gleich mehrere Frauen vor und hinter ihr.

Meine Mädels haben mir tatsächlich einen schönen Platz frei gehalten!

»Danke!« Ich setze mich neben sie und schaue gespannt in Richtung Laufsteg. Mamas und Papas Welt zum Anfassen. Wahnsinn!

Mit glänzenden Augen lassen wir die Models in den französisch gestylten Klamotten an uns vorbeistolzieren. Oh là là, pas mal. (Achtung, da ist es wieder, mein tadelloses Französisch.) Zoey findet auch nicht übel, was wir da zu sehen kriegen. »Wäre nett, wenn ich mir das leisten könnte«, schwärmt sie.

Ich lasse meinen Blick unsere Reihe entlangwandern, an der begeisterten Sara und der seufzenden Jocelyn vorbei und bleibe an Ashley hängen, die zwischen Ben und Wayne sitzt und sich vor Begeisterung in je einen Oberschenkel ihrer männlichen Sitznachbarn verkrallt hat (ich könnte sie totschlagen!). In diesem Moment sieht Ben zu mir herüber. Er löst Ashleys Hand von seinem Bein und widmet sich wieder dem Geschehen auf dem Laufsteg. Auch Wayne gruselt sich sichtlich und folgt Bens Beispiel.

»Die arbeitet mit allen Mitteln«, merkt Zoey an, die das Schauspiel ebenfalls verfolgt hat. »Stört dich das etwa noch?«

Gute Frage. Ich habe so viel mit mir und anderen Problemen zu tun, dass ich die Frage nicht beantworten kann.

»Ich geh mir mal die Nase pudern«, kündigt Zoey an. »Kommst du mit?«

Mir ist es gerade hier zu eng geworden. »Unbedingt.«

Wir erheben uns und verlassen den Saal. Draußen direkt an der Tür stoßen wir fast mit einem jungen Mann zusammen, der abrupt stehen bleibt und uns anstarrt.

»Oh, Entschuldigung«, ruft er aus. »Das wollte ich nicht, tut mir unendlich leid, wie unaufmerksam!«

(Bisschen viel Text wegen so einer Bagatelle.)

Ich schätze, er ist so sechzehn, siebzehn Jahre alt, bestimmt eins achtzig groß, schlank und hat ein schmales, sensibles Gesicht und dunkle Haare. Schickes Kerlchen.

Er mustert uns von oben bis unten. In unseren Schuluniformen müssen wir ihm in diesem mondänen Ambiente reichlich exotisch vorkommen. Mir wird bei seinem Blick ganz unbehaglich.

»Eric Little«, stellt er sich vor. »Kommt ihr aus der Generalprobe? Wie hat sie euch gefallen?«, will er wissen und wirkt nervös dabei.

»Welche Generalprobe?« Zoey sieht Eric mit großen Augen an (äh, hallo, Erde an Zoey?!).

»Na, da drinnen.« Er zeigt auf die Halle, aus der wir gekommen sind.

»Äh ja. Ach die. Da waren wir.«

»Und, hat es euch gefallen?«

Was will der von uns? Wir nicken.

»Das ist sehr gut. Habt ihr schon mal gemodelt?«, fragt er unvermittelt.

Soll das ein Witz sein? So ernsthaft, wie er uns ansieht, wahrscheinlich nicht. Hä? Was geht hier ab?

»Sehen wir so aus?«, versucht Zoey eine rhetorische Gegenfrage.

Er zuckt entschuldigend mit den Achseln und weiß nicht, was er sagen soll.

»Nein«, beantworte ich die Frage. »Wieso?«

»Nur so.«

Er mustert uns nachdenklich von oben bis unten. Langsam wird es peinlich. »Nett, euch kennenzulernen«, sagt er schließlich und lächelt. »Einen schönen Tag noch.«

Mit diesen Worten dreht er sich um und geht in Richtung der großen Halle, wo inzwischen abgefahrene Deko-Elemente aufgebaut werden, auf denen das Logo *BL* prangt. Ich schlage mir mit der Hand vor die Stirn.

»Die machen hier Vorbereitungen für die große Veranstaltung von Balthazar«, erkläre ich Zoey. »B und L, natürlich. Den kenne ich, mein Vater arbeitet mit ihm zusammen.«

»Wow«, sagt Zoey. »Du kennst Leute. Heiße Branche mit heißen Jungs.«

»War der dafür nicht ein bisschen zu jung?«, frage ich.

»Klar«, sagt Zoey. »Wollte sich nur wichtigmachen.«

Glaube ich nicht, fährt es mir durch den Kopf, der hatte was. Und irgendwie habe ich das Gefühl, dass Zoey beeindruckter ist, als sie zugeben möchte …

»Lass uns wieder reingehen«, schlage ich vor.

Als wir den Saal betreten, ist die Show schon vorbei. In der Mitte des Laufstegs marschiert, umringt von den Models, ein schlanker, älterer Herr mit polierter Glatze und offenem pinkem Hemd im schmal geschnittenen blauen Samtanzug (ähm, kriegt der keine Modeberatung?). Begeisterter Beifall brandet auf, aber der Mann macht keinen zufriedenen Eindruck.

»Balthazar Little«, höre ich den ehrfürchtigen Kommentar einer Zuschauerin. Wir klatschen mit, das hat wirklich Spaß gemacht.

Fünf Minuten später stehen wir im Vorraum zur großen Halle. Die Dekorationsarbeiten für die morgige offizielle Modenschau von Balthazar Little sind in vollem Gange. Diverse Mitarbeiter platzieren Aufsteller seiner Firma aus Pappe und Metall neben den Eingang. Zoey und ich sehen einander an.

»Eric Little?«, fragen wir gleichzeitig. »Das vorhin war Eric Little wie in Balthazar Little?«

Wir suchen den Raum nach dem attraktiven jungen Mann ab, Fehlanzeige.

Reginald Byrnes, der ein begeistert gerötetes Gesicht zur Schau trägt, und der Rest der Klasse kommen wild durcheinanderschnatternd zusammen aus der Lecture Hall.

»Und, wie war es?«, fragt er.

Rexy ist ganz stolz auf sich, dass er uns so etwas bieten konnte.

»Oh, Mr Byrnes, danke! Danke! Danke! Sie sind der Größte«, ist der allgemeine Tenor aus der Gruppe.

»Gern geschehen«, flötet Rexy bescheiden zurück.

Mrs Flynn sieht ihn peinlich berührt an. Doch was mich in dem Moment wirklich interessiert, ist Ashley, die mit ihren Bitch-Sklavinnen und Ben gegenüber von uns steht und offenbar hämische Bemerkungen macht, während sie mit einer abfälligen Handbewegung in meine Richtung deutet.

»Weißt du, was die will?«, frage ich Zoey.

»Keine Ahnung.«

Ben löst sich aus der Ansammlung der fragwürdigen Grazien und schlendert zu mir herüber.

»Hast du das gesehen?«, fragt er mich. »Sind das wirklich Design-Modelle von deiner Mutter auf den Plakaten? Arbeitet sie jetzt für diesen Little? Ashley behauptet, ihre Signatur stünde da drauf, und regt sich gerade fürchterlich auf.«

Ich zucke mit den Schultern. »Kann ich dir nicht sagen«, entgegne ich. »Ist mir nicht aufgefallen.«

Neugierig gehe ich hinüber zum Halleneingang und schaue mir die überlebensgroßen Plakate und Aufsteller genauer an. Und tatsächlich. Darauf sind Mamas Kleiderentwürfe zu sehen, unverkennbar, schick und classy. Ihre Unterschrift ist ganz klein gedruckt am unteren Rand der Plakate und Aufsteller zu finden, aber obendrüber, fett und glänzend, stehen die Initialen *BL*. Wow. Papa hat echt ganze Arbeit geleistet.

Ich gehe zurück zu Zoey und Ben, die zusammen auf mich warten.

»Und? Hat Ashley recht?«, will Ben wissen.

»Einmal in ihrem Leben hat Ashley recht«, antworte ich.

Ben grinst. »Muss sich um Zufall handeln.«

Dann müssen wir beide lachen. Manchmal kann das Leben so einfach sein!

Am Abend im Bett, ich glaube, Zoey schläft schon, muss ich noch meine Gedanken sortieren, bevor ich wirklich an Schlaf denken kann. Es spukt eine Hexen-Bande durch meinen Kopf, die irgendwo da draußen Unheilvolles plant. Wenigstens ist der Kristall erst mal sicher, denke ich. Nur, mir fehlt sein Schutz und ich fühle mich so unglaublich nackt und wehrlos. Morgen Früh treffen wir uns alle wie gehabt am Marble Arch, damit Dr. Walker uns mitteilen kann, wie die Planung für die nächsten zwei Tage aussieht. Ich habe keine Ahnung, wann und bei welcher Gelegenheit ich den Kristall womöglich morgen brauche. Also, was mache ich wirklich, wenn ich kurzfristig Zugang zu Papas Safe benötige, um ihn herauszuholen, und er ist nicht greifbar? Grusel. Keine lustige Vorstellung. Und wie soll ich jemals meine Mission vollenden, wenn sich die Hindernisse in unüberwindlicher Höhe vor mir auftürmen? Irgendwo im Tower befindet sich die Krone und ich liege hier und weiß nicht vor und nicht zurück. Hoffentlich bleiben mir heute Nacht wenigstens meine irren Träume erspart.

Und bums, was höre ich?

»Wovon wirst du träumen?«, will Zoey wissen, die mitnichten schläft.

»Von nix«, behaupte ich.

»Ich … träume … von …«

Tiefer Atmer. Sie ist schon eingeschlafen.

Noch lange wälze ich mich im Bett hin und her. Die Ereignisse des Tages lassen mich nicht los, vor allem die langen, grauenvollen Minuten in diesem Keller. Philip, der die Tür hinter mir schließt, mein Medaillon, das glüht, die dunkle Gestalt, die auf mich zustürmt … Meine Gedanken gehen wirr durcheinander, ohne dass ich es schaffe, sie auch nur im Entferntesten zu ordnen. Ich möchte die Dinge so gern in den Griff kriegen! Ich muss! Was soll sonst werden? Aus mir, aus Ben, aus Mama, aus … Schluss, aus, nicht nachdenken!, befehle ich mir. Nachts kriegst du keinen vernünftigen Gedanken zusammen, der bis zum nächsten Tag hält!

Irgendwann muss ich eingeschlafen sein, denn ganz plötzlich wache ich von einem Geräusch auf. Durch unser Zimmer huschen, vom Mondlicht, das durch die Gardinen fällt, beleuchtet, zwei Gestalten und durchwühlen den Schrank und unsere Taschen.

»Hey!«, schreie ich.

Die Gestalten halten inne und huschen schattenhaft zur Tür hinaus. Ich bin starr vor Schreck.

»Spinnst du?«, knurrt Zoey. »Was schreist du hier herum?« Sie hebt völlig verpennt ihren Kopf vom Kissen.

»Tut mir leid«, bringe ich mühsam hervor. »Schlaf weiter.«

Zitternd vor Angst und Schreck stehe ich leise auf, gehe zur Tür und lausche ins Treppenhaus. Nichts zu hören, nicht das geringste Geräusch, nicht der geringste menschliche Laut. Auch die Maliks rühren sich in ihrem Schlafzimmer nicht. Habe ich den Auftritt der finsteren Gestalten doch bloß geträumt? Garantiert nicht, ich bin sicher. Ich zittere am ganzen Körper und bekomme ihn nicht unter Kontrolle. Ich fühle mich so schutzlos wie noch nie. Mir wird klar, dass meine Widersacher nach

Belieben bei mir eindringen können, mich attackieren können, wann sie wollen. Da ich nicht wage, das Licht anzuknipsen, um Zoey nicht noch einmal zu wecken, beschließe ich, morgen Früh nachzuschauen, ob etwas bei meinen Sachen fehlt. Aber ich weiß, es wird nichts fehlen. Wenn das wirklich Aurora und Benedict waren, wie ich mir vorstellen kann, haben sie nach dem Kristall gesucht, und der ist nicht hier. Und das Gold erst recht nicht. Sie wollten diese Beute, sie wollten mir sicher nichts antun. Aber wie ist es wohl beim nächsten Mal? Mich durchschauert es bis in die Zehenspitzen.

Zoey schnurchelt schon wieder friedlich vor sich hin, und auch ich versuche, mich in den Schlaf zu kämpfen, ein Kampf, den ich praktisch schon verloren habe. Ich fange nämlich an, mir das Hirn zu zermartern, genau das, was ich vorhin noch vermeiden wollte.

Ich stelle mir die bohrende Frage, was ich bei meinem Aufenthalt in London eigentlich bisher erreicht habe. Antwort: absolut nichts. Frustriert werfe ich mich von der einen Seite des Bettes zur anderen. Die schottische Königskrone mit den drei Kristallen und dem einen Glassplitter ist unerreichbar wie eh und je. Eine verlogene alte Frau will mir meinen Kristall abjagen und macht es mir mit ihren Machenschaften noch schwerer, meine Mission zu erfüllen (die eh schon schwer genug ist). Und sie erhält womöglich Hilfe von einer anderen skrupellosen alten Frau, die mit einer miesen kleinen Lehrlingshexe unterwegs ist, um mir das Leben zur Hölle zu machen. Und die ihren Handlanger ausgeschickt hat, nach dem Gold zu fahnden, von dem sie nicht ganz zu Unrecht meint, es sei in meiner Nähe zu finden.

Arrrrrgh!

Ist das die neue Lisa-Verschwörung? Sie helfen sich gegenseitig? Die eine kriegt den Kristall, die andere das Gold? Meine Unruhe steigert sich in schwindelerregende Höhen. Ich bin so aufgeregt und knallwach, dass ich nie wieder werde schlafen können.

Panik.

Lisa, Ruhe bewahren!

Noch mehr Panik.

Dann ein glasklarer Gedanke aus dem Nirgendwo, aus der tiefen Schwärze der Nacht.

Die Erleuchtung. Boah.

Das wäre doch eine Chance, sage ich mir. Ich kicke Edna aus diesem hexenmäßigen Teufelskreis heraus, indem ich sie mit dem Gold besteche. Soll sie doch einen Teil davon bekommen, das fand ich schon immer richtig. Ich muss mit ihr verhandeln, ich muss Ben bitten, zu diesem Zweck ein Treffen mit ihr zu arrangieren. Vielleicht gelingt es mir ja, Edna mit diesem Schachzug ruhigzustellen und damit den Kampf um den Kristall für mich zu entscheiden. Denn wenn Edna das Gold erst mal hat, warum sollte sie dann Aurora noch helfen? Plötzlich bin ich sicher, das ist die Lösung. Ich merke schon, wie ich gleichmäßiger atme, wie meine Brust sich langsamer hebt und senkt. Ich liege still im Bett und schaue ruhig in die Dunkelheit. Sieht aus, als könnte ich doch einschlafen.

Halleluja.

Die Meute, die sich am nächsten Morgen am üblichen Ort versammelt, ist bestens gelaunt, und die Begeisterung steigert sich im nächsten Moment ins Unermessliche – selbst bei mir. Denn was Dr. Walker da verkündet, ist Musik in meinen Ohren!

»Meine Kollegen und ich haben beschlossen, dass euch der heutige Tag zur freien Verfügung steht«, trompetet Dr. Walker fröhlich. »Aber denkt bitte daran, dass …«

Der Rest geht in den brausenden Jubelrufen der Schüler unter. Auch Dr. Walker macht den Eindruck, als sei er froh, uns mal für einen Tag los zu sein. Mrs Flynn, Dr. Doppler und Reginald Byrnes sind gar nicht mehr erst aufgetaucht.

»Bedingung ist, dass ihr in Gruppen loszieht, nicht allein«, verschafft er sich schließlich noch einmal Gehör. »Eine Gruppe besteht, wie gehabt, aus mindestens vier Schülern. Wir treffen uns alle morgen wieder vollzählig hier an diesem Platz. Auf dem Programm stehen dann das British Museum und der Buckingham Palace. Noch Fragen? Keine Fragen. Wir sehen uns am morgigen Freitag in alter Frische an diesem Platz wieder. Hasta la vista, Babys.«

Wie der Blitz taucht er in der U-Bahn-Station unter. Ich wüsste gern, ob auch die Gruppe der Lehrer etwas zu viert unternimmt, habe aber erhebliche Zweifel daran. Unterschiedlicher als diese Individualisten kann man eigentlich gar nicht sein.

Ich würde gern Ben beiseitenehmen, um ihn zu meinem Plan zu überreden, Edna einen Besuch abzustatten, aber der diskutiert mit seinen Kumpels, was sie heute unternehmen könnten. Auch Zoey, Sara und Jocelyn beratschlagen, was zu tun ist.

»Covent Garden«, sagt Zoey entschieden. »Da ist so viel los. Da gibt's lebende Statuen und irre Tänzertruppen.«

»Und Boutiquen«, ergänzt Sara.

»Und tolle kleine Bistros und Fress-Stände«, wirft Jocelyn ein.

»Wie findest du das?«, will Zoey von mir wissen. »Machst du mit?«

Ich bin gerade abgelenkt, da ich zu Ben hinüberschaue.

»London Eye«, kräht Ken in dem Moment.

»Ist doch lahm«, meint Wayne.

»Hat aber eine fantastische Sicht auf London«, sagt Ben. »Das Ding ist riesig.«

»Okay.« Wayne zuckt geschlagen mit den Achseln. »Ich will eurem Glück nicht im Weg stehen, ich komme mit.«

»Wir sind nur zu dritt«, wendet Ben ein und sieht sich suchend um.

Guckt er nach Ashley? Nichts wie hin, ehe da noch etwas schiefgeht.

»Lisa?« Zoey zieht fragend die Augenbrauen hoch.

»Entschuldigt«, sage ich, löse mich schnellstens von den Mädels und laufe zu Ben, Wayne und Ken hinüber.

»Braucht ihr noch jemanden fürs London Eye?«

»Willst du etwa mitkommen?«, fragt Ben überrascht.

»Was dagegen?«

»Überhaupt nicht. Jungs, ihr?«

»Ist doch super«, meint Wayne.

»Wenn ein Mädchen dabei ist, erzählst du auch weniger kranken Mist«, erklärt Ken, woraufhin er sich einen Boxhieb auf den Oberarm von Wayne einfängt. Die pubertären Knaben legen schon mal los. Na, das kann ja heiter werden.

»Wir sehen uns später«, rufe ich zu Zoey, Sara und Jocelyn hinüber, die verständnisvoll dreinschauen, sind sie doch mit Sicherheit der Meinung, dass ich mich der Jungsgruppe bloß anschließe, um Ben anzuschmalzen. Was bedingt richtig ist.

Auf dem Weg zum Riesenrad (Wayne und Ken albern ohne Ende nervig herum) nehme ich Ben beiseite.

»Vielleicht haben wir endlich mal eine ruhige Minute zusammen«, erkläre ich.

»Finde ich gut«, antwortet er.

»Ohne deine beiden Clowns.«

»Darauf kannst du wetten.«

Beim Riesenrad angekommen, weigere ich mich mitzugehen und schütze Höhenangst vor.

»Hä? Aber du bist doch extra mitgekommen.« Wayne

sieht mich an, als wäre ich nicht normal (hm, wenn ich's mir recht überlege …). »Und jetzt hast du Angst?«

»Angst? Du und Angst?«, fügt Ken hinzu und legt seine picklige Stirn in Falten.

Ben schubst die beiden spielerisch vor die Brust. »Jungs, schiebt ab.« Es folgt eine testosterongefüllte Rangelei unter Knaben. Putzig.

»Fahrt allein hoch. Ich bleibe bei Lisa«, sagt Ben noch, dann kommt er zu mir zurück.

Ken und Wayne bewegen sich geschlagen zur Kasse, um Tickets zu kaufen, während Ben und ich zu einem Spielplatz gehen, der dem Riesenrad gegenüberliegt. Dort setzen wir uns auf eine Bank. Ich sehe uns beiden sozusagen von außen zu und denke daran, wie wir zu Hause auf dem Baumstamm am Ufer der Ouse gesessen haben und wie idyllisch und schön das war. Und wie er mir das Angeln beigebracht hat … Ich spüre noch seinen Arm um meine Schultern und wie er mir die Hand führte, sanft und einfühlsam. Aber am deutlichsten – es ist, als wäre es gestern gewesen – erinnere ich mich an seine Küsse, zart und warm und innig …

Ich fühle eine große Vertrautheit mit ihm, so wie wir hier sitzen, am Rande des Spielplatzes, auf dem fröhliche Kinder lärmend herumrasen, während vom Himmel die Schneeflocken taumeln. Was für ein Bild muss das sein … lebendig und melancholisch zugleich.

»Was hältst du davon, wenn ich mit Edna rede?«, frage ich Ben unverblümt.

Er sieht mich verdutzt an. »Ausgerechnet du?«, entgegnet er.

»Sie steht zwischen uns, das hast du selbst gesagt. Ich will Frieden schließen.«

»Und wie willst du das machen?«

»Ich biete ihr einen Teil des Goldes an.«

Ben lacht. »Du und das Gold!«

Er sieht, dass ich keine Miene verziehe.

»Das Gold gibt es also wirklich?«

»Ja«, antworte ich schlicht. »Hast du das etwa nicht geglaubt?«

»Na ja«, sagt er gedehnt. »Klang in deinen und ihren Erzählungen alles immer ziemlich abenteuerlich … Und du weißt, wo das Gold ist?« Er sieht mich skeptisch an.

»Ich weiß, wo das Gold ist«, bestätige ich ihm. »Aber ich sag's dir nicht – und Edna erst recht nicht. Sie würde sofort Benedict losschicken, um es uns abzuknöpfen«, erkläre ich und verschränke die Arme vor der Brust.

»Uns? Wer ist ›uns‹?«, will Ben wissen, doch ich schweige eisern. Ben stöhnt. »Solltest du nicht mal weniger misstrauisch sein, wenn du hier die große Friedensoffensive fährst?«

»Sollte ich nicht«, erwidere ich trocken. »Ich habe massive Gründe. Also, was ist, hilfst du mir?«

»Das muss ich erst mal Ken und Wayne beibringen.«

»Die werden auch ohne dich zurechtkommen! Sie werden sich mächtig freuen, da können sie mal so richtig auf die Kacke hauen.«

Und tatsächlich, als die beiden Jungs von ihrer Runde mit dem Riesenrad zurückkehren (»Voll krass, ey«), sind sie Feuer und Flamme. Wayne kennt da so Spielhöllen in der City und Ken wollte schon immer mal in bestimmte Pubs, »einen draufmachen«.

»Cool, okay«, meint Ben, und ich habe das untrügliche Gefühl, dass er lieber mit den beiden losziehen würde, als mich zu seiner Großtante zu schleppen. Was ich verstehen kann. Wirklich. Absolut. »Aber lasst euch nicht erwischen. Wenn Dr. Walker morgen fragt, haben wir flächendeckend zu viert Sightseeing gemacht, okay?«

»Check«, sagt Wayne.

»Mach dir keinen Kopf, Alter«, sagt Ken. »Wir haben das Leben voll im Griff.«

»Okay, Jungs, haut rein. Viel Spaß.«

»Selber«, sagt Wayne und grinst.

Die beiden verschwinden.

Ben holt sein Handy heraus und geht ein Stück beiseite. Ich soll offenbar nicht hören, was er mit Edna bespricht, falls er sie denn erreicht, was er offenbar tut. Ich sehe ihn telefonieren, dann gestikulieren und schließlich nicken. Er kommt zu mir zurück.

»Geritzt«, sagt er. »Komm.«

Ein ganz ungutes Gefühl beschleicht mich, als ich ihm zur U-Bahn folge, die uns nach Westen in die besseren Wohngegenden bis nach Hammersmith führen soll. Ob mein Plan funktioniert? Ich habe keine Ahnung, wie die Konfrontation mit Edna ausgehen könnte. Und vor allem habe ich mir keinen Plan B überlegt. Purer Blindflug. Supersache.

»Bist du dir sicher, dass du das willst?«, fragt Ben zu allem Überfluss auch noch. »Sie hat am Telefon nichts Nettes über dich gesagt.«

»Hab ich auch nicht erwartet«, kommentiere ich. »Und übrigens: Ich tue das hier auch für uns.«

»Ich weiß. Auch wenn ich keine Ahnung habe, worüber wir hier eigentlich reden. Aber du ahnst gar nicht, wie ich mich darüber freue.« Er sieht mich mit seinem verwundeten Dackelblick an, der sich in ein strahlendes Lächeln verwandelt. Seine Augen funkeln.

»Doch«, flüstere ich und greife nach Bens Hand. Sie ist wunderbar fest und ganz warm und am liebsten würde ich sie nie mehr loslassen. Aber noch ist es nicht so weit. Vorsichtig löse ich meine Finger aus seinen. Ben drückt meine Hand noch einmal, dann lässt er mich los. Und ich bete, dass es uns hilft, was wir hier gemeinsam versuchen.

11. Kapitel

Ednas Winterresidenz entpuppt sich als hübsche kleine, einstöckige Villa (schon klar, unter Villa macht sie es nicht). Das Haus steht allein in einem sichtlich gepflegten Garten. Da hat Benedict, der Meister der Gartenschere und Kettensäge, offenbar wieder einmal ganze Arbeit geleistet. Wir lassen das Gartentor im schmiedeeisernen Zaun hinter uns, auf dem eine Reihe scharfer Lanzenspitzen thront, und gehen das Treppchen zur Haustür hinauf. Überrascht registriere ich, dass auch an dieser Tür ein geflochtener Kräuterkranz hängt. Aurora lässt grüßen.

Ben drückt auf die Klingel, unter der ein Messingschild mit den verschnörkelten Buchstaben E und C angebracht ist. Ein wohltönender Glockenton hallt im Haus wider und wenige Sekunden später wird die Tür, na klar, von Benedict dem Bösartigen geöffnet. Sein höhnisches Gesicht ruft in mir spontane Abneigung hervor. War er der Einbrecher letzte Nacht? Das Erste, was ich heute Morgen nach dem Aufwachen gemacht habe, war, nach meinen Sachen zu sehen. Wie erwartet, hat nichts gefehlt. Doch die Schranktür stand einen Spaltbreit offen und in den Regalfächern herrschte ziemliches Chaos. Ich habe allerdings keine Ahnung, wie die zwei Gestalten in unser Zimmer gekommen sein könnten. An der Haustür waren jedenfalls keine Spuren zu sehen, ich habe es extra gecheckt, als wir heute Morgen aus dem Haus gegangen sind (während Zoey stöhnend die Augen verdreht und »Schon gut, schon gut, ich frag ja gar nicht erst« gemurmelt hat).

»Master Davis!«, ruft er überrascht. »Her Ladyship hat mir Ihren Besuch gar nicht angekündigt.« (*Her Ladyship?* Was soll das denn? Zu viel Ehre für diese mehr als zwielichtige Dame.)

»War eine spontane Idee«, erwidert Ben.

Benedict wirft mir einen Blick zu und verzieht die Visage. Er setzt an, um etwas zu sagen, wahrscheinlich etwas Gemeines, doch Ben bringt ihn mit einem warnenden Blick zum Schweigen. Benedict macht die Haustür weit auf und lässt uns eintreten. Vom weiträumigen Flur im Erdgeschoss gehen vier große Türen ab, eine geschwungene Treppe führt ins obere Stockwerk.

»Mylady erwarten Sie in der Bibliothek«, sagt Benedict und öffnet die äußerste rechte Tür. (Jetzt sind wir schon beim majestätischen Plural angelangt.)

Ben und ich betreten einen großen Raum mit einer hohen Decke, um die ein golden gestrichener Gipsfries läuft. Meine Augen bleiben an dem Deckengemälde hängen, auf dem sich schottische und englische Truppen aus dem Mittelalter gegenseitig beharken. Grausig. In den Ecken des Raums stehen bronzene Kandelaber mit dicken, fetten Kerzen drin, in der Mitte der einen Wand ist ein Kamin eingebaut, auf dessen Sims alte Fotos in Silberrahmen aufgebaut sind, an vorderster Stelle ein unwirkliches Porträt von Rupert, Ednas Sohn. Was Mama wohl empfinden würde, wenn sie dieses Bild hier sehen könnte? (Wir haben uns gestern Abend noch kurz gesprochen. Mama meinte, dass ich meine Zeit in London genießen soll, und dass wir uns schneller wiedersehen würden, als mir lieb wäre, was ich bezweifelt habe, denn sie fehlt mir wirklich sehr.) Auf einem anderen Bild ist Rupert mit Edna zu sehen, die ihn verzückt von der Seite anhimmelt, daneben ein Foto, auf dem die beiden nebst einem älteren Herrn mit stahlhartem Blick abgelichtet sind. Das muss der alte Cumberland sein, vor dem ich, ehrlich gesagt, Angst gehabt hätte, wäre ich ihm jemals begegnet.

Ansonsten ist der Raum mit kostbaren alten Polstermöbeln und Tischchen vollgestellt, auf denen feinste Häkeldeckchen und verschnörkelter Nippes aus Glas und Porzellan zu bewundern sind, Putten, Schäferfiguren, kleine Hunde, hier möchte ich nicht sauber machen müssen. An den Wänden ringsum sind bis an die Decke Bücherregale aus Eichenholz aufgebaut, vollgestopft mit ledergebundenen Schwarten. Sie sehen nicht aus, als wären sie geeignet, Lust aufs Lesen zu machen. Ich spüre, dass diese muffige Höhle das Herzstück des Hauses ist, das mir einen tiefen Einblick in die verhärtete Seele seiner Bewohnerin gibt. Mein Blick wandert zum anderen Ende der Bibliothek. Dort, in einem verschlissenen braunen Ledersessel sitzt sie, meine Erzfeindin.

Edna Cumberland trägt eine Art Morgenmantel aus dickem grauem Samt, der für meine Nase schon aus der Ferne zu penetrant nach Mottenkugeln riecht. Ben und ich gehen auf sie zu. Meine Hände sind schweißnass, mein Herz schlägt in einem unregelmäßigen Takt. Was habe ich mir nur dabei gedacht, mich freiwillig in ihre Gewalt zu begeben?

»Mein Ben!«, ruft Edna und streckt ihm die knochige Hand entgegen, an der sie gleich vier dicke goldene Ringe mit roten und grünen Steinen trägt, Smaragde und Rubine bestimmt. Die Dinger sind so schwer, dass sie die Hand kaum hochkriegt. Muss Ben die jetzt küssen?, fährt es mir durch den Kopf. Er wird doch wohl nicht …? Aber er ergreift sie nur und drückt sie vorsichtig. Dann wendet Edna ihren Kopf zu mir und sieht mich mit einem stechenden, verächtlichen Blick an. Mit einer knappen Handbewegung bedeutet sie uns, auf den brokatbezogenen Stühlen vor ihr Platz zu nehmen. Wir setzen uns gefügig und ich sehe sie gespannt an. Nun ist die Stunde der Wahrheit gekommen.

»Du hast mir etwas anzubieten, was mir sowieso gehört?«, fragt Edna mich in einem Ton, der den beißwütigsten Dobermann in die Knie zwingen würde. »Findest du das nicht reichlich unverschämt?«

Ich versuche, ihrem Blick standzuhalten – und meine Fassung zu wahren. So hatte ich mir den Einstieg ins Gespräch zugegebenermaßen nicht vorgestellt. Andererseits, was habe ich erwartet?

»Mein Großvater Angus hat es sich vorbehalten, über das Gold zu bestimmen«, erkläre ich so cool, wie es nur geht. »Ich habe das nicht zu beurteilen.«

»Und doch soll ich die Hälfte von dem bekommen, was übrig ist?« Ihr Tonfall wird höhnischer. »Und wenn ich alles will?«

Ich sage nichts.

»Wo ist das Gold?«

Ich sage nichts.

»Dass du es nicht bei dir hast, sehe ich so weit als selbstverständlich an, also muss es jemand anders haben. Wer hat es? Sag es mir, sonst muss ich böse werden und andere Saiten aufziehen!«

Was redet die nur für ein altmodisches Zeug?, denke ich.

»Tante Edna …«, beginnt Ben flehend.

»Schon gut«, gibt Edna klein bei und schenkt ihrem Großneffen ein entwaffnendes Lächeln. Mann, kann die schnell umswitchen. Unglaublich. Doch kaum wendet sie ihren Blick wieder mir zu, werden ihre Augen hart wie Stahl. »Nun denn, selbst wenn ich mich auf dein *Angebot*« – sie betont das Wort und verzieht dabei verächtlich die Mundwinkel – »einlassen würde, habe ich noch eine Bedingung.«

Ich sehe sie fragend an.

»Ich bekomme das Medaillon mit dem Bergkristall.«

Ich gebe ein gequältes Geräusch von mir. Den Kristall? Niemals. »Nur über meine Leiche!«, rufe ich empört. »Das kommt überhaupt nicht in die Tüte, Sie würden nur Unheil damit anrichten!«

In diesem Moment öffnet sich zwischen den Bücherregalen eine Tapetentür, die ich vorher nicht bemerkt habe. Es tritt heraus (und ich denke, mich trifft gleich der Schlag): Frau Professor Dr. Dr. Aurora Beatrix Lequeer. Sie lässt keinen Zweifel daran, dass sie die Herrscherin im Haus ist.

»Hallo«, sagt sie freundlich. »Ich dachte, ich bringe mich ein wenig in dieses Gespräch ein, bevor es zu Missverständnissen kommt.« Sie wendet sich zu Ben. »Guten Tag, ich bin Aurora.«

»Ben«, sagt er verdutzt und erhebt sich knapp von seinem Stuhl.

»Bleib nur sitzen«, fordert sie ihn auf, stellt sich neben Ednas Sessel und legt eine Hand auf ihre Schulter. Mir fällt der kleine Bergkristall auf, den sie an einer Kette um den Hals trägt. »Zuerst sollte ich etwas erklären. Edna möchte mich bei meiner Forschungsarbeit, die die wissenschaftliche Bedeutung der Bergkristalle betrifft, gern unterstützen. Ich hatte Lisa ja schon gebeten, mir ihren Kristall für kurzfristige Untersuchungen zu überlassen«, wendet sie sich an Edna, dann sieht sie zu mir. »Ich kann dich nur noch einmal darum bitten, aber du hast ihn ja leider nicht bei dir.«

»Was Sie deswegen wissen, weil der Kristall an ihrem Hals es Ihnen verraten würde, nicht wahr?«, sage ich ihr auf den Kopf zu.

»Du hast gelernt, sehe ich«, entgegnet sie mit vergnügtem Lächeln.

Ich könnte sie würgen.

»Ich weiß inzwischen, wann Sie in meiner Nähe sind«, sage ich leicht bissig.

Aurora legt kokett lächelnd den Kopf schief und sagt gar nichts.

»Was bedeutet Ihnen Janet Horne?«, frage ich.

»Janet Horne war zu ihrer Zeit eine der bedeutendsten weisen Frauen des Königreichs«, kommt Edna ihr zuvor. »Man müsste ihr ein Denkmal setzen! Es ist eine himmelschreiende Schande, dass sie hingerichtet wurde.«

Das ist eine Steilvorlage für mich. »Sie *hat* mit der Janet Horne Society ihr Denkmal bekommen. Sind Sie der Kassenwart?«

Aurora gluckst vor Lachen. »Der war gut, Edna, gib's zu.«

Dann wendet sie sich an mich. »Wir sind das Vermächtnis von Janet Horne, jeder soll sich an sie erinnern – und wenn es der Menschheit so wehtut, wie das eigene Ende ihr wehgetan hat.«

»Was haben Sie vor?«, frage ich entsetzt.

»Ihren Namen in die Welt tragen, mehr nicht«, antwortet Aurora nunmehr zurückhaltend. »Sie war eine Heilerin wie all die anderen weisen Frauen der Geschichte. Auch sie hat dank der Kraft der Bergkristalle Gutes unter den Leidenden getan. Die Kraft der Kristalle muss ihre Wirkung in die Welt tragen können, und so kann ich dich nur erneut bitten, der Wissenschaft zu helfen und mir den Kristall zur Verfügung zu stellen, und sei es auch nur für kurze Zeit.«

Ich zögere und sehe Ben an, der der Unterhaltung mit offenem Mund gefolgt ist. Er scheint jedes Wort für bare Münze zu nehmen – und gleichzeitig nur Bahnhof zu verstehen. Kein Wunder. Ich selbst habe schließlich monatelang an meinem Verstand gezweifelt.

»Ich muss darüber nachdenken«, erkläre ich, weil ich im Gegensatz zu ihm weiß, dass sie lügt und dass sich das hier nur im Kreis dreht. Denn es gibt einen Grund, warum das Gespräch von der möglichen Übergabe des Goldes zur Geschichte der Hexen abgedriftet ist. Es ist derselbe Grund, weshalb Aurora hier aufgetaucht ist.

Es ist wegen des Kristalls.

Alles dreht sich einzig und allein um den Kristall – und um die bösen Absichten der beiden. Edna und Aurora haben etwas vor, das ist sonnenklar. Wenn ich nur wüsste, was. Wenn ich nur ihre Schachzüge durchschauen könnte!

Ich stehe von meinem Stuhl auf.

»So geht das nicht«, erklärt Edna.

»Und ob das so geht«, sage ich. »Das Gespräch ist für mich beendet.«

Ben folgt meinem Beispiel, steht auf und sieht aus, als wäre er von einem Schwertransporter überrollt worden.

»Sie wissen ja, wo Sie mich erreichen«, sage ich in Richtung Aurora, die gespielt verwundert die Augenbrauen hochzieht. Inzwischen bin ich sicher, dass sie gestern Nacht mit Benedict im Haus der Maliks war. »Im Zweifelsfall über Ben.«

Ich ziehe Ben am Ärmel hinter mir her zum Ausgang.

»Hat mich sehr gefreut, die Damen.«

Hier, denke ich, ist Sarkasmus mehr als angebracht. Auch wenn ich innerlich vor Wut und Angst und Enttäuschung bebe.

Die Damen sagen jedenfalls nichts mehr. An der Haustür erwartet uns Benedict mit einem besonders kalten Blick, dem ich entnehme, dass er seine Handlangerdienste für die Nachfahren von Janet Horne auch in Zukunft ohne Hemmungen exekutieren wird, besonders wenn es mich betrifft. Brrrr, ist das unheimlich.

»Was war das denn?«, will Ben mit großen Augen wissen, als wir auf der Straße stehen.

»Deine Großtante Edna, wie sie leibt und lebt«, antworte ich trocken. »Verstehst du mich jetzt besser?«

Er sieht betroffen drein. »Ich verstehe kein Wort und will es auch gar nicht verstehen. Und wer war diese merkwürdige Alte? Stopp, will ich auch nicht wissen.« Er schüttelt den Kopf, nimmt meine Hand und drückt sie ganz fest. »Sag mir einfach Bescheid, wenn du mich brauchst.«

Ich nicke dankbar. Ich weiß Bens Angebot zu schätzen. Sehr sogar. Doch gleichzeitig weiß ich auch, dass er mir nicht helfen kann. Denn wenn dieses Gespräch im Hause Cumberland irgendein Ergebnis gebracht hat, dann das, dass ich schleunigst versuchen muss, an die schottische Königskrone heranzukommen, bevor vonseiten des Hexen-Duos etwas Furchtbares passieren kann. Mein Gefühl sagt mir, dass die beiden Groß-Witches mit dem Kristall etwas vorhaben, was mit der Rache für den Tod von Janet Horne zu tun hat. Es geht ihnen um die Macht der weisen Frauen, die in der Welt einen unrühmlichen Ruf als Hexen erlangt haben. Ich sehe Master de Burgh in seiner Bücherhöhle vor mir und lausche gedanklich noch einmal seinen Sätzen.

»Wenn der Kristall in falsche Hände gerät, ist großes Unheil zu erwarten«, höre ich ihn sagen. »Ein falsches Wort der Beschwörung pflanzt sicheren Tod in den Kristall. Und wenn jemand Gefährliches, jemand Heimtückisches die anderen Kristalle aus der Krone brechen würde und sie dann zusammenfügt, würde die Macht des Bösen triumphieren in der Welt. Der Frieden wäre auf ewig verloren. Der Besitzer dieses zusammengefügten Kristalls könnte jeden und alles vernichten!«

Mir läuft es kalt den Rücken hinunter, und ich merke, wie ein Zittern durch meinen Körper geht. Ich weiß nur zu gut, wie groß die Gefahr ist, die in der Luft liegt, und muss schnell handeln. Gut, dass mein Kristall inzwischen in Papas Hotelsafe sicher untergebracht ist. (Das ist er hoffentlich wirklich. Was mich darauf bringt, dass ich Papa dringend anrufen und danach fragen sollte.) Der Tower, das wichtigste Ziel, ist meine nächste Station, auch wenn mir klar ist, dass es momentan nur darum gehen kann, zu erkunden, wie ich zu einem geeigneten Zeitpunkt einen Weg zum Aufbewahrungsort der Krone finde.

»Ich gebe Bescheid, ganz bestimmt«, sage ich zu Ben, auch wenn ich weiß, dass ich durch diese Geschichte ganz allein durchmuss – was auch immer noch passieren mag.

In diesem Moment schrillt mein Handy los. Mein Herz setzt einen Schlag aus, so erschrocken bin ich. Ich sehe auf das Display. *Papa.* Ich könnte heulen vor Glück. Ich gehe dran.

»Ist mein Medaillon sicher?«, will ich als Erstes wissen. »Hast du es zum Gold getan und ganz, ganz sicher verschlossen?«

»Freut mich auch, von *dir* zu hören«, sagt er. Und lacht.

»Ich kann dir gar nicht sagen, wie sehr *ich* mich freue«, antworte ich. »Tut mir leid, dass ich dich mit meiner Frage so überfallen habe. Aber das ist sehr wichtig.«

»Verstehe ich doch«, sagt er beschwichtigend. »Ja, deine Kette ist sicher in meinem Safe untergebracht. Hör mal, ich habe eine Riesenüberraschung für dich – und für

Zoey. Bring sie doch bitte heute Abend zu einem gemeinsamen Essen mit. Wäre das okay?«

Ich zerdrücke fast das Handy vor Freude. »Klar ist das okay! Zoey freut sich sicher auch!«

»Ich gebe dir die Adresse, vielleicht können euch die Maliks hinfahren, sonst zahle ich ein Taxi. Hast du was zu schreiben?«

»Eine Sekunde«, bitte ich ihn und drehe mich zu Ben. »Hast du ein Blatt Papier und etwas zu schreiben dabei?«

Ben nestelt umständlich ein Stück Papier und einen Kugelschreiber aus seinem Rucksack.

»Oishidesu, Stratton Street«, wiederhole ich Papas Angaben, die ich mir sicherheitshalber buchstabieren lasse, und schreibe die Adresse auf den Zettel, wobei ich Bens Rücken als Unterlage benutzen muss.

»Neben deinem Hotel, okay, alles klar.« Ich werfe noch einmal einen Blick auf den Zettel. »Oishidesu? Klingt wie ein giftiges Putzmittel … Entschuldige, Papa. Ich freue mich wahnsinnig, dich zu sehen!«

»Ich mich auch, bis später.«

Papa legt auf und ich gebe Ben seinen Kugelschreiber zurück.

»Du, ich muss los, was erledigen«, erkläre ich ihm.

»Ich lass dich auf keinen Fall allein, ich komme mit«, kündigt er an und hält mich spielerisch an den zwei Enden meines Schals fest.

»Geht nicht«, behaupte ich. »Das ist ganz lieb, aber es geht nicht.«

Klar ginge es, aber mein Vertrauen zu ihm ist immer noch nicht wieder hundertprozentig hergestellt (auch wenn er eben eine andere Seite von *Tantchen Edna* kennengelernt hat und mich garantiert besser versteht). Ich will nicht, dass die Hexen wissen, dass ich immer noch nicht aufgegeben habe, an die Krone heranzukommen. Und so sehr ich es mir auch wünsche, Ben wieder vertrauen zu können – ich muss Geduld haben bis zu dem Augenblick, in dem der Fluch weg und unser Weg zueinander frei ist.

»Mach's gut. Bis später. Und danke«, sage ich und sehe ihm in die strahlend blauen Augen, in denen ich auf der Stelle ertrinken möchte.

Ich wollte, die Zeit könnte stehen bleiben und dieser schöne Moment würde nie vergehen. Ich stelle mich auf die Zehenspitzen und küsse ihn auf die Wange. Dabei nehme ich seinen verwirrenden Duft wahr und genieße die Nähe seines Körpers. Er lächelt, zieht mich mit meinem Schal an sich und umarmt mich fest. Ich erschauere. Das Gefühl, ihm so nah zu sein … es ist einfach unbeschreiblich. Wie konnte ich mich nur so lange dagegen wehren?

»Ich will dich nicht verlieren«, flüstert er in mein Haar. »Du bist so weit weg …«

Ich schmiege mich an ihn, ach, fühlt sich das gut an!

»Ich bin bei dir«, flüstere ich zurück, schließe die Augen und weiß im selben Moment: Es stimmt nicht, er hat recht, ich bin in diesem Augenblick ganz woanders.

Werde ich die Kluft, die uns voneinander trennt, überbrücken können, wenn das alles hier vorbei ist? *Wenn* es denn zu einem guten Ende führt … Oh mein Gott, ich weiß gar nichts mehr, nichts ist sicher. Ben hält mich an den Armen von sich ab und sieht mir in die Augen.

»Versprich mir, dass du zurückkommst«, bittet er mich. »Wo auch immer du jetzt gerade bist.«

Er versteht, was ich gerade durchmache, denke ich. Noch ist nicht alles verloren. Das, was er sich wünscht, das will ich auch, das kann ich versprechen. Mir gelingt ein Lächeln. »Ich verspreche es.«

Er beugt sich zu mir und küsst mich. Auf die Lippen. Zärtlich. Ich schmelze.

Wie lange ist es her, das letzte Mal, dass er mich so geküsst hat? Es kommt mir vor, als wären es Jahre (aber ich weiß, dass mir die Zeit viele Streiche spielt). Es war am vorletzten Tag unserer Reise nach Edinburgh, im Hostel in der Altstadt. Wir waren einander so nah wie nie zuvor, doch am folgenden Tag zerbrach etwas zwischen uns, was wir bisher nicht wieder kitten konnten.

Er lächelt mich traurig an, dann dreht er sich um und geht mit energischen Schritten davon. Ich sehe, wie er bei Rot die Straße überquert, und will »Vorsicht!« schreien, da erkenne ich gerade noch rechtzeitig: Es ist kein Auto in unmittelbarer Nähe zu sehen, es droht überhaupt keine Gefahr. Außer einer.

Wird er sich noch einmal umdrehen? Es wäre so unendlich wichtig!

Ben verschwindet im Gewühl der Passanten auf der anderen Straßenseite.

Er hat sich nicht mehr umgedreht.

Benommen stehe ich am Straßenrand, von meinen Gefühlen wie gelähmt. Doch dann sage ich mir, dass das so nicht geht, ich darf jetzt nicht weich werden, ich muss weitermachen.

Als ich einen Bus auf der gegenüberliegenden Straßenseite entdecke, der grob in Richtung Tower fährt, renne ich los, springe hinein und klettere die Treppe hinauf, die zum oberen Deck führt. Durch das Fenster des abfahrenden Busses versuche ich, Ben im Gewühl der Menschen ausfindig zu machen. Der Bus fährt nur ein paar Meter, da entdecke ich ihn. Er steht regungslos auf dem Gehsteig und starrt in eine imaginäre Ferne. Er sieht aus wie ein verloren gegangener Welpe (warum muss mir ausgerechnet jetzt so ein verkitschtes Klischee einfallen?!) und tut mir unendlich leid.

Ich lehne mich zurück und sehe von oben auf den Straßenverkehr hinunter, auf Leute, die in die verschiedensten Läden hasten, auf Mütter, die ihre Kinderwagen vorbeischieben, und halbwüchsige Jungs, die sich gegenseitig vom Gehsteig auf die Straße schubsen. Der Bus passiert Banken, Kunstgalerien und Großraumbüros und biegt in eine Straße mit Fabriken und Werkstätten ein, unterbrochen von Pubs und hier und da einem Gemüseladen oder Kebab-Lokal. Giftig gelber Nebel zieht auf und mir wird die Sicht auf das pulsierende Leben da draußen versperrt. Nur schemenhaft sind noch Häuser und Menschen auf der Straße zu unterscheiden, bis sie plötzlich völlig von dichten, gelbgrauen Schwaden verschluckt werden. Es fühlt sich an wie das Ende der Welt, die sich einfach in nichts auflöst. In mir kriecht Angst hoch, und ich habe den Eindruck, dies ist eine Bedrohung, die mir persönlich gilt. Ich muss an den Rabenschwarm denken, der mich in Cliffmoore und Edinburgh so gnadenlos verfolgt hat. Was ist hier los? Und was um Gottes willen wird als Nächstes passieren? Der Bus bremst abrupt ab und bleibt stehen. Von überallher sind kleine Schreckensschreie zu hören.

»Sorry, folks«, höre ich einen Mann rufen.

Mit weichen Knien klettere ich nach unten, dort steht der Busfahrer und hebt entschuldigend die Hände. »End of the line, ich kann nicht weiterfahren, der Nebel. So was habe ich in dreißig Jahren Berufsleben noch nicht erlebt, bitte steigen Sie aus.«

»Wo sind wir?«, will ein alter Mann wissen.

»Gehen Sie die Nächste links«, erklärt der Busfahrer. »Nach ein paar Hundert Metern stoßen Sie auf eine Hauptstraße, die weiter Richtung Osten führt. Vielleicht kann man da mehr sehen und Sie finden ein Taxi.«

Ungefähr ein Dutzend Buspassagiere verlässt das Fahrzeug, auch ich steige aus und versuche, dem alten Mann zu folgen, der sich an die Richtungsangabe des Busfahrers hält.

»Dick wie Erbsensuppe«, höre ich ihn im Nebel vor sich hin grummeln.

Ich kann kaum meine Hand vor Augen sehen, die ganze Welt ist in dem gelbgrauen Zeug verschwunden. Schritt für Schritt taste ich mich durch die milchige Wand vor mir und versuche, mich am schlurfenden Schritt des Alten zu orientieren, dann wird auch dieses Geräusch vom Nebel verschluckt und ich bleibe orientierungslos stehen. Ich strenge alle meine Sinne an und glaube, in der Ferne Musik zu hören. Vorsichtig setze ich einen Fuß vor den anderen und hoffe, nirgendwo anzustoßen oder gar hinzufallen. Die Musik scheint näher zu kommen und in der undurchdringlichen Nebelwand vor mir sehe ich verschwommen bunte Lämpchen leuchten.

Neben mir taucht ein unrasierter Typ mit Zottelhaaren auf, der einen weiten Mantel mit Dutzenden von Taschen trägt. Aus den verschiedenen Taschen füttert er einen Hund mit kleinen Knochen. Dann greift er in eine der anderen Taschen, zieht ein Stück Käse hervor und beißt genussvoll hinein. Anschließend holt er aus einer weiteren Tasche ein winziges Pappschächtelchen hervor.

»Streichhölzer gefällig, Miss? Old Simon zu Ihren Diensten«, wispert er.

Ich pralle zurück. »Nein, danke. Danke«, stammle ich und stolpere weiter, den Lichtern entgegen.

Vor mir sehe ich ein Pub, über dessen Eingang ein verwittertes Schild mit der Aufschrift *Elephant & Pie* hängt. Drinnen scheint eine Menge los zu sein, denn es ist nicht nur laute Musik zu hören, sondern auch munteres Gegröle und Gestampfe, als würde ausgiebig getanzt. Ich weiß, dass ich irgendjemanden nach dem Weg fragen muss, und betrete todesmutig den dunklen Kneipengang, der mitten in die Schankstube führt. Als ich dort angekommen bin, sehe ich, dass neben der Theke eine Bühne aufgebaut ist, die gesamten Wände entlang stehen lässig bis schlampig gekleidete Frauen und Männer mit Gläsern in der Hand, die das Geschehen auf der Bühne lautstark bejubeln. Zwei Frauen und ein Mann in Frauenkleidern tanzen wie die Derwische zu irischen Flöten- und Gitarrenklängen und werfen die Röcke hoch. Die begeisterten Zuschauer klatschen und johlen dazu aufmunternd und fangen an, Pennys auf die Bühne zu werfen. Wow. Umwerfend. Das ist so grotesk, dass es schon wieder schön ist, einfach nur faszinierend. Wo bin ich denn hier hingeraten?

»Hey, du«, spricht mich ein muskulöser, hübscher junger Mann im weißen Unterhemd an. »Ich glaube, du bist hier falsch.«

»Ja, ich weiß«, antworte ich. »Wissen Sie, der Nebel … Ich muss irgendwie zum Tower und habe den Weg verloren.«

»Hier rechts um die Ecke ist ein U-Bahnhof. Gleich hinter dem Pub, nicht zu verfehlen. Mach's gut.«

Mit sanfter Gewalt schiebt er mich den Gang entlang zur Tür hinaus und lässt sie hinter sich zufallen – und schon stehe ich wieder blind im Nebel. Na gut, rechts um die Ecke, hat er gesagt … dann mal los. Ich taste mich die Hauswand entlang und schreie auf. Vor mir steht ein Mann in mittelalterlich anmutender Kleidung, mit einer dreieckigen Kappe auf dem Kopf und einem winzigen Affen auf der Schulter, der bösartige Geräusche ausstößt.

»For auld lang syne, my jo, for auld lang syne«, singt der Mann krächzend das alte schottische Neujahrslied und streckt fordernd die knochige Hand aus. »Eine kleine Spende!«

Er hält mich an der Schulter fest und jagt mir einen fürchterlichen Schrecken ein. Ich versuche, mich seinem eisenharten Griff zu entwinden, und habe entsetzliche Angst, dass er mir etwas antut.

»Lassen Sie mich los!«

»Eine kleine Spende«, wiederholt er drohend.

Ich pfeife auf meine Angst und trete ihn vor das Schienbein. Er jault auf.

Das ist der Moment.

Ich springe weg von ihm und versuche, trotz des dichten Nebels die Wand wiederzufinden. Da taucht wie aus dem Nichts vor mir ein weiterer Mann auf, mit einer grausig verschmierten Clownsmaske. Es ist einfach nur entsetzlich und ich schreie laut auf. Er lacht höhnisch und versperrt mir mit großen Schritten den Weg, als ich erst links, dann rechts an ihm vorbeiwill. Er hat dicke, weite Clownshosen an, denke ich, dem macht ein Tritt vors Schienbein nichts aus. Was mache ich denn jetzt? Das kann doch alles nicht real sein, oder? Ich bin sowieso die ganze Zeit total überdreht und weiß auch, dass ich gelegentlich zur Freude meiner Mitmenschen von Herzen spinne. Aber bitte, bitte, lieber Gott, lass das hier eine Ausgeburt meiner berüchtigten blühenden Fantasie sein, das ist einfach alles too much!

»Go to hell, Punch«, knurrt ein Mann in einer weiten Kutte den Clown an, der daraufhin tatsächlich blitzartig verschwindet. Den Sänger mit dem Affen schiebt er mit einem energischen »Shut up, Jimmy!« beiseite.

Okay, das ist schon mal der richtige Ansatz, Spinnerei hin oder her, jetzt hoffe ich nur noch, dass ich dem Penner mit dem Taschenmantel nicht mehr begegne.

»Keine Sorge, Old Simon kommt nicht wieder«, sagt mein Retter, den ich nur schemenhaft erkennen kann. »Diese Rüpel treiben ihre Späßchen nur alle paar Jahrzehnte und nur bei diesem Nebel. Zeit bedeutet für sie nichts.«

Er nimmt sanft meinen Arm und führt mich ein paar Meter weiter, ans Ende der Pubmauer. Dort schaue ich um die Ecke der Kneipe, von wo mir das U der Underground-Station entgegenleuchtet.

Juhu, ich habe es tatsächlich geschafft!

Meine Güte, war das unheimlich.

Ich möchte mich für meine Rettung bedanken, aber von dem Mann in der Kutte ist nichts mehr zu sehen, er ist genauso plötzlich im Gelb des Nebels verschwunden, wie er aufgetaucht ist. Ich stutze. Die Kutte? Die Zeit? Langsam. Auch die Stimme kam mir bekannt vor. War es etwa wieder …? Sinnlos, darüber nachzudenken.

So schnell ich kann, laufe ich zur U-Bahn-Station hinüber, und mit jeder Stufe, die mich nach unten führt, kann ich wieder klarer und deutlicher sehen. Ich studiere die Tafel mit dem Streckenplan und den Abfahrtszeiten und höre, wie ein Zug einfährt. Mein Ziel? Her Majesty's Royal Palace and Fortress. Tower of London, ich komme.

12. Kapitel

An der Station Tower Hill verlasse ich die U-Bahn und steige die Treppen hinauf, draußen breitet sich der große Vorplatz zum Tower aus. Ich reibe mir die Augen. Nichts Ungewöhnliches zu sehen. Alles ist hundertprozentig nebelfrei. Der Himmel ist ein bisschen grau und verhangen, zugegeben, aber er kommt mir im Gegensatz zu meinem Abenteuer in der gelbgrauen Nebelsuppe geradezu heiter und fröhlich vor.

Um in den Tower zu gelangen, habe ich mir die Geheimwaffe zurechtgelegt, die ich schon mal in Cliffmoore benutzt habe, als ich bei einem Stadtrat vorgelassen werden wollte, der mich sonst nicht mit dem Hinterteil angesehen hätte: Ich bin als Mitglied der ehrenwerten Presse unterwegs und beabsichtige, kraft meiner überwältigenden Wichtigkeit zur schottischen Krone vorzudringen.

Umspült von den üblichen Touristenscharen, mache ich einen Bogen um die Ticketkasse und gehe geradewegs zu einem der Gittertore, die sich neben dem offiziellen Einlass für Touristen befinden. Dahinter steht ein Mann mit Uniform und missmutig hängendem Schnauzbart, der mich mit kleinen, übelwollenden Augen fixiert.

»Ich bin Annabelle Ashford«, lüge ich. »Presse. Ich habe einen Termin in der Verwaltung.«

»Presse?«, macht er grunzend und hält das wohl für ein Lachen.

»Genau, Presse«, wiederhole ich. »Ich bereite einen Bericht über die Sicherheitsorganisation im Tower vor und habe dazu ein Gespräch mit dem Konstabler.«

Das habe ich sicherheitshalber recherchiert, dass es einen Konstabler gibt, der ein ganz hohes Tier sein muss.

»Konstabler«, grunzt der Mann in Uniform, und diesmal lacht er nicht mehr.

Stattdessen öffnet er mir das Tor.

»Verbindlichen Dank«, flöte ich und husche hoch illegal in die Mauern des Towers hinein.

Ich gehe zum Jewel House hinüber und frage mich zu den Büros der Verwaltung durch. Dort werde ich auf den Koordinator der Museumsbereiche verwiesen, einen Mann mit dem schönen Namen Toby Toddlesbrew. Sein Büro befindet sich im Waterloo Block im inneren Festungsring des Towers, den ich mit einem eigens für mich gedruckten Ausweis samt Lichtbild betreten darf, weil ich einmal mehr als offizielles Mitglied der Jugendpresse von York unterwegs bin. (Komme ich jetzt in die Hölle?) Da war ich schon mal, denn das Jewel House mit den Kronjuwelen ist im Erdgeschoss der ehemaligen Kaserne untergebracht, während Toby Toddlesbrew im ersten Obergeschoss residiert. Ein lang gestreckter Gang mit streng riechendem Linoleum führt mich zu seinem Büro.

»Hier entlang.« Seine Sekretärin bittet mich in ein kleines Besprechungszimmer, das neben zwei Stühlen und einem Holztisch eine stark verkümmerte Yuccapalme beherbergt.

»Kaffee? Tee?«, will die Sekretärin wissen.

»Danke«, lehne ich höflich ab. »Nicht nötig.«

Da sitze ich eine Weile herum und rutsche unruhig auf meinem Stuhl hin und her, während ich im Kopf immer wieder meine Strategie durchgehe. Dann geht schwungvoll die Tür auf und herein segelt Mr Toddlesbrew in grauer, scharf gebügelter Hose und einem Pullunder, dessen Grundfarbe ebenfalls grau ist, geschmückt mit grün-blau gestreiften Argyle-Rauten, ein Triumph dezenten britischen Modegeschmacks (wird Zeit, dass Mama mit ihrem Design hier mal aufräumt!).

Auf meine Bitte, für meine Schülerzeitung wenigstens einen ganz, ganz kurzen Blick auf die Honours of Scotland werfen zu dürfen, ringt er verzweifelt die Hände.

»Aber das geht doch nicht!«, ruft er aus. »Sie sind derzeit nicht für die Öffentlichkeit zugänglich, sie sind im

Keller eingeschlossen, zu dem nur wenige Leute Zutritt haben, da könnte ja jeder kommen.«

(Ich dachte, diese peinliche Argumentation wäre seit der Sintflut ausgestorben.)

»Ich will sie ja auch nicht öffentlich besichtigen«, erkläre ich. »Ich will nur einmal einen Blick darauf werfen, um sie in meinem Text beschreiben zu können. Aus persönlicher Anschauung. Ich bin selbst aus dem Clan Bruce, das muss doch etwas wert sein.«

»Auch wenn ich wollte, ich könnte nicht einmal Robert the Bruce persönlich Zugang verschaffen«, sagt Toby Toddlesbrew. »Ich käme selbst nicht in den Raum mit den Honours hinein (als wäre das hier Thema gewesen). Ab sofort stehen sie nämlich unter direkter Regierungshoheit. Die obersten, aber auch wirklich allerobersten Verwaltungsgremien haben etwas damit vor, und ich weiß nicht, was. Tut mir leid.«

Er erhebt sich, streckt dramatisch bedauernd die Hände gen Himmel und geleitet mich nach draußen. Staubtrocken fällt die Bürotür hinter ihm ins Schloss.

»Einen schönen Tag noch«, säuselt seine Sekretärin.

»Selber«, murmle ich und hoffe, dass es nicht zu unhöflich klingt, weil sie schließlich nichts dafür kann.

Ich verlasse das Gebäude und werfe einen Blick hinüber zu der Bank, auf der ich zuletzt Bob den Bettler angetroffen habe. Aber der kann mir leider auch keinen Trost spenden, weil er nicht anwesend ist.

Ich komme nicht weiter, ich komme nicht weiter. Ich

komme nicht weiter. Da haben wir's: die Lisa-Verschwörung in vollster Blüte.

Meine Stimmung wird auch nicht besser, als ich nach Wapping ins Haus der Maliks zurückkehre. Schließlich muss ich Amina und Mubashir irgendwie beibringen, dass Zoey und ich heute zum Essen eingeladen sind. Ich würde wirklich gern noch einmal einen Abend mit pakistanischer »Haute Cuisine« genießen, einfach, um mit ihnen zusammen zu sein und exotische Geschichten aus dem Punjab zu hören.

Und so kommt es dann auch: Sie sind zu Tode betrübt, dass Papa Zoey und mich eingeladen hat. Immerhin leuchten Aminas Augen bei seiner Erwähnung hell auf.

»Aah, Daddy!«

Beide sind sofort bereit, uns mal eben nach Mayfair zu fahren, was für sie kurz vor einer Weltreise sein muss, so klein ist London nun auch wieder nicht.

Bei Zoey kommt die Einladung weniger gut.

»Warum soll ich einen Abend mit dir verbringen? Du verbringst ja nicht mal den Tag mit mir! Erklärungen kannst du dir schenken, das hatten wir schon.«

Oh, oh. Sie ist sauer.

»Tut mir leid, Zoey«, versichere ich ihr. »Tut mir wirklich ehrlich leid, du kennst mich doch …«

»Ja, leider.«

Oh Gott, so schlimm?

»Ist was passiert?«, frage ich sie.

»Geht dich gar nichts an.«

Erleichterung. Es besteht die Chance, dass ich gar nicht gemeint bin mit ihrer schlechten Laune; irgendwann wird sie damit herausrücken.

»Ich war im Tower«, erzähle ich ihr, um sie zu besänftigen.

»Im Tower, in diesem Trümmerhaufen, weil es da so schön war? Hast du sie noch alle? Und überhaupt, was machst du eigentlich mit dem armen Ben? Der schleicht um dich herum wie ein Kater auf Liebesentzug und du versetzt ihm munter beiläufige Fußtritte.«

Verdammt, denke ich, so wirkt das nach außen?

»Zoey, das ist nicht meine Absicht«, schwöre ich ihr. »Als wir heute zusammen unterwegs waren, da hat er mich geküsst und …«

»Wow«, kommentiert Zoey. »Und danach gibst du ihm wieder eins über die Rübe.«

»Du verstehst das nicht …«

»Ganz genau. Ich verstehe es nicht«, knurrt sie. »Dein Benehmen ist so unterirdisch, dass es selbst mir graust.«

Ich lasse den Kopf sinken und fühle mich unendlich traurig. Sie hat ja recht.

»Ich … ich kann dir das erklären«, stammle ich. »Wir machen zurzeit eine schlechte Phase durch, aber das wird sich ändern, wenn ich meine Mission hinter mich gebracht habe, wenn sich alles geklärt hat.«

»Mission?«, fragt Zoey und sieht mich wie ein Amtsarzt an, der gerade die Diagnose *unwiderrufliche Unzurechnungsfähigkeit* stellen muss.

»Klingt doof, ich weiß«, gebe ich zerknirscht zu. »Das hat mit meinem Besuch im Tower zu tun, mit der Geschichte meiner Familie und der …«

»… schottischen Krone«, ergänzt Zoey begütigend, als spräche sie mit einer armen Irren. »Schon gut. Say no more.«

»Möchtest du nicht wenigstens meinem Vater den Gefallen tun und mitkommen?«, bitte ich sie mit meinem schönsten Augenaufschlag. »Es muss dem Klang nach ein japanisches Lokal sein. Ein sehr gutes, wenn er da extra reserviert.«

»Japanisch?« Sie reißt entsetzt die Augen auf. *»Japanisch?!«*

Dass sie sich im nächsten Moment mit den schönsten Klamotten und ihrer besten Kosmetik aufbrezelt, die ihre Reisetasche hergibt, werte ich als gutes Zeichen, und versuche, es ihr nachzutun. Schließlich stehen wir gewaschen und gebügelt am Auto der Maliks, die bei unserem Anblick nur noch anerkennend »Aah« und »Ooh« machen.

Mayfair ist schon etwas Besseres als die anderen Stadtteile, in denen wir uns sonst bewegen. Die Stratton Street, die von gepflegten, hochherrschaftlich gestalteten Häuserfassaden gesäumt wird, sieht aus, als wäre sie mit

Geld gepflastert. Fünf Häuser neben Papas Hotel taucht das japanische Lokal Oishidesu auf. Die Maliks wünschen uns viel Spaß, wir bedanken uns überschwänglich (das schlechte Gewissen lässt grüßen) und wenden uns dem Spektakel zu, das uns erwartet.

Schon die Außenfassade des Restaurants, schwarz gestrichen, sieht Ehrfurcht gebietend aus, darin sind riesige, schwarz getönte Glasscheiben eingelassen, durch die man nicht nach innen sehen kann.

Ein junger Japaner in schwarzer Kleidung öffnet uns lächelnd die Tür, hinter der sich ein großer, lang gestreckter Raum befindet, darin schwarz lackierte Wände, wandhohe Spiegel, schwarz lackierte Tische mit schwarz lackierten Stühlen, alles kantige Linien, überwältigend stylish, dazu überall rechteckige schwarze Kerzen, die ein angenehmes Licht verströmen. Im Hintergrund dezente Pop-Klänge. Hammer.

Eine wunderschöne Japanerin im schlichten, aber eleganten (schwarzen) Kostüm führt uns nach hinten zu einem langen Tisch, an dem schon ein paar Menschen sitzen, die aufstehen, als sie uns sehen. Eine Frau eilt auf mich zu. Ich traue meinen Augen nicht: Mama! Ich glaube es nicht, *sie* ist die Überraschung?!

»Da staunst du, was?«

Ich nicke stumm. Sie schließt mich in die Arme, und ich habe Mühe, die Tränen zurückzuhalten. Aus dem Augenwinkel sehe ich, dass Papa Zoey umarmt. Mama lässt mich los und gibt den Blick auf einen Mann frei, der unmittelbar hinter ihr steht und angesichts Papas gewaltiger Größe ein wenig klein wirkt.

»Ich möchte dir unseren Gastgeber vorstellen«, sagt Papa. »Balthazar Little. Das ist meine Tochter Lisa.«

Vor mir steht ein drahtiger Mann um die fünfzig, im (jawohl) schwarzen Hemd und schwarzen Anzug. Schlohweißes, kurz geschorenes Haar, braun gebrannt, tausend Lachfältchen. Na klar, das ist der Mann von der Generalprobe der Modenschau.

Er küsst mich links und rechts auf die Wange und sagt: »Freut mich sehr. Ich habe schon viel von dir gehört. Das hier ist meine Frau Danielle.«

Eine zierliche Eurasierin gibt mir die Hand. »Enchanté.«

(Mon dieu, eine Französin. Ich muss Stunden bei ihr nehmen. Scherz.)

Neben uns küsst ein schmaler junger Mann (Outfit? Klaro, schwarz!) Zoey auf beide Wangen.

»Eric Little«, sagt er.

Der Typ von Burton Hall! Ich werd verrückt. Ich klappe schnell die unvorteilhaft heruntergefallene Kinnlade hoch und versuche, ansprechend auszusehen. Auch mich küsst er links und rechts.

»Schön, euch so bald wiederzusehen«, sagt er und lächelt. »Ihr habt mich inspiriert.«

»Dazu später«, befiehlt Balthazar Little. »Lasst uns essen. Chef's Choice. Nur das Beste.«

Mama zieht mich neben sich auf die Bank, an ihrer

Seite Papa, auf der anderen Seite neben mir Zoey. Gegenüber von ihr Eric, mir gegenüber Mrs Little, Balthazar gegenüber Mama, interessante Blicke, die da hin und her gehen. Wie aus dem Nichts tauchen schicke junge Kellner auf (muss ich sagen in Schwarz?), Männlein und Weiblein, wunderschön anzusehen. Sie tragen auf feinstem weißem Porzellan zahllose Köstlichkeiten auf, zartesten Fisch, Fleisch, das auf der Zunge zergeht, essbare Blüten, leckerstes Sushi auf warmem Reis. Roher Fisch? Ich lerne umgehend, ich liebe rohen Fisch.

»Was heißt Oishidesu?«, frage ich irgendwann zwischen zwei köstlichen Bissen.

»Köstlich«, übersetzt Balthazar und lächelt.

»Genau«, erkläre ich. »Das trifft es, hätte ich nicht besser ausdrücken können. Vielen, vielen Dank.«

Balthazar deutet mit seinem Oberkörper eine Verbeugung an.

Ich beobachte staunend, wie Eric über den Tisch hinweg Zoey mit kleinen Sushi- und Sashimihappen füttert. Ich unterdrücke ein Kichern. Ihre Abneigung gegen Fisch scheint sie spontan überwunden zu haben.

»Gut, nicht wahr?«, sagt er und sieht Zoey mit funkelnden Äuglein an.

What the …?

»Toll«, antwortet sie kauend und funkelt zurück. »Hätte ich nie gedacht.«

Äh … ich auch nicht! Interessante Wendung der Dinge.

Die Rede kommt auf die Modenschau am morgigen Freitag. Papa hat die Aufsteller in Auftrag gegeben, die Mamas Modeentwürfe zeigen, Balthazar möchte ihre Wirkung auf die potenziellen Kunden testen.

»Aber wir müssen noch etwas an der Show ändern«, sagt er. »Sie hat noch nicht hundertprozentig funktioniert.«

»Mir hat sie gefallen«, sage ich.

»Mir auch«, wirft Zoey ein.

Balthazar lächelt. »Eric ist etwas eingefallen, was die Durchschlagskraft der Show erhöhen könnte.«

»Also«, sagt Eric und sieht Zoey und mir erwartungsvoll in die Augen, »ich sehe euch in Schuluniform zwischen den Models. Ihr seht so hübsch und erfrischend normal aus, dass ich mir euch als Kontrast auf dem Laufsteg ganz wunderbar vorstellen kann. Was meint ihr?«

Balthazar hebt die Hand. »Ich mag die Idee«, sagt er, »aber ich könnte mir auch vorstellen, dass ihr beide zwischendurch Teile meiner Kollektion präsentiert.«

»Ich?«, fragt Zoey und zeigt ungläubig mit dem Finger auf sich.

»Fantastische Idee!«, kommentiert Eric. »Ich bin sehr dafür!«

Zoey zeigt mit dem Daumen auf mich. »Wir beide?«

»Allerdings«, antwortet Balthazar. »Ihr habt das Zeug dazu, ihr seid groß, seht gut aus und habt Ausstrahlung.«

Zoey und ich sehen einander an und werden synchron rot.

»Aber … wir haben so was doch noch nie gemacht«, stammeln wir. »Wir wissen nicht, wie das geht.«

»Darf ich die beiden coachen, Dad?«, fragt Eric und lächelt uns an. »Ich kriege das hin.«

Ich sehe meine Eltern an. »Würdet ihr eure Erlaubnis geben?«

»Wir wären stolz«, antwortet Papa.

Mama nickt.

»Wir wissen aber gar nicht, ob die Schule uns die Erlaubnis dazu geben würde«, wendet Zoey ein.

»Ich rede mit euren Lehrern«, kündigt Balthazar an und hebt das Glas. »Heute haben wir gleich mehrere große Geschäftsabschlüsse getätigt. Auf eine gute Zusammenarbeit mit der Familie Lorenz! Walter … Melinda … und auf unsere beiden Schönen.«

Zoey und ich werden erneut puterrot. Verschämt heben wir unsere Gläser mit Mineralwasser, während die Erwachsenen sich mit Champagner zuprosten, der wie von Zauberhand aufgetaucht ist. (Was hat eigentlich Eric im Glas?)

Und damit scheint die Sache, jedenfalls in dieser Runde, geritzt zu sein. Mama strahlt, wohl wegen ihres Design-Deals. (Was wohl Martin dazu sagt?) Papa strahlt, als hätte er den genialsten Schachzug ever gemacht. (Was definitiv so ist.) Zoey und ich sonnen uns in unseren glänzenden Zukunftsaussichten. Vor allem Zoey strahlt vor sich hin, aufmerksam beobachtet von Eric, der mir amüsierte Blicke zuwirft.

Ich beuge mich zu Mama und versuche herauszubekommen, was genau zwischen ihr und Papa bei diesem Deal abgegangen ist, aber sie mimt die berühmte verschlossene Auster, also frage ich Papa.

»Frag Mama«, sagt der und grinst.

Sie knufft ihn in die Seite. Was bedeutet dieses stumme Spiel, was haben die beiden da bloß für Deals am Laufen?

»Dessert!«, kündigt Balthazar Little an. »Ein Muss!«

Ich werfe einen Blick in die Speisekarte. Ich habe keine Ahnung, was ich mir unter einem japanischen Dessert vorzustellen habe. Creme aus roten Bohnen an Sorbet von grünem Tee. Aha. Ich sehe Zoey an, die zuckt unschlüssig mit den Schultern. Wollen wir das ernsthaft essen? Klingt echt eine Umdrehung zu gesund. Die Entscheidung wird uns allerdings abgenommen, denn in diesem Moment bekommt Papa einen Anruf auf seinem Handy, die Gespräche verstummen, Papa lauscht und wird blass.

»Danke, ich komme sofort«, sagt er und beendet den Anruf.

»Walter, was ist?«, fragt Mama.

»Jemand ist in mein Hotelzimmer eingebrochen und hat den Zimmersafe ausgeräumt.«

Mir wird schwarz vor Augen, für einen Augenblick habe ich das Gefühl, den Boden unter den Füßen zu verlieren. Das Gold ist weg. Schlimmer noch: Der Kristall ist weg.

»Hier, nimm einen Schluck Wasser«, sagt Zoey mit vor Schreck geweiteten Augen und reicht mir ein Glas.

Ich trinke und komme wieder zu mir.

»Es tut mir leid«, sagt Papa leise und sieht mir in die Augen.

Er weiß, wie mir gerade zumute ist.

Balthazar Little nimmt die Sache kurz entschlossen in die Hand. »Gehen Sie nur rüber ins Hotel, ich kümmere mich um die Rechnung. Wir sehen uns morgen.«

Davon lässt er sich auch von Papa nicht abbringen, der protestiert, weil er die Zeche übernehmen wollte.

»Alles gut«, meint Mr Little. »Beeilen Sie sich!«

Wir stammeln unsere hastigen Dankesbezeugungen und verabschieden uns von ihm, seiner Frau und Eric. Während wir eilig nach nebenan zum Hotel gehen, vor dessen Tür zwei Polizeiautos mit blinkenden Blaulichtern stehen, habe ich das Gefühl, in einem Traum gelandet zu sein.

Einem absoluten Albtraum.

Eine Viertelstunde später sitzen Papa, Mama, Zoey und ich in Papas Hotelzimmer. Ein Inspector, der sich als Mr Arness vorstellt, und sein jüngerer Assistent haben sich vor uns aufgebaut und löchern Papa mit Fragen. Ich schaffe es gerade mal, für zwei Sekunden sitzen zu bleiben, dann springe ich hoch und hüpfe praktisch auf und ab wie ein Gummiball, so nervös bin ich. Ich tigere einmal um das Zimmer herum und halte Ausschau nach irgendetwas, was die Polizisten übersehen haben könnten. Ich gehe hinüber zu dem Safe, der sich im Schrank befindet und keinerlei Beschädigungen aufweist. Wie konnte so etwas nur passieren?, frage ich mich und drehe schier durch angesichts der Vorstellung, der Kristall und das Gold könnten auf Nimmerwiedersehen verschwunden sein.

Für mich kommen nur zwei Täter infrage: Aurora und Benedict.

Nach dem Spektakel in Ednas Winterresidenz kann ich mir absolut vorstellen, dass die beiden mit ihrer bekannten kriminellen Energie hier zu Werke geschritten sind und mal eben haben mitgehen lassen, was sie schon immer haben wollten.

Aber reicht dieser Verdacht aus, um die Polizei zu beeindrucken, oder mache ich mich mit dieser Vermutung – denn mehr ist es nicht, ich kann es leider nicht beweisen – einfach nur lächerlich? Ich kann ja schlecht von dem Familien-fluch und den anderen Umständen erzählen, die dazu geführt haben, dass wir jetzt völlig geplättet hier herumsitzen.

»Miss?«

Ich starre ausdruckslos in den leeren Safe.

»Miss!«

Als ich mich umdrehe, stelle ich fest, der Ausruf gilt mir. Der Inspector macht eine Handbewegung, mit der er mich bittet, mich zu meinen Eltern und Zoey zu setzen. Ich nicke und setze mich hastig zurück aufs Sofa.

Arness trägt ein fuchsähnliches Gesicht zur Schau und steckt in einem braunen Anzug, der vorzüglich mit seinen roten Haaren korrespondiert. Sein jüngerer Assistent sieht ihm erstaunlich ähnlich und stammt offenbar aus demselben Fuchsbau.

Arness streicht sich über das fuchsrote Haar und fasst die Ergebnisse seiner ersten Untersuchung zusammen. »Die Überwachungskameras zeigen eine Frau und einen Mann«, berichtet er. (Ha! Wusst ich's doch!) »Vermummt, absolut unkenntlich. (Okay. War ja klar.) Sie sind mit großer Professionalität in das Zimmer eingedrungen und haben keinerlei Spuren hinterlassen, es gibt keine Fingerabdrücke, keine anderen Hinweise, nichts. Wie sie den Safe ohne Gewaltanwendung öffnen konnten, ist uns ein Rätsel. (Witchcraft, sag ich da nur. Obwohl, das behalte ich besser für mich.) Und Sie haben als Einziger die Kombination des Safes gekannt?«, wendet er sich an Papa.

»Ich habe sie eingegeben, als niemand dabei war, Inspector. Ich habe auch keine Geburtsdaten benutzt oder etwas, das naheliegend und leicht zu recherchieren wäre«, antwortet er.

»Sehr, sehr rätselhaft«, meint Inspector Arness. »So etwas Mysteriöses habe ich in meiner Karriere noch nie erlebt«, murmelt er und kratzt sich am Hinterkopf.

»Also, äh …«, fange ich an, stoppe mich dann aber selbst. Kann man Jugendliche eigentlich einfach so in eine geschlossene Anstalt einweisen?

»Ja?« Der Inspector sieht mich interessiert an. »Haben Sie einen Hinweis?«

»Ist wirklich nur ein Hinweis«, bestätige ich und ignoriere Zoeys und Mamas bohrende Blicke. »Eine pure Vermutung. Also, äh … Ich könnte mir vorstellen, dass es der Chauffeur einer Frau namens Edna Cumberland war, zusammen mit einer Professorin.«

Ich höre, wie Mama einen entsetzten Japser macht.

»Ein Chauffeur und eine Professorin?« Die Augen des Inspectors quellen vor, als hätte ich ihn persönlich beleidigt und er müsste gleich detonieren.

»Ja, Frau Professor Aurora Beatrix Lequeer«, bekräftige ich. »Das klingt seriöser, als die Dame ist, ehrlich, sie ist … sie … man sollte ihr nicht trauen.« Mamas Blick scheint mich inzwischen zu versengen. Ich weiß, ich weiß. Ich bin ihr eine Menge Erklärungen schuldig.

Der Inspector sieht zu Papa, der aber nur mit den Schultern zuckt und mit einer Geste zurück auf mich verweist. Wenigstens er nimmt mich ernst.

»Tja«, sagt Arness. »Leider haben wir keine konkreten Anhaltspunkte, dass die genannten Personen etwas mit der Sache zu tun haben. Aber wir können Ihren Hinweis ja mal prüfen, was?« Er sieht sich zu seinem Assistenten um, der ihn schafsmäßig anschaut und eifrig nickt. Dann wendet er sich wieder direkt an uns. »Wir ermitteln selbstverständlich in alle Richtungen weiter«, teilt er uns mit. »Bitte lassen Sie uns wissen, wenn Ihnen irgendetwas einfällt, was uns weiterhelfen könnte.«

Nachdem die beiden sich verabschiedet haben, bleiben wir in unserem Elend zurück. Und ich weiß, dass Mama und Zoey jede Menge Fragen haben …

»Du meinst es ernst, nicht wahr?«, fragt Papa, während Mama verdächtig ruhig ist und mich unablässig mustert.

»Yep«, antworte ich. »Aurora und Benedict waren hier und haben den Safe ausgeraubt, das steht für mich fest.«

»Eine Professorin«, konstatiert Papa.

»Genau«, bestätige ich. »Ein Aas mit ganz raffinierten Mitteln.«

»Die Butterhexe«, wirft Zoey ein. »Ich glaub's ja nicht.«

Ich werfe ihr einen bösen Blick zu, gerade geht mir mein Humor verloren, auch kein gutes Zeichen.

»Und woher wusste Frau Professor, wo sie ihre Beute suchen musste?«, will er wissen.

In diesem Moment durchfährt es mich heiß und kalt. Das ist wirklich eine ganz entscheidende Frage. Wer wusste, wo Papa wohnt und wann er nicht in seinem Zimmer sein würde? Ich habe bei unserem Telefongespräch nicht nur die Adresse des Restaurants genannt, sondern auch laut gesagt, dass es sich neben Papas Hotel befindet, des Weiteren habe ich erwähnt, wann wir uns treffen – und die ganze Zeit hat nur eine Person neben mir gestanden: Ben. Ob aus Versehen oder bewusst, er muss Edna einmal mehr die Informationen gegeben haben, die sie brauchte, um diese Aktion gegen uns in Gang zu setzen. Ich fass es nicht. Ich fass es einfach nicht! Der Fluch hat uns einmal mehr eingeholt. Mit voller Wucht.

»Lisa?«

Mama wirft mir einen forschenden Blick zu. Sie weiß, wie ich aussehe, wenn ich innerlich platze, aber nicht sagen möchte, was in mir vorgeht. Was würde das jetzt bringen, auch noch Ben ins Spiel zu bringen? Ich weiß doch selbst nicht, was wahr ist und was nicht. Und was habe ich davon, Aurora weiterhin als Verdächtige anzupreisen? Die lässt sich nicht so leicht erwischen, ganz bestimmt nicht, um die muss ich mich selbst kümmern. Ednas Kettenhund ist das einfachere Ziel.

»Von Benedict«, behaupte ich also mit fester Stimme. »Sie weiß es von Benedict.«

»Der Helfershelfer von Edna Cumberland, der in Edinburgh schon einmal versucht hat, das Gold zu stehlen?«, will Papa wissen.

Ich nicke.

»Moment mal. Jetzt reicht's mir aber!«, unterbricht Mama uns energisch. »Ednas Chauffeur soll ernsthaft der Schuldige sein?« Mama presst die Lippen aufeinander. Mann, kann die grimmig gucken. Sie macht damit glatt Zoey Konkurrenz, die mich ebenfalls ansieht, als hätte sie mich auf ewig aufgegeben. »Was erzählt ihr da eigentlich?«

»Lange Geschichte.« Papa macht eine wegwerfende

Geste. Natürlich hat er ihr nie im Detail davon berichtet, was in Edinburgh passiert ist. Das war schließlich unsere Abmachung. Ich weiß ja, was Mama davon hält, dass ich in unserer bewegten Familiengeschichte herumwühle. Nichts. Null. Nada. Niente. Nitschewo.

»Mein Gott, Walter«, ruft Mama aus. »Es ist ja *eine* Sache, dass du mir gebeichtet hast, du hättest das Familiengold gerettet, aber dass du es immer noch hast …« Sie schüttelt entgeistert den Kopf.

»Ich wollte es hier dem britischen Schatzamt übergeben, zumindest teilweise«, erklärt er kleinlaut.

»Benedict ist wirklich hier«, sage ich und wende mich an Mama. »In Ednas Winterresidenz in Hammersmith. Ich habe ihn selbst gesehen.«

»Habt ihr eigentlich alle ein Geheimleben?« Mama wirft verzweifelt die Hände in die Luft, während Zoey leise »Ich glaub, ich werd nicht mehr« murmelt.

»Ich war mit Ben bei Edna, um sie mit einem Teil des Goldes friedlich zu stimmen«, berichte ich und merke, wie mir Tränen in die Augen steigen. Langsam, aber sicher überfordert mich die ganze Situation. »Leider habe ich genau das Gegenteil erreicht.« Mein Blick wandert zum Safe, dessen gähnende Leere schlimmste Selbstvorwürfe in mir aufsteigen lässt.

Am liebsten würde ich meinen Kopf gegen die Wand hauen. Stattdessen fangen meine Schultern an zu beben. Heiße Tränen laufen mir über die Wangen, und Mama und Zoey stürzen auf mich zu, um mich tröstend in den

Arm zu nehmen. Gott, tut das gut, den ganzen Mist nicht mehr mit mir ganz allein ausmachen zu müssen.

»Ich brauche die Adresse«, knurrt Papa. »Die können was erleben.«

»Langsam, Walter«, versucht Mama, ihn zu beruhigen. »Es mag ja sein, dass Lisas Gespräch mit Edna der Auslöser war, dass Benedict das Verbrechen begangen hat. Aber du schaltest jetzt bitte als Erstes den Inspector ein.«

»Natürlich«, murmelt er. »Ich rufe ihn sofort an.«

Das tut er dann auch. Der Inspector nimmt die Bekräftigung meines Verdachts und Papas Bestätigung, dass Benedict früher schon einschlägig tätig war, offenbar eher reserviert zur Kenntnis. Papa beendet das Gespräch.

»Arness findet, dass es immer noch keinerlei konkrete Anhaltspunkte dafür gibt, den Mann zu verdächtigen, unsere Zeugenaussagen seien nicht stichhaltig, zumal wir zuvor keine Anzeige erstattet haben.« Er seufzt frustriert. »Er sieht keinen Anlass für eine Hausdurchsuchung oder Ähnliches.«

Super. Toll. Und jetzt?

»Lass die Polizei weiter in Ruhe ermitteln«, schlägt Mama vor. »Die Gerechtigkeit wird siegen.«

Was ist das denn bitte für ein Satz? Die Gerechtigkeit wird nie siegen, es sei denn, man hilft ihr auf die Sprünge.

Papa sieht Zoey und mich an. »Ich bringe euch jetzt

mit einem Taxi zurück zu den Maliks«, kündigt er an. »Ihr habt für heute genug Aufregung gehabt.«

Wir sind dankbar, dass er uns zurückbringen will. Draußen ist es inzwischen stockduster, und weder Zoey noch ich möchten nach diesem Vorfall ohne jemanden unterwegs sein, der jedweden Angreifer mit der blanken Faust zu Brei schlagen könnte.

»Gute Nacht«, sagt Mama und drückt mich so fest, dass ich das Gefühl habe, sie würde mich am liebsten nie wieder loslassen. »Wir reden über all das noch mal ganz in Ruhe, ja? Und Lisa, versprich mir eins: keine Alleingänge mehr.« Ich murmle irgendetwas gegen Mamas Schulter und löse mich aus ihrer Umarmung. Sie versucht sich an einem aufmunternden Lächeln. »Wir sehen uns morgen auf der Messe. Noch einmal Glückwunsch, ihr beiden.«

Auch Zoey bekommt eine Umarmung, dann heißt es Abschiednehmen. Wenigstens für eine Nacht.

Papa, Zoey und ich klettern in ein Taxi, das vor dem Hotel steht. Ich kuschle mich auf der Rückbank an Papa, während Zoey auf dem Klappsitz vor uns Platz nimmt. Papa gibt dem Taxifahrer die Adresse. Der nickt und fährt los. Auf der Fahrt ist Papa auffallend schweigsam, Zoey und ich sind allerdings auch stumm, weil wir die guten und schlechten (besonders die schlechten) Ereignisse des Tages erst mal verdauen müssen. Wir fahren durch die menschenleeren Straßen. Ein fahles Licht liegt über der ganzen Stadt, es ist gespenstisch. Wenigstens ist der Nebel weg.

»Seltsamer Tag«, sagt der Taxifahrer, der durch die Windschutzscheibe nach oben in den wolkenverhangenen Himmel sieht. »Seltsame Nacht.«

Das kann man laut sagen.

Als wir beim Haus der Maliks ankommen, steigt Papa aus und hilft uns aus dem Taxi. Eine Straßenlaterne wirft unwirkliche Schatten über uns.

»Gute Nacht«, sagt er und drückt Zoey die Hand.

Die Haustür geht auf und beide Maliks erscheinen im Türrahmen, vom Flurlicht schattenrisshaft beleuchtet.

»Wir kriegen das wieder hin.« Papa sieht mich im trüben Halbdunkel bekümmert an. Ich könnte heulen. »Glaub mir.«

Ich nicke tapfer.

»Gute Nacht«, sagt er mit weicher Stimme.

Ich stelle mich auf die Zehenspitzen und küsse ihn auf die Wange. »Schlaf schön«, sage ich.

»Hoffentlich«, antwortet er.

Offenbar bereiten wir uns beide auf eine schlaflose Nacht vor. Ich für meinen Teil jedenfalls weiß, dass der ganze Schlamassel mich schwer beschäftigen wird, bevor ich einschlafen kann, wenn überhaupt.

»Gute Nacht«, ruft Papa zu den Maliks hinüber.

»Gute Nacht, Sir«, rufen sie im Chor.

Ein kurzer Gruß von Papa mit der Hand, dann steigt er zurück ins Taxi und fährt davon.

Die Maliks treten zur Seite und lassen uns lächelnd hinein. Unser Lächeln hingegen will nicht recht glücken. Die beiden sehen einander an, nicken uns zu und unterlassen es stillschweigend, uns Proviant welcher Art auch immer in die Hand zu drücken.

Gott, was müssen wir nur für ein Bild des Jammers abgeben!

13. Kapitel

»Mann, bin ich fertig«, stöhnt Zoey, als wir wenig später in unseren Betten liegen.

»Nicht fertiger als ich«, stöhne ich zurück.

»Ich glaube, einen weiteren Blick in den Abgrund deiner Seele zu werfen, würde ich nicht überstehen«, erklärt sie. »Ich habe mich ja immer beschwert, dass du mir nichts erzählst.« Pause. »No more.«

»Aber ich möchte dir mehr erzählen«, widerspreche ich. »Ich halte das alles allein nicht mehr aus! Es ist nur … das klingt alles so bizarr, die ganze Geschichte ist einfach total verrückt. Du glaubst gar nicht, was ich mit dem Kristall schon alles erlebt habe!«

»Kann nicht bizarrer sein als die Nummer mit dem Gold heute«, meint sie trocken. »Nur um Ben musst du dich mehr bemühen.«

»Ich weiß«, sage ich kläglich, während mich meine widersprüchlichen Gefühle schier um den Verstand bringen. Hatte Ben etwas mit dem Diebstahl zu tun? Da ich

Zoey mit meinen wirren Gedanken nicht noch weiter verunsichern möchte (ich finde es ja toll, dass sie sich so für Ben einsetzt), versuche ich es mit einem Ablenkungsmanöver. »Jedenfalls bin ich froh, dass du einen so schönen Abend mit Eric …«

Zoey gähnt demonstrativ. »Mann, bin ich müde!«

Verstanden, Thema beendet.

»Schlaf schön«, sage ich.

»Schlaf schön«, sagt auch sie, und in der Mitte ihres »schön« ist sie praktisch schon weg und beginnt, eindrucksvoll zu schnarchen. Wie soll man da schlafen, geschweige denn schön?

Ich liege angespannt auf der weichen Matratze und fühle mich hart wie ein Brett, jeder Muskel schmerzt, so verkrampft bin ich. Dazu spüre ich, dass unfassbare Mengen an Adrenalin durch meinen Körper jagen. Schlafen? Wozu soll das gut sein?, teilt mir mein Gehirn mit. Ich starre an die Decke, die in ein gelblich kaltes Licht getaucht ist, und warte. Eine Viertelstunde. Eine halbe Stunde. Zoey schnarcht. Ich wache. Die Anspannung hält mich unerbittlich im Griff.

Jetzt reicht's, sage ich mir und schwinge die Beine aus dem Bett. Ich muss etwas tun, irgendetwas. Nein, nicht irgendetwas. Ich muss mir den Kristall zurückholen. Auf der Stelle. Und dann beobachte ich mich praktisch dabei, wie ich still und leise zurück in meine Klamotten schlüpfe und die Schuhe anziehe. »Das ist doch Wahnsinn«, sagt meine vernünftige Seite. »Korrekt«, erwidert meine wahnsinnige Seite, »aber was sein muss, muss sein. Ich suche Aurora in ihrem Häuschen auf und hole mir den Kristall zurück. So einfach ist das.« Meine vernünftige Seite lacht schmutzig auf. »So einfach? Klar, als wäre bei dir jemals etwas einfach.«

Ach, was soll's?

Ein letzter Blick auf Zoey, dann schleiche ich hinunter in den Flur, greife mir den Haustürschlüssel, öffne die Haustür und schließe sie leise hinter mir ab. Draußen bleibe ich kurz stehen und lausche, ob mich drinnen jemand gehört hat. Nein, sieht nicht so aus. Erleichtert gehe ich die paar Stufen hinunter zum Gehsteig und sehe mich um, kein Mensch weit und breit. Totenstille. Gut.

Ich sammle mich und rekapituliere den Weg zu Auroras Häuschen. Zieh dich warm an, witchbitch, ich komme! Woher ich diese Tollkühnheit nehme? Nicht die geringste Ahnung.

Ich gehe um die Ecke zur nächsten Bushaltestelle und stelle nach einem Blick auf den ausgehängten Fahrplan erleichtert fest, dass der Bus noch fährt, Glück gehabt. Immer wieder sehe ich mich um, ob irgendetwas Ungewöhnliches um mich herum geschieht. Ich bin ja inzwischen gewöhnt, dass ich in dieser Stadt mit allem rechnen muss. Mir ist reichlich mulmig zumute bei diesem erneuten nächtlichen Abenteuer, bei dem ich überhaupt nicht abschätzen kann, was passieren wird. Ich erinnere mich, wie beruhigend es in Edinburgh war, bei meinen wilden Eskapaden so jemanden wie Ewan an meiner Seite zu haben. Der hat immer Zuversicht und gute Laune verbreitet, egal was passiert ist. Andererseits, meine Verfolger haben ja nun, was sie wollten. Wahrscheinlich sitzt Edna gerade mit ihrem Chauffeur in ihrem Winterpalast und stößt mit ihm auf den erfolgreichen Raubzug an, während Aurora irgendwelche Experimente mit meinem Kristall durchführt. Grrrr.

Als der Bus endlich kommt, steige ich ein und treffe drinnen auf ein junges Pärchen, das ineinandergekrallt auf einer Bank hockt und nicht mal einen müden Blick für mich übrig hat. Gut so. Wir schaukeln durch die Nacht, und ich sehe nur ab und zu, wie ein Auto uns überholt oder wir eine Gruppe Passanten hinter uns lassen. An meiner Haltestelle steige ich aus und suche die Straßenecke, von wo aus sich das Gassengewirr verzweigt, in dem Auroras Häuschen liegt. Das Licht in den Straßen ist noch fahler geworden. Ich sehe zum Himmel und stelle fest, dass der halb volle Mond kalt leuchtend hinter einer Wolkendecke verschwindet. In Ordnung, jetzt wird es ernst.

Ich gehe durch die bekannten Gassen, um die bekannten Ecken, an den bekannten Häusern mit ihren toten Fenstern vorbei und sehe mich immer wieder unruhig um, ob ich verfolgt oder beobachtet werde. Nichts. Alles was ich höre, sind die seltenen Schritte versprengter Passanten, die von den Hauswänden widerhallen, ansonsten herrscht Totenstille. Allmählich kriecht in mir ein

Gefühl der Angst hoch. Gut so, sage ich mir, sei nur auf der Hut, Coolness ist hier nicht angebracht. Ich bleibe stehen und weiß plötzlich nicht mehr, wo ich bin. Müsste hier nicht die Sackgasse sein, an deren Ende sich das Haus befindet? Ist sie aber nicht. Ich drehe mich einmal um die eigene Achse und muss mir eingestehen: Ich habe die Orientierung verloren.

Verdammt. Verdammt, verdammt, verdammt.

Als ich mich noch einmal drehe, entdecke ich aus dem Augenwinkel einen flüchtigen Schatten, der sich geschmeidig, ja geradezu katzenhaft bewegt. Was war das? Ich gehe langsam in die Richtung, in die der Schatten vermutlich verschwunden ist. Da, wieder! Ich kneife die Augen zusammen, weil ich es nicht glauben kann, aber in die Gasse vor mir, die nach links abzweigt, huscht mit elegant kraftvollem Schwung ein Löwe. Ein Löwe. Plötzlich lässt mich ein Geräusch zusammenzucken. Was war das? Ich stelle fest, dass es von mir kommt, ein helles, lautes Lachen. Kann mir mal einer erzählen, warum ich das jetzt komisch finde? Ein Löwe. Klar. Was soll sonst hier unterwegs sein? Für mich die selbstverständlichste Sache der Welt. Also ernsthaft.

Ich weiß, dass ich wieder ein Zeichen bekommen habe, und betrete kurz entschlossen die spärlich beleuchtete Gasse, in der der Löwe verschwunden ist – und natürlich, es ist die Sackgasse, die ich gesucht habe. Mit entschiedenen Schritten nähere ich mich dem Haus und bleibe wie angewurzelt stehen.

Auroras Häuschen ist weg.

Links und rechts stehen die Gebäude, die auch an den Tagen zuvor hier gestanden haben. Hundertprozentig. Aber das Haus selbst ist weg. An der Stelle, wo es sein müsste, klafft ein großes schwarzes Loch. Auroras Hexenhaus ist verschwunden.

Ich kann nicht aufhören, in dieses schwarze Loch zu starren, ich starre, bis mir die Augen wehtun und ich einen grauen Schatten entdecke, nein, mehrere, die sich nach und nach aus dem Dunkel lösen und Form annehmen. Die Welt um mich versinkt, aber aus diesem schwarzen Universum schälen sich schemenhafte Körper. Ich erkenne Aurora in einem fließenden, bodenlangen schwarzen Gewand, das von einem silbernen Gürtel gehalten wird, in der Hand einen schwarzen Stab, auf dem ein silbernes Pentagramm prangt, und um den Hals trägt sie … mein Medaillon, meinen Bergkristall! Aus ihren Augen sprüht Hass. Hass, der ihrem Gegenüber gilt. Ihr Gegenüber … Ich starre und starre … Es ist Rose, das muss Rose sein, obwohl ich sie kaum wiedererkenne. Sie sieht so anders aus in ihrem blutroten Kapuzenmantel. Sie hat alles Weiche, Mütterliche, Freundliche verloren und wirkt trotz ihrer überschaubaren Größe kraftvoll und majestätisch. Auch sie hebt einen Stab in die Höhe, einen elfenbeinfarbenen, der mit einem goldenen Auge versehen ist. Blitze zucken zwischen den beiden hin und her, ihre Gestalten verschmelzen mit der Dunkelheit, nur um im nächsten Moment strahlend daraus hervorzuschießen und ihr Gegenüber mit zuckenden Lichtstrahlen zu attackieren. Der Kampf wogt hin und her, schattenhaft und dann wieder ganz klar. Ich schrecke zusammen, die Kräfte von Rose scheinen zu schwinden, sie wankt und taumelt und droht, sich im Dunkel zu verlieren.

»Rose! Nein!«, schreie ich.

Aus dem Hintergrund setzt der Löwe, in strahlendes Gold getaucht, zum Sprung an und schlägt mit seiner wuchtigen Pranke nach Aurora, die gezwungen ist, zurückzuweichen. Rose erhebt sich, während der Löwe in der Dunkelheit verschwindet. Sie hebt den Arm, um zum vernichtenden Schlag auszuholen, dann senkt sie den Stab und streckt Aurora mit einem grellen Blitz nieder. Aurora bricht in die Knie, ihr Kopf neigt sich zu Boden, ihre Gestalt zerrinnt im Schatten. Ein ohrenbetäubender Donner erfüllt die Nacht, gleichzeitig blendet mich ein greller weißer Feuerball, der ganz langsam verglüht. Das Nächste, was ich sehe, ist Auroras Haus. Es steht wieder an seinem angestammten Platz, als wäre es nie weg gewesen.

»Es ist getan«, höre ich die Stimme von Rose neben mir, ein Geräusch wie von einem Windhauch, der kühl meinen Hals streift. »Du bist es.«

Ich wende den Kopf, sehe aber nichts als rabenschwarze Nacht.

»Rose?«, rufe ich. »Rose!«

Sie antwortet nicht.

Ich weiß, ich bin wach, aber ich bekomme meine Augen nicht auf, ich träume doch nicht, ich muss mich dazu zwingen, die Augen aufzumachen!

Endlich gelingt es mir, die Augen zu öffnen. Über mir fahl gelbliches Licht. Mit einem Ruck setze ich mich auf, taste um mich und stelle fest, ich liege im Bett im Malik'schen Haus. Oh mein Gott. Oh Gott. Das Herz klopft mir bis zum Hals, und ich versuche, mich an das zu erinnern, was ich gesehen habe in dem schwarzen Loch, in dem dieser Kampf stattfand, dieser wahnsinnige Kampf. Ein Traum? Es muss ein Traum gewesen sein. Ich weiß noch, wie ich nicht einschlafen konnte, und bin mir sicher, dass ich das Haus verlassen habe, um Aurora zu suchen. Bin ich das? Ein Traum. Nur ein Traum. Wirklich? Ich war mit Sicherheit bei dem Kampf dabei, weiß aber nicht, wie ich hierher zurückgekommen bin.

Schwer atmend lasse ich mich zurück ins Kissen sinken und spüre etwas Kühles um meinen Hals. Mit zitternden Fingern ertaste ich eine zarte metallene Kette. Ich setze mich kerzengerade im Bett auf und suche mit flatternden Händen nach dem Schalter der Nachttischlampe. Ich knipse sie an und schaue fassungslos auf das, was auf meinem Brustbein liegt. Es ist das Medaillon mit meinem Bergkristall.

»Mach das verdammte Licht aus«, knurrt Zoey aus dem Dunkel.

Der Wecker klingelt Zoey und mich viel zu früh aus dem Tiefschlaf, schlaftrunken setze ich mich auf. Gleichzeitig taste ich nach der Kette, weil ich mich glasklar an meinen Traum der letzten Nacht erinnern kann. Schock. Das Medaillon hängt um meinen Hals, es ist Tatsache, ich habe nicht geträumt. Könnte ich jetzt bitte eine Erklärung bekommen, egal woher, und wenn es aus dem Jenseits wäre (wo auch immer sich das befinden mag)?

Sofort fühle ich mich um Äonen sicherer und weiß, dass meine Mission noch nicht verloren ist. Wie kann ich Rose nur danken? Denn der muss ich doch danken, niemand anderem, und es ist müßig, darüber nachzudenken, was letzte Nacht passiert ist oder auch nicht. Der Kristall ist wieder da. Das ist alles, was zählt.

»Was hast du da?«, fragt Zoey, die mitkriegt, dass ich mal wieder leicht neben der Spur bin.

»Nix«, behaupte ich.

Zoey sieht mich aufmerksam an und bekommt große Augen. »Ist es das, was ich denke, was es ist?«, will sie wissen. »War das nicht gerade noch gestohlen?«

»Don't ask«, sage ich matt.

»Warst du etwa heute Nacht unterwegs und ich habe nichts gemerkt?«

Ich hebe hilflos die Schultern. »Heute Morgen war es einfach wieder da.«

»Gibt's doch nicht«, murmelt sie. »Das ist der totale Hirnriss.«

»Meine Rede«, erwidere ich.

Ich wende mich von ihrem fassungslosen Blick ab, ziehe mich in Windeseile um und lasse das Medaillon unter meiner Bluse verschwinden. Pulli drüber, fertig. Gott, fühle ich mich stark!

Da wir uns mit unserer Klasse heute erst am späten Vormittag treffen, habe ich mich noch mit meinen Eltern in der Burton Hall verabredet. Ich schaue aus dem Fenster auf die Straße und tatsächlich steht dort bereits Balthazar Littles Limousine und wartet auf mich.

»Jerome ist da«, teile ich Zoey mit. »Wo gehst du heute früh hin?«

»Das erzähl ich dir, wenn ich die Nerven dazu habe«, sagt sie. »Geduld, my angel.«

»Hör mal, du undankbares Ding«, schnaufe ich empört. »Ich werde heute Morgen an deiner und meiner Karriere auf dem Laufsteg basteln. Und wenn du ganz lieb bist, grüße ich sogar Eric von dir.«

»Machst du sowieso nicht. Du bist doch selbst scharf auf ihn«, murrt sie zurück.

»Ich habe Ben«, behaupte ich.

»Tatsächlich?«

Oh, oh, jetzt kippt die Stimmung bei ihr. Mir dämmert, wo sie heute weder hingeht, zu ihrer geliebten und gleichzeitig gehassten Familie. Sie macht es sich aber auch nicht leicht.

»Viel Glück«, sage ich.

»Wenn du meinst …«

Es hat keinen Zweck, besser, ich bin still.

»Bis später«, sage ich und verlasse das Zimmer.

Unten im Flur treffe ich auf die von uns so schwer vernachlässigten Maliks (mein schlechtes Gewissen ist mittlerweile so groß, dass es sich gar nicht mehr in Worte fassen lässt).

»Viel Spaß«, wünscht mir Mubashir und besteht gegen meinen hartnäckigen Widerstand darauf, mir in den Mantel zu helfen.

»Wiedersehen«, sagt Amina und steckt mir – was auch sonst – ein kleines Frühstückspaket zu.

»Vielen Dank!«, sage ich und falle ihr spontan um den Hals. »Bis heute Abend!« Dann fliege ich beschwingt die Stufen hinunter zu der Luxuslimousine, wo Jerome mir schon lächelnd die Tür zum Fond aufhält.

»Danke«, sage ich würdevoll und lasse mich auf dem Rücksitz in die weichen Lederpolster plumpsen.

Begleitet von Jerome betrete ich Burton Hall; der Mann ist unbezahlbar und hat offenbar von Papa den Auftrag, nicht nur mein Fahrer, sondern auch mein Bodyguard zu sein. Im Vorraum geht es zu wie in einem Bienenstock, unfassbar, was da an Arbeitsbienchen aus dem Modegewerbe herumwuselt. Jerome bahnt uns einen Weg durch das geschäftige Chaos und liefert mich heil in der großen Halle ab, wo Mama und Papa schon auf mich warten.

Neben der Bühne sehe ich, wie der große Leonard

Ashton gestenreich auf den kleinen Balthazar Little einredet, der seine mangelnde Höhe mit innerer Größe mehr als wettmacht. Interessant wäre zu wissen, wo Ashton jetzt herkommt, wieso er plötzlich da ist.

»Hallo, meine Kleine«, sagt Mama und umarmt mich.

»Guten Morgen«, sagt Papa und küsst mich von ganz oben auf den Scheitel.

Beide sehen aus, als hätten sie in eine Zitrone gebissen.

»Was ist los?«, frage ich alarmiert.

»Mein Chef«, sagt Mama tonlos. »Mr Ashton ist heute in aller Herrgottsfrühe aufgetaucht. Deine Lieblingsfeindin Ashley ist los. Langsam verstehe ich deinen Hass auf sie, ganz ehrlich. Sie hat ihren Vater informiert, dass Balthazar Little offiziell meine Mode präsentiert, wenn auch nicht auf dem Laufsteg, und nun behauptet Ashton, ich hätte Vertragsbruch begangen. Alles, was ich erarbeite, gehört ihm, er bezahlt mich schließlich, und auch meine und Martins Firma gehört ihm, was ja auch stimmt. Wir versuchen seit einer Stunde, ihm klarzumachen, dass niemand etwas anderes sagt und dass es unbezahlbare Reklame für seinen Konzern ist, wenn ich hier bekannt gemacht werde.«

»Kleinkariert ohne Ende«, wirft Papa ein. »Absolut unprofessionell.«

Inzwischen nähern sich uns, immer noch mit wilden Armbewegungen, die beiden Kontrahenten und diskutieren mit uns als Publikum weiter. Das brauchen sie wohl.

»Ein Rechtsstreit ist jetzt für niemanden sinnvoll, Mr Ashton«, erklärt Balthazar. »Auch für Sie nicht.«

»Ich bin sicher, dass mein Vorgehen rechtens ist«, entgegnet Ashton. »Das lässt sich leicht gerichtlich klären.«

»Wenn ich meine Modenschau absage, haben auch Sie nichts davon, keiner wird wissen, was für eine tolle Designerin Sie an Bord haben.«

Ich werfe einen Blick auf Mama, die vor Scham vergeht, während Papa fassungslos auf die beiden streitenden Männer starrt. Es ist furchtbar, was hier abgeht. Ganz plötzlich schwebt eine satte, zoffträchtige schwarze Wolke über der schönen Veranstaltung, da hat Ashley wirklich mal wieder ganze Arbeit geleistet. Wenn sie mich schon nicht killen kann, killt sie eben Mama. Zu allem Überfluss entdecke ich genau in diesem Augenblick eben jenes reizende Geschöpf, das sich hinter einer von Mamas Werbetafeln versteckt hat.

Nun beginnt Mama, auf Ashton einzureden. »Bauen wir die Aufsteller einfach ab«, schlägt sie vor. »Ich habe nichts dagegen.«

Balthazar schüttelt nur den Kopf, Ashton pumpt wie ein Maikäfer. In diese hübsche Szene platzen völlig unvermittelt der unvergleichliche Reginald Byrnes und der nicht minder ansehnliche Eric Little, die offensichtlich irgendwo in den hinteren Regionen ein Tête-à-tête hatten (ach, mein geliebtes Französisch, da bist du wieder!).

»Tut mir leid«, sagt Byrnes, während er zu unserer Gruppe tritt. »Es wäre den anderen gegenüber unfair, ich kann das nicht zulassen.«

»Mr Byrnes möchte nicht, dass Lisa und Zoey für uns auf den Laufsteg gehen«, erläutert Eric seinem Vater. »Er findet es nicht fair, dass der Rest der Klasse nur zuschauen darf.«

Oh nein! Die Modenschau darf nicht den Bach runtergehen, sage ich mir – und habe von jetzt auf gleich einen meiner charmanten Einfälle, den ich der staunenden Menge augenblicklich kundtue.

»Moment, Mr Byrnes, bitte! Eric, du hast doch gesagt, dass die Klasse in ihrer Schuluniform den idealen Kontrast zu eurer Kollektion bildet. Ich habe eine Idee, wie ihr die Klasse komplett in eure Show einbauen könntet. Vielleicht wäre es ja möglich, außer uns beiden noch ein paar weitere Mädels in euren Kleidern auf den Laufsteg zu schicken. Und die anderen könnten in ihrer Schuluniform als Platzanweiser, Requisiteure oder Servicepersonal arbeiten. Da wäre der Kontrast, den du dir gewünscht hast, konsequent ausgeprägt. Das wäre doch ein echtes Gesamtkonzept, das hätte Stil.«

Wow. Kam das gerade wirklich aus meinem Mund? Ganz groß. Doch noch bevor ich mich in meinem eigenen Glanz sonnen kann, funkt Leonard Ashton dazwischen.

»Das würde mein Problem aber nicht lösen«, knurrt er.

»Aber Daddylein, natürlich«, zwitschert Ashley los, die sich mittlerweile an die Versammlung herangeschmiert hat. »Es ist doch auch deine Veranstaltung, nicht wahr, Mrs Lorenz, das sehen Sie doch auch so?« Sie plinkert Mama hemmungslos mit ihren falschen Wimpern an.

»Natürlich«, bestätigt Mama ihr.

Ashley strahlt wie eine ganze Flutlichtanlage. »Wir hätten die einmalige Chance, unsere Fultonthorpe Grammar School in der Hauptstadt zu repräsentieren. Was denken Sie, Mr Byrnes?«

Beide Herren sind perplex angesichts dieser überbordend verlogenen Masche.

»Also, ich würde auch sehr gern auf den Laufsteg gehen ... Daddy?« Plinker, plinker in Daddy Ashtons Richtung.

»Tja, also ...«, macht der und wirkt auf einmal reichlich desorientiert.

»Hab ich noch nie erlebt, dass so viele Fliegen mit einer Klappe zu erledigen wären«, fügt Papa als Diskussionsbeitrag hinzu und schaut so unschuldig drein wie ein Osterlämmchen.

»Na, wenn Sie alle meinen«, ist der etwas lahm geratene Beitrag von Mr Byrnes. »Das muss ich aber erst noch meinen Kollegen beibringen.«

Ihm wird gefallen, dass er noch einmal einen Blick auf

die Models werfen kann, da bin ich sicher (also, von uns mal abgesehen).

»Eric?« Balthazar Little sieht seinen Sohn beschwörend an. Klar, er hat die Vision, dass sich die Rettung seiner Show am Horizont abzeichnet. Und auch Eric lässt offensichtlich das zu erwartende Spektakel vor seinem geistigen Auge vorüberziehen. Wahnsinn, wie viel Mitspracherecht der im Unternehmen seines Vaters hat! Dabei ist er erst knapp siebzehn.

»Gern. Ich kann es mir gut vorstellen.«

Fehlt nur noch einer.

»Daddy? Daddy?«

Ashley hängt sich an den Arm ihres bedauernswerten Vaters und zieht daran, dass es allein vom Zuschauen wehtut.

»Okay, meinetwegen«, stimmt Mr Ashton genervt zu. »Aber ich will das Logo meiner Firma auf den Plakaten sehen.«

»Done«, sagt Balthazar.

Die Gruppe stiebt auseinander, um sich diversen persönlichen Aufgaben zuzuwenden. Mr Byrnes wird die Lage mit den anderen Lehrern ausdiskutieren – hoffen wir, dass er Erfolg hat. Mr Ashton verspricht, Ashley zum Marble Arch zu fahren, und Mama, Papa und ich bleiben zurück.

»Raffiniert«, sagt Papa. »Von wem hat sie das nur?«

»Von mir nicht«, antwortet Mama. »Das wolltest du doch jetzt bestimmt hören.«

»Ach was.« Papa macht eine bescheidene wegwerfende Geste.

Leider muss ich grinsen. Er sieht mich mit einem vielsagenden, nachdenklichen Blick an.

»Was?«, fragt Mama in die Stille.

»Lisa und ich haben da noch ein Problem.«

»Oh«, sagt sie. »Balthazar hat mich ohnehin gebeten, bei den Anproben zu helfen. Besprecht ihr nur das, was ihr zu besprechen habt. Das kriegt ihr beiden ja ganz gut alleine hin.« Mit einem leicht beleidigten Blick verschwindet sie in der Tiefe der Showhalle. Auweia. Da haben Papa und ich wirklich eine Menge gutzumachen …

Papa sieht mich verschwörerisch an. »Das mit Mama biegen wir schon wieder hin. Komm, lass uns ein wenig beiseitegehen, wo wir ungestört sind.«

»Ich muss dir auch was Irres erzählen«, kündige ich an.

»Ach so?«

Er zieht neugierig die Augenbrauen hoch, ich folge ihm nach oben in den Zwischenstock der Burton Hall, wo sich versteckt hinter eingetopften Palmen eine kleine Sitzgruppe befindet. Er zieht zwei Sessel heran, wir setzen uns und stecken die Köpfe zusammen.

»Ich habe den Kristall wieder«, sage ich triumphierend.

»Was?«, ruft er. »Aber wie …?«

»Ich kann's dir nicht sagen. Er war heute Morgen einfach wieder da.«

»Das ist aber mehr als merkwürdig«, murmelt er und mustert mich mit zusammengekniffenen Augen. »Einfach so?«

Ich denke, so skeptisch wie Papa mich anschaut, sollte ich den vorangegangenen Kampf zwischen Aurora und Rose besser nicht beschreiben, es war doch sowieso nur ein Traum. (Oder auch nicht. Meine Fahrt zu Auroras Häuschen fühlte sich schon arg real an. Aber dann sollte ich es Papa erst recht nicht sagen.)

»Einfach so. Unfassbar, nicht?«

Papa schüttelt ungläubig den Kopf.

»Und jetzt du«, fordere ich ihn auf, um ihn von weiteren bohrenden Fragen abzuhalten.

»Rose hat mich angerufen«, sagt er leise.

»Was?!«

»Nicht so laut«, beschwört er mich. »Sie ist in Hammersmith in der Winterresidenz von Edna.«

»Hat Edna sie jetzt doch nachgeholt? Ist ja komisch«, sinniere ich ein bisschen scheinheilig, während sich die Gedanken in meinem Kopf überschlagen. Ich frage mich, wie das zusammengeht mit den Bildern meines Traums, mit dem, was ich zum Greifen nah vor mir gesehen habe, mit der nicht zu leugnenden Existenz des Medaillons um meinen Hals. Es gibt einfach keine Grenzen mehr zwischen Wahn und Wirklichkeit. So was Beklopptes.

»Ist wohl eher so, dass Rose sich selbst eingeladen hat«, meint Papa. »Sie hat mir gestanden, dass dein

Anruf sie beunruhigt hat, also hat sie sich dazu entschlossen, vor Ort zu sein, um die Situation besser kontrollieren zu können. Ich glaube, wir haben sie ein wenig unterschätzt.«

Meine Stirn legt sich in nachdenkliche Falten. »Das glaube ich auch.«

»Jedenfalls hat sie mir erzählt, dass Edna und Benedict darüber gesprochen haben, wie er in mein Hotelzimmer eingebrochen ist und das Gold aus dem Safe gestohlen hat.«

»Das müssen wir sofort der Polizei sagen«, fordere ich empört.

»Diesen Pappnasen von gestern?« Papa stößt ein geringschätziges Schnauben aus. »Nein, die werden nichts unternehmen«, meint er. »Wir müssen selbst aktiv werden. Rose hat angeboten, uns zu helfen, ich weiß nur noch nicht, wie.«

Eine Weile brüten wir vor uns hin. Plötzlich kommt mir eine Idee. »Wir könnten so tun, als hätten wir einen Abnehmer für das Gold, der ihm viel Geld dafür geben will«, schlage ich vor. »Und bei der Übergabe schnappen wir ihn uns dann, also, ich meine natürlich, die Polizei.«

Papa nickt nachdenklich. »Hm, denkbar. Aber es müsste schon sehr, sehr viel Geld sein, wenn wir ihn aus der Reserve locken wollen.«

»Es müsste so viel Geld sein«, greife ich den Faden auf, »dass er das Gold an Edna vorbei verkaufen will. Sie würde ihn sofort fallen lassen und wir wären ihn auf ewig los.«

»Keine schlechte Idee«, meint Papa. »Ich würde Rose mit Angaben versorgen, damit sie Benedict ködern kann. Er muss glauben, einen echten Draht zu einer seriösen Bank zu haben, die an dem Gold interessiert ist. Das könnte Rose glaubhaft machen, indem sie den Kontakt zu meiner eigenen Londoner Bank benutzt. Diesen Mr Ferris kenne ich seit Jahren, der macht das Spiel garantiert mit.«

»Cool«, konstatiere ich. »Wir haben einen Plan.«

»Wir haben einen Plan.« Er nickt zufrieden.

»Treffen wir uns mit Rose?«, möchte ich wissen.

»Das sollten wir unbedingt tun«, antwortet er.

Ich freue mich, schließlich habe ich da noch ein paar Fragen an sie.

Papa erhebt sich und sagt: »Bin gleich wieder da.«

Es dauert keine zehn Minuten, und er kehrt zurück, mit Rose im Schlepptau, die ich kaum wiedererkenne – und ich meine jetzt nicht gegenüber meinem Traum vom Battle of the Witches (oder was immer das war). Sicher, gewachsen ist sie nicht, aber sie trägt ein schlichtes schwarzes Kostüm, das ihre Figur perfekt ausbalanciert, sodass sie richtig elegant aussieht, und ihr Gesicht hat eine natürlich frische Farbe. Sie hat nicht das geringste Quäntchen Make-up aufgelegt, was auch nicht nötig ist, denn ihre strahlende Schönheit kommt von innen.

»Ich hatte Rose für alle Fälle schon mal hergebeten«, erklärt Papa leicht verlegen.

»My honey pie«, quietscht Rose auf, als sie mich sieht. Sie drückt mich an ihren vertraut kuschligen Busen, der nach Schneeglöckchen riecht. Ach, was habe ich das vermisst! Ich freue mich so sehr, dass sie da ist, und das sage ich ihr auch.

»Und *ich* freue mich, *dich* zu sehen«, versichert sie mir.

Papa bietet Rose seinen Sessel an und bedeutet mir, dass er noch mit der Bank und Inspector Arness telefonieren möchte. »Bin sofort wieder da«, sagt er und eilt mit dem Handy am Ohr in eine ruhige Ecke.

»Rose«, taste ich mich vorsichtig voran. »Seit wann bist du hier?«

»Seit gestern, my dear«, sagt sie.

»Und was hast du gestern Abend in London so gemacht?«

»Ich habe mich in Hammersmith eingerichtet«, erzählt sie. »Ich war ja noch nie hier.«

»Hat Edna dich herkommandiert?«

»Sie hat mich eingeladen.« Rose lächelt fein. »Sie schätzt mich, sie weiß, was sie an mir hat.«

Okay. Genug Small Talk. Jetzt geht's ans Eingemachte. »Wusstest du, dass bei der Janet Horne Society dein Bild an der Wand hängt?«

»Nein«, antwortet sie. »Das wusste ich nicht. Aurora ist eine alte Freundin von mir, aber manchmal kennt man auch alte Freundinnen nicht besonders gut.« Während sie das sagt, wirft sie mir einen warnenden Blick zu, der mir signalisiert, dass ich meine Fragerei tunlichst beenden sollte. Also befolge ich den kleinen Hinweis und halte brav den Mund.

»Zu eurem Plan«, sagt Rose, als kurz darauf Papa wieder zu uns stößt. »Wie habt ihr euch das vorgestellt?«

14. Kapitel

Pünktlich versammelt sich unsere Klasse zum verabredeten Zeitpunkt am üblichen Treffpunkt. Ich komme auf den letzten Drücker, da ich mit einem Bus gefahren bin, der im Berufsverkehr ein paar Mal stecken geblieben ist. Zoey nähert sich mit Sara und Jocelyn und trägt eine unbewegte, undurchdringliche Miene zur Schau. Dr. Walker, Mrs Flynn und Dr. Doppler erwarten uns schon, Reginald Byrnes steht bedröppelt neben Dr. Walker, der ihn an der Schulter festhält, als würde er ihn gleich in eine Gefängniszelle sperren wollen. Wegen dieses Umstands geht ein mitleidiges Grummeln durch die Mädchenwelt.

»People!«, donnert Dr. Walker. »Dank der unermüdlichen Bemühungen unseres geschätzten Kollegen Byrnes, der euch ein umfassendes Bildungsangebot zugutekommen lassen möchte, werdet ihr alle heute Nachmittag Proben zum Ablauf der Modenschau des Designers Balthazar Little absolvieren.«

Er wird unterbrochen durch spitze Jubelschreie. Dank der Erfindung des Handys wissen die meisten schon, dass Ashley Aberwitzig Ashton es geschafft hat, ihrer Klasse die Teilnahme an der Show zu ermöglichen, nur die wenigsten haben das nicht mitgekriegt.

»Dadurch wird unser Besuch im Buckingham Palace hinfällig, der Besuch im British Museum wird kürzer als geplant. Wir werden nicht alle acht Millionen Ausstellungsstücke schaffen, Pflicht ist der Stein von Rosetta. Ihr wisst, was das ist? Nein? Was frage ich überhaupt.« Mann, hat der heute wieder eine Laune. Echt zum Weglaufen. »Er hat die Entzifferung ägyptischer Hieroglyphen ermöglicht, weil auf ihm ein Text in drei Sprachen eingemeißelt ist«, erklärt er uns knapp. »Pflicht ist außerdem die einzigartige Sammlung von ägyptischen Mumien. Ich erwarte in eurem Klassenfahrtsbericht qualifizierte Äußerungen zu den Exponaten. Des Weiteren hat Lord Elgin seinerzeit die halbe Akropolis mitgehen lassen, die dürft ihr auch nicht verpassen. Mrs Flynn und Dr. Doppler führen euch durch die Ausstellungen, ich bin zu einem Vieraugengespräch mit Mr Byrnes verabredet.«

Puh, Dr. Walker muss ganz schön angefressen sein, wenn er derart durchblicken lässt, dass er nicht im Geringsten billigt, was Rexy mit der Show angerührt hat. Uns kann es egal sein, und es ist uns, ganz klar, tatsächlich herzlich egal.

»Na, dann viel Spaß.« Dr. Walker nickt seinen Kollegen knapp zu, dreht sich auf den Hacken um und verschwindet mit Sexy Rexy über die Wiese.

Eine halbe Stunde später steht unsere Klasse bestens gelaunt vor dem British Museum, einem gewaltigen Gebäude, das mit seinen riesigen Säulen an ein antikes Heiligtum erinnert.

Und was dann passiert, dürfte diverse Weltrekorde brechen. Ich bin sicher, noch nie wurde das Museum von einer menschlichen Seele so schnell abgehakt wie von uns an diesem Tag.

Die allgemeine Technik ist, von einer Attraktion zur nächsten zu rasen wie Eichhörnchen auf Speed. Mrs Flynn und Dr. Doppler haben Mühe, Anschluss zu halten, versuchen aber auch gar nicht erst, uns zu bremsen.

Mir geht der Galopp durch die Museumsgänge eigentlich gegen den Strich, aber ich kann es logischerweise ebenfalls kaum erwarten, für die Modenschau zu proben. Nur einmal, an den ägyptischen Sarkophagen, halte ich inne. Als ich in die Augenhöhlen einer Mumie schaue, die mich böse anstarrt, greife ich unwillkürlich zu dem Medaillon, das unter meiner Bluse versteckt ist. Es ist ein so wunderbares Gefühl, mich sicher zu fühlen, von ihm beschützt zu sein. Alles ist so, wie es sein soll. Es ist keine plötzliche Hitze zu spüren, kein unerwartetes Glühen, niemand verfolgt mich. Oder doch? Sicher kann ich mir nie sein, aber es gibt nicht die geringsten Anzeichen einer möglichen Attacke vonseiten Auroras. Sitzt sie in einer dunklen Ecke und leckt ihre Wunden? Wäre zu schön, um wahr zu sein. Oder wartet sie einfach ab, um im geeigneten Moment zuzuschlagen? Das würde ich eher vermuten. Bevor meine Mission beendet ist (noch liegt dieses Ziel in weiter Ferne, das darf ich nicht vergessen), wird sie jede Chance nutzen, ihr eigenes Ziel zu erreichen. Nach allem, was vorgefallen ist, wird ihr Durst nach Rache nicht versiegt sein! Ach, wenn sie doch nur so einbalsamiert und gut vertrocknet wäre wie die Mumie in dem Sarkophag vor mir …

»Sorry, Ramses«, sage ich und verlasse den Raum.

Als wäre gleich Bescherung, strömt die gesamte Klasse mit strahlenden Kinderaugen in Burton Hall ein, allen voran Mrs Flynn und Dr. Doppler, deren Gesichtsausdruck zwischen exzessivem Griesgram und tiefer Erleichterung schwankt. Reginald Byrnes nimmt uns in Empfang. Er ist offenbar wild entschlossen, gute Laune zu verbreiten, egal was Dr. Walker ihm an schulischen Androhungen eingeschenkt hat.

»Willkommen in diesen heiligen Hallen! Hier warten, bitte, guys«, fordert er uns auf. Dann nimmt er Mrs Flynn und Dr. Doppler beiseite und redet auf sie ein. Ich stelle meine Lauscher auf Empfang.

»Kommt schon, Elvyra, Woody. Ich habe mein Fett von Walker schon weggekriegt, hier lernen die Kids mal was Richtiges, was mit der Realität zu tun hat, und ihr könnt euch einen schönen Nachmittag in der City machen.«

Mrs Flynn und Dr. Doppler erwidern irgendetwas, was ich zum Glück nicht verstehen kann, dann wenden die beiden sich der Klasse zu.

»Also, Leute, vergesst nicht, ihr seid hier nicht zum Vergnügen!«, ruft Dr. Doppler. »Mr Byrnes erwartet von euch einen Essay, in dem ihr eure Erfahrungen in der Modeindustrie analysiert und in den Zusammenhang der Volkswirtschaft einordnet.«

»Schau mal, Sexy Rexy«, flüstert Zoey und stößt mich mit ihrem spitzen Ellenbogen in die Rippen. (Mann, muss ich da schon viele blaue Flecke haben.)

Ich schaue in die angewiesene Richtung und werde Zeuge, wie Sexy Rexy sich bedient zur Seite dreht und genervt mit den Augen rollt.

»Wir überlassen euch nun der strengen Obhut von Mr Byrnes«, kündigt Mrs Flynn an.

»Vorübergehend«, ergänzt Dr. Doppler. »Also, ans Werk! Macht unserer Schule keine Schande.«

Rexy Byrnes dreht sein Tausendwattgrinsen auf. »Danke, liebe Kollegen«, sagt er trocken, dann wendet er sich uns zu. »Guys, ihr habt es gehört. An die Arbeit!«

Er scheucht die Klasse in Richtung der großen Showhalle und lässt die lieben Kollegen kurzerhand stehen. Ich trotte hinter meinen Mitschülern her, drehe mich noch einmal um und sehe, wie Mrs Flynn und Dr. Doppler zum Ausgang streben und einander High five geben. So viel zum Thema Heuchelei. Aber bei einem haben sie recht: Hier kann man viel über das Leben lernen.

In der Halle nimmt Eric uns in Empfang und führt uns in den hinteren Bereich der Bühne, wo sein Vater den Fortschritt der Anproben bei seinen Models kontrolliert, die teils halb angezogen in der Garderobe herumstehen oder -sitzen. Es sind wunderschöne, langbeinige junge Frauen, die uns argwöhnisch beäugen.

»Keine Angst, euch nimmt keiner etwas weg«, beruhigt Balthazar sie. »Ihr kennt mein Konzept, wir machen keine elitäre Mode, die kaum jemand tragen kann, sondern eine allgemein tragbare Linie, die für alle gedacht ist. Es geht mir bei der Präsentation durch die Schulmädchen nur um den Kontrast, die Demonstration der Tragbarkeit.«

Klingt für uns nicht unbedingt schmeichelhaft, aber so unterirdisch gewöhnlich sehen wir nun auch wieder nicht aus, sonst würden uns die Littles gar nicht erst auf den Laufsteg lassen.

»Dad, wie viele von unserem jungen Nachwuchs möchtest du einbauen?«, will Eric wissen. »Zwei haben wir ja schon, äh … drei.«

Er zwinkert Zoey und mir zu. Ashleys Augen verengen sich zu Schlitzen. Sie fühlt sich wie immer zu wenig wertgeschätzt.

»Lass sehen.« Balthazar fährt sich nachdenklich über das stoppelige weiße Haupthaar. »Wir haben zehn Profis, wollen wir die konsequent mischen, gehen wir auf acht von den Schulmädchen – du machst die Auswahl. Denk daran, es geht nur um die Natürlichkeit, keine Konkurrenz zu unseren Models, okay?«

Balthazar wendet sich wieder seinen Damen zu, während Eric förmlich von den Mädels aus unserer Klasse überrannt wird.

»Vorsicht, bitte! Lasst mich leben!« Er versucht verzweifelt, sich der physischen Übermacht, die über ihn hereinbricht, zu erwehren. »Ich brauche euch in einer Reihe, bitte!«

Es beginnt ein mittleres Geschubse und Gerempel und dauert einige Zeit, bis alle Angesprochenen halbwegs in gerader Reihe vor ihm stehen.

»Nicht böse sein, wenn eine nicht berücksichtigt wird«, bittet Eric mit, wie mir scheint, leicht furchtsamem Blick. »Jede bekommt eine Funktion.«

Er dreht sich zu den Jungs um, die gelangweilt in einer Ecke der Halle abhängen. »Ihr übrigens auch, euch brauchen wir auch!« Desinteressiertes Gegrummel. »Ich wäre euch dankbar, wenn ihr unsere Models mit dem versorgen könntet, was sie wünschen, als freundlicher Service sozusagen.«

Man kann praktisch zusehen, wie sich der Hormonspiegel zusammen mit dem Stimmungspegel gewaltig hebt, und schon ist es mit dem lässigen Abhängen vorbei. Eric wendet sich wieder seiner Paradereihe erwartungsfroher Möchtegernmodels zu und lässt seine Augen über die Truppe schweifen, deren Nerven zum Zerreißen gespannt sind.

»Wie heißt du?«

»Jocelyn.«

»Hast du Lust mitzumachen?«

»Wer, ich?« Jocelyn wechselt die Farbe. »Ist das nicht ein Irrtum? Ich meine, ich habe nicht wirklich Modelmaße, ist doch gut zu sehen, oder?«

»Du hast eine tolle Ausstrahlung«, erklärt Eric.

»Ich bin dabei, logo«, versichert ihm Jocelyn und strahlt, wie ich sie lange nicht mehr habe strahlen sehen. Ich freue mich riesig für sie.

»Wie heißt du?«

»Sara.«

»Und wie sieht es mit dir aus?«

Statt einer Antwort beginnt Sara, auf und ab zu hüpfen und vor Freude zu quietschen.

»Ich verstehe das als ein Ja«, kommentiert Eric augenzwinkernd. »Okay, da ist euer Kleeblatt komplett, was?«

Das nimmt Ashley zum Anlass, kurz mal Amok zu laufen, Eric weiß gar nicht, wie ihm geschieht, und akzeptiert schließlich drei Mädchen aus ihrem Bitch-Clan.

»Ich danke euch allen«, spricht Eric nun den Rest der Schülerinnen an. »Euch möchte ich bitten, in euren Schuluniformen als Platzanweiserinnen zu arbeiten. Wir brauchen auch welche, die an den Getränkeständen mithelfen, Jean-Pierre hier wird euch einweisen.«

Aus dem Hintergrund ist ein schöner junger Mann mit schwarzem, wallendem Haupthaar und meterlangen Wimpern aufgetaucht, bei dessen Lächeln auch das letzte verhärtete Herz schmilzt.

»Die Jungs bitte auch zu Jean-Pierre, er ist unser Produktionsleiter für alles.« Eric hat Mühe, das ausbrechende Tohuwabohu zu übertönen. »Vielen herzlichen Dank, dass ihr mitmacht!«, brüllt er. »Und noch was: Nicht dass ihr glaubt, ihr müsst für umsonst arbeiten, selbstverständlich bekommt jeder eine angemessene Gage!«

Nun gibt es kein Halten mehr, ein Fußballstadion würde ob des Radaus vor Neid erblassen, fehlt eigentlich nur die La-Ola-Welle.

Jean-Pierre führt seine Truppe – inklusive Ben, der einen mehr als flüchtigen Blick auf die Models wirft, an denen er vorbeimarschiert – in einen Arbeitsgang, der vom hinteren Bühnenraum abgeht. Von dort klingt das helle Kreischen von Kinderstimmen herüber, die mir verdächtig bekannt vorkommen. Ich folge Jean-Pierre und den anderen aus unbezähmbarer Neugier. Und wer springt im Gang herum und lässt es richtig krachen? Das zauberhafte Zwillingspärchen Lonny und Ronny. Bevor ich in Deckung gehen kann, rennen die beiden mich mit wüstem Geheul über den Haufen.

»Tante Lisa, Tante Lisa!«, kreischen sie und zerren an meinen Armen herum, als wollten sie sie auf der Stelle abschrauben. Was war das? Tante? Ich fühle mich um Jahrzehnte gealtert.

»Ronny! Lonny!«, schreit es aus dem Hintergrund. »Geht sofort von der Tante runter!«

Okay, es ist die Standardansprache von Mrs Wardour – aber es funktioniert, die Killerknaben lassen augenblicklich von mir ab. Ich rapple mich umständlich hoch und streiche meine Uniform glatt. Mann, das ist echt ein lebensgefährliches Pflaster hier.

»Das ist aber schön, dich hier zu sehen, Martin wird sich auch freuen!«

»Lisa?«, höre ich es da wie aufs Stichwort rufen.

Martin kommt aus einem der Büros gesegelt, ihm scheint es gut zu gehen, denn er sieht heute George Clooney gespuckt ähnlich. Hat ihm jemand die Pizza gestrichen?

»Hallo, Martin!«, sage ich.

Er schließt mich umstandslos in die Arme. »Da sind wir ja bald vollständig«, meint er. »Theresa und Paul kommen auch zur Show.«

»Super«, sage ich. »Das wird ja ein regelrechtes Familientreffen, so rein patchworkmäßig gesehen.«

Ich freue mich und Martin strahlt mit mir um die Wette.

»Deine Mutter ist auch schon da«, berichtet er. »Sie sitzt mit Mr Ashton zusammen und verhandelt mit ihm, es tun sich große Dinge.« Er zwinkert mir zu.

Was hecken die alle eigentlich aus? Obwohl, ich will es lieber nicht wissen. Bei meinem momentanen Gemütszustand könnte ich es derzeit wahrscheinlich nicht wirklich verkraften. Wo ist überhaupt Papa? Siedend heiß fällt mir ein, dass die Operation »Haut den Benedict zu Brei« schon seit einigen Stunden laufen müsste.

»Bitte alle Laufsteg-Mädchen zu mir«, höre ich Balthazar Little rufen, und mir wird spontan schwummrig.

»Ich muss los«, erkläre ich.

»Viel Glück!«, wünscht Martin mir.

»Und den Spaß nicht vergessen!«, rät Mrs Wardour.

Sie hat gut reden! Werde ich das alles packen, ohne mir den Hals zu brechen? Gemeinsam ziehen sie ab in ihr Büro. Ich schnaufe einmal aufgeregt durch und geselle mich zu den anderen in den Bühnenraum, wo Balthazar schon Aufteilungen in Gruppen vorgenommen hat.

»Lisa zu Zoey und Ashley, bitte«, ordnet der Meister an. »Ihr werdet es erst einmal mit hohen Absätzen versuchen. Amélie wird euch helfen.«

Amélie ist Balthazars Assistentin, eine sehr zierliche, sehr französische Schönheit, von makellosem Stilwillen geprägt. Es ist alles wahr, was in den Modezeitschriften steht, fährt es mir durch den Kopf, Klischees haben ihren Ursprung eben doch in der Realität. Oder die Realität unterwirft sich resignierend dem Klischee. Amélie jedenfalls könnte man jederzeit auf Hochglanzpapier drucken. Zoey, Ashley und ich ziehen uns jeweils ein Paar High Heels an, die uns schon beim Anziehen fast das Leben kosten.

»Autsch«, sagt Ashley, hält sich an meiner Schulter fest

und bringt es fertig, mir ihren Absatz in den Fuß zu jagen.

»Selber autsch«, fauche ich und muss mich schwer beherrschen, sie nicht in die Kulisse zu schubsen.

Amélie schüttelt den Kopf. »Wir nehmen doch die flachen Schuhe, Balthazar«, schlägt sie vor. »Passt auch mehr zum Konzept.«

Balthazar nickt.

»Wir nehmen die flachen Italiener, die haben einen minimalen Absatz. Das schafft ihr, oder?«

Wir nicken eifrig, das sind wunderschöne Schuhe und bequem sind sie auch.

»Parfait!«, ruft Amélie.

Ach, noch jemand, der in meiner Gegenwart echt und fließend Französisch spricht!

Mit Jocelyn, Sara und den anderen machen wir ein Probe-Defilee über den Laufsteg, Amélie korrigiert unsere Haltung, wenn wir uns zu sehr hängen lassen oder zu lässig latschen. Unsere Mitstreiterinnen wirken plötzlich viel erwachsener, so engagiert werfen sie sich in ihre Aufgabe.

Wir lernen etwas über unser Körpergefühl, werden uns viel besser unserer Wirkung bewusst, und ich freue mich zu sehen, dass eigentlich alle mit sich einverstanden sind, gerade was ihren Körper angeht. Am meisten, scheint mir, freut sich Jocelyn, so akzeptiert zu werden, wie sie ist; sie ist stolz auf jedes Gramm, das ihr gehört, und hadert nicht mit dem üblichen Zwangsgefühl, sofort ein, zwei Kilo abnehmen zu müssen. Das ändert sich auch nicht, als die Anproben beginnen. Amélie sucht zusammen mit Balthazars Schneiderin Corinne die Kleidungsstücke aus, die ihnen für die einzelnen Mädchen am geeignetsten erscheinen. Klar, das eine oder andere muss noch geändert werden.

»Kein Problem«, findet Corinne, als es bei Jocelyns Outfit etwas klemmt. »An dieser Stelle lasse ich etwas raus und nähe da noch eine klitzekleine Kleinigkeit ab und schon haben wir's.«

Jocelyns Augen leuchten. »Kann man das Teil nach der Show mitnehmen?«, fragt sie und ihre Augen glitzern immer fröhlicher.

»Das musst du Balthazar fragen«, sagt Corinne und lacht. »Vielleicht hat er seinen großzügigen Tag.«

Auch ich mag das Kleid, das Amélie und Balthazar für mich ausgesucht haben, es hat dunkelgrüne Spitzen auf einem sehr feinen, leicht schillernden grünen Seidenstoff und sitzt nach ein paar Änderungen wie angegossen.

Balthazar tritt zu uns und macht einen sehr zufriedenen Eindruck, dann sieht er auf meinen Hals und entdeckt die Kette zu dem Medaillon, das ich unter dem schönen Kleid habe verschwinden lassen.

»Was ist das?«, fragt er irritiert.

»Ein Medaillon«, antworte ich. »Ein Glücksbringer, den brauche ich.«

Balthazar schüttelt unwillig den Kopf. »Die Kette stört die Linie, die muss weg«, sagt er.

»Es tut mir wirklich, wirklich leid«, beschwöre ich ihn. »Aber ohne die Kette gehe ich nicht auf die Bühne.«

Dass ich einen Angriff Auroras befürchte, verschweige ich lieber. Denn wie soll ich ihm das bitte schön erklären?

Balthazar ist verzweifelt angesichts meiner Sturheit und rauft sich praktisch die nicht vorhanden Haare, ich weiß aber, ich kann nicht ohne den Kristall.

»Lisa, tu ihm den Gefallen«, schaltet sich Zoey ein. »Es wird doch mal drei Minuten ohne gehen.«

Ich schüttle hartnäckig den Kopf. Zoey verdreht die Augen.

»Zu spät, um alles umzuschmeißen«, murrt Balthazar. »Meinetwegen.«

»Vielen herzlichen Dank!«, rufe ich aus. »Das werde ich Ihnen nie vergessen!«

»Sieht auch so ganz gut aus«, brummelt er.

»Ganz gut?«, erwidere ich und lasse den Blick an meinem Kleid hinabgleiten. »Von so was habe ich immer geträumt«, sage ich und seufze schwärmerisch. »Das kann man zu einem Fest tragen oder auch einfach so, wenn man mal ein bisschen schicker auf die Straße will.«

»Du hast es erfasst. Mesdames«, sagt er entschlossen zu Amélie und Corinne. »Ich glaube, unser Konzept könnte aufgehen. Toi, toi, toi. Wo ist Holz? Ich darf nicht übermütig werden.«

Plötzlich scheint er ernsthaft besorgt zu sein und hastet zurück zur Bühne, wo unsere Mädchen noch üben.

»Ist der immer so nervös?«, frage ich.

»Das ist noch gar nichts. Warte nur ab«, antwortet Amélie und lächelt.

Corinne scheint leidgeprüft zu sein, denn sie zieht die Schultern ein und widmet sich dem nächsten Nachwuchsmodel, das zufällig Sara ist.

»Ist das nicht traumhaft?«, meint Sara und dreht sich für mich einmal im Kreis.

»Ganz toll«, antworte ich und sehe mal wieder, was für einen großartigen Beruf Mama da hat. Tja, die Modeindustrie walzt uns noch alle platt mit ihren niederen Verlockungen. Wenn das der gestrenge Dr. Doppler wüsste …

Nachdem ich mich vergewissert habe, dass mich in diesem Moment niemand braucht, ziehe ich mich mit einer Flasche Wasser zu der Palmeninsel im Zwischengeschoss zurück, wo ich heute Morgen mit Papa und Rose zusammengesessen habe. Meine Stimmung fällt plötzlich ein paar Meter tiefer in den Keller, die Anspannung macht mich fertig. Ach, egal. Ich wähle Papas Nummer.

»Bin gleich bei dir«, sagt er atemlos. »Treffpunkt wie vorhin?«

»Sitze schon da«, sage ich. »Wie war …«

Aufgelegt.

Wie jetzt? Ich schaue fassungslos auf das Display meines Handys. Kann er mir nicht mal einen Hinweis geben?! Mann! Ich sitze noch gefühlte Stunden sinnlos herum, aber nach ein paar Minuten ist er wirklich da. Er lugt hinter dem größten der staubigen Palmwedel hervor und grinst, dass seine Mundwinkel die Ohren berühren.

»*Der* Drops ist gelutscht«, erklärt er.

Mir plumpst ein Felsbrocken vom Herzen.

»Wie war es, wie war es?«, will ich wissen und hüpfe hin und her, als stünde ich neuerdings in Konkurrenz zu Ronny und Lonny.

»Lief wie am Schnürchen«, erzählt er und lässt sich in den Sessel neben meinem plumpsen. »Genau wie geplant. Benedict hat sich auf einen Besuch bei Mr Ferris in der Bank eingelassen und hatte tatsächlich die Goldmünzen bei sich. Er hat den Beutel auf den Schreibtisch gelegt, Mr Ferris hat ein Köfferchen mit den Banknoten aufgeklappt und Inspector Arness kam mit zwei Uniformierten herein. Ich bin dazugestoßen, habe das Gold identifiziert und den verdammten Schurken gleich mit. Sie haben ihn festgenommen und abgeführt. Acht bis zehn Jahre Knast, prophezeit der Inspektor«, berichtet er zufrieden.

»Und Rose?«

»Ich habe sie natürlich gleich danach angerufen. Edna ist außer sich, dass Benedict sie derart hintergangen hat. Auch wenn er irgendwann aus dem Gefängnis kommt, Edna wird ihn garantiert nicht wieder einstellen.« Papa grinst noch immer wie ein Honigkuchenpferd. »Mission erfüllt.«

Ich zucke zusammen. Diese Vokabel löst einen mordsmäßigen Schrecken in mir aus.

»Lisa, was ist los?«, fragt Papa besorgt. »Ist dir nicht gut?«

»Alles in Ordnung«, murmle ich. »Ist nur alles gerade ein bisschen viel …«

»Ganz schön aufregender Tag, was? Und er ist noch nicht zu Ende.« Er springt auf.

»Wo gehst du hin?«, frage ich.

»Hast du Mama schon gesehen?«

»Nur Martin und Mrs Wardour. Er sagt, Mama verhandelt mit Mr Ashton über irgendwas.«

»Oh. Ich muss los«, erklärt er hektisch. »Brauchst du noch etwas?«

»Ich habe alles«, entgegne ich und zeige auf meine Flasche Wasser.

»Bis nachher.«

Und schon ist er weg.

Ich sitze bestimmt eine Viertelstunde da, ohne ein Glied zu rühren, und starre Löcher in die Luft. Oder in die Palmen. Oder in meine Flasche Wasser. Das vermaledeite Zauberwort dieses Augenblicks heißt Mission. Missglückte Mission. Versaute Mission. In-unerreichbare-Ferne-gerückte-Katastrophen-Mission. Lisa hat es mal wieder nicht gepackt. Lisa ist doof. Lisa hat keine Ahnung von nix. Eine Lisa-Verschwörung hat es nie gegeben. Lisa *ist* die Lisa-Verschwörung.

Ach, Kacke.

Ich merke, dass sich aus meinen Augen zwei dicke Tränen lösen und über meine Wangen rinnen. Mit meinem Handrücken wische ich sie weg, leise vor mich hin schniefend. Elender als ich gerade kann sich ein Mensch kaum fühlen.

»Was ist denn hier kaputt?«, fragt eine Stimme durch die Palmen hindurch.

Um den nächsten Pflanzenkübel herum schiebt sich Zoey ins Bild.

»Dein Vater hat mir gesagt, dass du hier abhängst«, teilt sie mir mit. »Hast du nie davon gehört, dass man auch Taschentücher benutzen kann?«

Sie kramt aus ihrer kleinen Handtasche ein Papiertaschentuch hervor und reicht es mir. Ich schnäuze mich geräuschvoll.

»Geht doch«, konstatiert sie voller Genugtuung.

Ich will ihr das Taschentuch gedankenverloren zurückreichen.

»Geht's noch?«, sagt sie entrüstet. »Was treibst du hier eigentlich?«, will sie wissen. »Stilisierst du dich zu einer Art Opferlamm?«

»Ich hab's verbockt«, entgegne ich mit leiser Stimme. »Ich bin zu nichts zu gebrauchen.« Hoffentlich kommt jetzt nicht der nächste Tränenschwall. Ich muss mich zusammenreißen, um mich nicht vollends lächerlich zu machen.

»Was verbockt?«, fragt sie besorgt.

»Ach …« Ich mache eine vage Handbewegung ins Universum.

Zoey schlägt sich vor den Kopf. »Hat das mit deinem Kristall zu tun?«

Mir steht der Mund offen. »Woher …?«

»Du machst seit Wochen ein riesiges Gewese darum. Kristall hier, Kristall da … Sogar im Schlaf redest du darüber. Und dann diese Sache mit der schottischen Königskrone, die du unbedingt sehen musst …«

»Ist das so offensichtlich?«, frage ich hilflos.

Anstatt einer Antwort schenkt Zoey mir einen wissenden Blick aus ihren großen, graublauen Augen. Alles klar. Botschaft verstanden. Sie schüttelt ungläubig den Kopf. »Darum geht es also wirklich? Ich meine, echt jetzt?«

Ich nicke kläglich.

»Okay. Komm mit«, fordert sie mich entschlossen auf und zieht mich am Handgelenk von meinem Sessel hoch. »Das ist doch nicht auszuhalten.«

Ich füge mich in mein Schicksal. Was bleibt mir auch anderes übrig?

15. Kapitel

Ich folge Zoey willenlos hinunter in den Showsaal, wo Eric gerade seine schulischen Helfer instruiert, wie man Zuschauer zu ihren Plätzen führt und wo die Plätze sich überhaupt befinden. Ganz hinten sehe ich Ben an einem Getränkestand hantieren, er hat das Kommando über Ken und Wayne übernommen und zeigt ihnen, wie man ein volles Tablett mit einer Hand trägt (wieso kann der so was?).

»Eric? Hast du eine Sekunde?«, ruft Zoey zu ihm hinüber. »Kannst du mal kommen?«

Eric entschuldigt sich kurz bei seinen Jungsklaven und kommt zu uns herübergeschlendert. »Was gibt's?«

»So, und jetzt erzähl dem Onkel, was du für ein Problem hast«, fordert Zoey mich auf. »Kristalltechnisch.«

Ich bin so platt, dass ich noch nicht mal mehr die Energie habe, mich über Zoey zu wundern. Geschweige denn, mich zu wehren oder die Aussage zu verweigern. Also gebe ich ihm die Kurzversion meines Wunsches, an die schottische Königskrone heranzukommen (auch wenn ich keine Ahnung habe, wozu es gut sein soll, Eric damit zu belästigen).

»Ich will sie nur einmal in Händen halten«, beende ich meinen Bericht. »Das ist ganz, ganz wichtig für mich. Ich weiß nur nicht, wie ich das bewerkstelligen soll. Ich habe alles versucht, sie muss irgendwo im Keller des Jewel House eingeschlossen sein.«

Was ich ernte, ist eine amüsierte Reaktion.

»Im Tower? Das hättest du dir sparen können«, meint er. »Die Krone ist nicht mehr im Tower, da war sie nur kurze Zeit. Die Royal Academy of History bereitet eine Ausstellung vor, in der Kunstschätze der schottischen Geschichte gezeigt werden, und da sind die Honours of Scotland dabei, große Nummer nach dem Scheitern der Volksabstimmung für die Unabhängigkeit Schottlands. Unsere Regierung will unbedingt die Verbundenheit mit dem geschätzten schottischen Volk demonstrieren«, erklärt er überzeugend fachmännisch. (Kein Wunder, dass Zoey an seinen Lippen hängt, als würde er ihr gerade das ultimative Geheimnis der Nugatherstellung verraten.)

»Und du bist schottische Nationalistin?«, will er wissen. Ich nicke, was Eric prompt mit einem Stirnrunzeln quittiert. »Bist du nicht zu jung für so etwas? Ich dachte immer, das ist was für unbelehrbare alte Säcke.«

Eigentlich müsste ich jetzt beleidigt sein. Würde aber keinen Sinn machen, denn hier tut sich gerade unverhofft Ungeheuerliches auf.

»Wo zeigen sie den Kronschatz denn? Und wann?«, will ich wissen. »Und wie? Und überhaupt?«

»Oh«, sagt er, »in zwei Wochen. Hier in Burton Hall. In der Library.«

Ich staune Bauklötze, begreife aber schmerzlich, dass das zu spät für meine Zwecke ist. Da bin ich längst wieder zu Hause in Cliffmoore.

Er grinst. »Die Krone und das ganze andere Gedöns sind aber schon hier im Haus, falls dich das interessiert.«

Und ob mich das interessiert! Ich wittere Morgenluft, meine Lebensgeister melden sich zurück und schon trete ich nervös von einem Fuß auf den anderen.

»Nur mit der Ruhe«, meint Eric und zwinkert Zoey verschwörerisch zu (was läuft da eigentlich zwischen den beiden?). »Und du willst die Krone wirklich nur mal sehen?«

»Und anfassen.«

»Du hast Wünsche«, meint er und sieht mich skeptisch an. »Na gut. Das Beste ist nämlich, ich habe Beziehungen zu einem Kurator der Academy. Möchtest du ihn kennenlernen?«

Er grinst diebisch, als er sieht, dass ich vor lauter Aufregung zu detonieren drohe. Was für eine Frage! Her mit dem Kurator, jetzt, gleich, sofort! Sollte es auf einmal so einfach sein, die Krone in die Pfoten zu bekommen?!

»Na klar«, sage ich.

»Na klar«, wiederholt Eric. »Ich bin ziemlich sicher,

dass er uns gern Zugang zu den eingelagerten Schätzen verschaffen wird, wenn wir ihn nur nett bitten. Wenn auch nur ganz heimlich, versteht sich.«

Ich könnte ihm um den Hals fallen. Komischerweise tut das Zoey, bevor ich dazu komme.

»Danke, danke! Ich werde so nett zu ihm sein, wie noch nie in meinem Leben zu irgendjemandem«, verspreche ich.

»Danke«, sagt auch Zoey. »Du kannst dir nicht vorstellen, was es mir bedeutet, wenn du Lisa hilfst. Sie ist so unglaublich unausstehlich in letzter Zeit, das halte ich nicht länger aus.«

Eric lacht. »Okay. Ich kümmere mich darum und melde mich, wenn es mir gelungen ist, ihn hierherzulocken.« Dann setzt er eine ernste Miene auf. »Aber könnten wir diese verrückte Geschichte jetzt mal für ein Weilchen ausblenden? In ein paar Stunden kommt eine große Show auf uns zu, und falls ihr es vergessen habt: Ihr seid Teil davon. Also bitte, Konzentration und Einsatz! Abmarsch hinter die Bühne!«

Er klatscht in die Hände und hat einen Mordsspaß dabei, uns zu scheuchen. Dabei wirkt er wie eine Miniaturausgabe seines Vaters. Ich bin sicher, Eric wird als Modezar mal genauso durchschlagend wie sein Vater. Aber recht hat er. Wie die kopflosen Hühner rennen wir in Richtung Bühne, uns der Wucht unserer Aufgabe bewusst. Und von Angst getrieben.

»Oh mein Gott!«, schreit Zoey.

»Im Scheinwerferlicht!«, schreie ich.

»Auf dem Laufsteg!«

»Sind wir verrückt geworden?!«

Unser Lampenfieber wächst ins Unermessliche und uns schlottern die Knie. Wir platzen in den allgemeinen Hühnerstall, den wir erwartet haben, so huhnmäßig wie alle anderen. Da herrscht ein Gegacker unter uns Amateurmodels, dass man sich die Ohren zuhalten muss. Die Berufsmodels lassen sich derweilen in aller Ruhe herrichten und schauen uns aus professioneller Höhe ein bisschen arg mitleidig an.

Corinne, die Schneiderin, legt zusammen mit Balthazar letzte Hand an die Kleider der einzelnen Mädchen und jungen Frauen. Es ist eine solide Aufregung zu spüren, aber keinerlei Hektik, eine solch prickelnde Atmosphäre habe ich noch nie erlebt (noch nicht mal bei der Distrikt-Meisterschaft beim Tanzen mit meinen Monster-Chicks), die Luft brennt vor Spannung.

Bevor ich an der Reihe bin, von den Maskenbildnerinnen und der Schneiderin bearbeitet zu werden, schaue ich mit Jocelyn zusammen um die Ecke der Sperrwand, die die rückwärtige Bühne vom Zuschauerraum trennt. Der Saal füllt sich langsam mit den Reichen und Schönen der Stadt. Unsere Mitschüler haben gewaltig damit zu tun, die Leute einzuweisen und alle Wünsche zu erfüllen, zu servieren und dabei auch noch zu lächeln.

»Victoria und David Beckham!«, quietscht Jocelyn auf. »Boah, Stella McCartney!«

Ehrfurchtsvolles Raunen auch im Saal. Erst jetzt wird uns klar, was für ein Megaevent das hier ist. Das hat Weltformat! Schluck. Und wir mittendrin, was für ein Risiko Balthazar mit uns eingeht! Jocelyn und ich sehen einander an.

»Hast du auch so einen Bammel?«, krächzt sie.

»Und wie«, krächze ich zurück.

Ein weiteres Raunen geht durch den Saal.

»Wow«, flüstere ich. »Das ist sie wirklich. Cara Jocelyn Delevingne! Wahnsinn!«

»Cara *Jocelyn*?«, zischt Jocelyn empört. »Willst du mich vereimern?«

»Die heißt wirklich so. Ich schwör's!«

Vor denen sollen wir auftreten? Ogottogottogott! Mir ist schon ganz schlecht und auch Jocelyns Gesicht nimmt eine ungesunde Farbe an.

»Da müssen wir durch«, sage ich tapfer.

»Das müssen wir wohl«, entgegnet Jocelyn resigniert.

Ich lasse noch einmal einen Blick über die hereindrängenden Zuschauer gleiten und traue meinen Augen nicht. Inmitten der ganzen aufgebrezelten High-Society-Schar ist eine kuriose Alte zu sehen, die einen Riesenhut mit einer Fasanenfeder zur Schau trägt. Ist so etwas erlaubt? Muss sie den nicht wenigstens während der Show absetzen, damit die Menschen hinter ihr überhaupt etwas zu sehen kriegen? Sicherlich nicht mein Problem. Mein Problem ist, dass es sich um die wohlbekannte Hexe Edna Cumberland handelt. Was will die hier? Wie kommt die eigentlich hierher? Natürlich, Ben ist schuld, aber schlimmer: Muss ich jetzt auch mit Aurora rechnen? Mein Herzschlag setzt für einen Moment aus.

»Ich schwöre, ich habe nichts damit zu tun«, sagt eine männliche Stimme hinter mir.

Ich fahre herum. Ben.

»Das hast du beim Tanzwettbewerb, glaube ich, auch gesagt«, entgegne ich unterkühlt. »Und dann war mein Medaillon weg, und Edna hatte es, und zwar von dir.« Ich fixiere ihn und nagle ihn mit meinem Blick fest. »Und übrigens, hast du ihr von dem Abendessen beim Japaner erzählt, das ich gestern mit meinem Vater am Telefon besprochen habe, als du dabei warst?«

»Na ja«, meint er gedehnt und wendet den Blick ab. »Ich wollte bestimmt nicht, dass dir diese komische Professorin hinterherschleicht. Ich meine, so wild wie die gestern auf deinen Kristall war … echt spooky! Und das mit Benedict und dem Einbruch ins Zimmer von deinem Vater, das … das war so nicht beabsichtigt …«

Er hört sich ganz verzweifelt an, mein Ben, der arglos durchs Leben spaziert und gar nicht merkt, was er mit seinem Unwissen alles anrichtet. Und ich frage mich, ob ich in diesem Moment nicht ungerecht bin. So ist er nun mal.

»Egal«, sage ich großzügig. »Hauptsache, ihre Axt Benedict kommt nicht mehr zum Einsatz …«

»Damit hast du zu tun, nicht wahr?« Er sieht mich

auffordernd an, aber ich mache das beste Pokerface, das mir zur Verfügung steht, und schweige.

»Okay«, sagt er. »Ich muss los. Champagner auf Eis packen. Good luck.«

»Danke«, sage ich automatisch, schüttele mich kurz und widme mich der Aufgabe, die da auf mich zukommt.

Die Vorbereitungen hinter der Bühne sind inzwischen zum Abschluss gekommen.

»Lisa«, schreit Amélie aus dem Hintergrund. »Hierher, schnell. Wo warst du denn?«

Corinne legt noch einmal Hand an mein Kleid und scheint zufrieden zu sein. Sie ruft Balthazar hinzu, der sich von einem anderen Model losreißt und herübereilt. Er sieht mich von oben bis unten kritisch an, dass ich vor lauter Unsicherheit schon wieder das Zittern kriege.

»Schön«, urteilt er. »Du bist schön. Du hast keinen Anlass, Angst zu haben.«

Ich bin gläsern, denke ich, und gleich muss ich heulen vor Rührung.

»Mach jetzt keinen Mist«, flüstert Zoey mir zu, die an mir vorbeihuscht.

Ich kriege mich weisungsgemäß kurzfristig ein, allein, um mein Make-up nicht zu versauen. Dann sehe ich mich noch einmal ganz in Ruhe um und ziehe Bilanz. Die Kleidung, die Balthazar entworfen hat, ist tatsächlich umwerfend und schmeichelt jedem, der sie trägt. Zoey sieht überirdisch aus mit ihren langen Beinen und dem blonden Haar, das sie offen trägt. Ich fühle mich wohl in meinem um mich schwebenden Kleid, komme mir neben ihr aber wie Aschenputtel vor. Plötzlich sehe ich, wie Zoey stehen bleibt, und werfe einen Blick in die Richtung, in die sie starrt. Ashley. Ich gebe es nur ungern zu, aber sie sieht gut aus, richtig gut (findet sie selbstverständlich auch). Sie defiliert demonstrativ umher, spreizt sich, dreht und wendet sich und geht damit allen gewaltig auf die Nerven.

»Drop dead«, höre ich mich unwillkürlich sagen. Und hoffe, dass keiner Lippen lesen kann.

Die Show beginnt. Balthazar gibt das Zeichen zum Abfahren der Musik. Die ersten beiden Profimodels gehen hinaus auf den Laufsteg, der Beifall rauscht freundlich durch den Zuschauerraum. Danach sind Zoey und ich dran. Wir nicken einander zu.

»Schaffen wir das?«

»Wir schaffen das.«

Balthazar berührt aufmunternd unser beider Rücken.

»Go!«

Zoey und ich laufen wie auf Schienen hinaus und schauen mitten ins Scheinwerferlicht. Rechts und links sehe ich nur schwarzes Nichts. Wir können keine Zuschauer erkennen, aber dass ihre Augen auf uns lasten, ist körperlich zu spüren. Wir gehen so entspannt wie möglich mit wiegenden Schritten bis zum Ende des Laufstegs, drehen uns voneinander weg, sehen in das Publikum, lächeln und gehen leichten Schritts wieder zurück.

Unvermittelt spüre ich ein leichtes Brennen auf meiner Brust, es fühlt sich an, als hätte mein Kristall angefangen zu glühen. Nein, bitte nicht! Dass der Kristall reagiert, kann nur eines bedeuten: Aurora muss im Saal sein, sie ist da, um einen letzten Angriff auf mich zu starten! Du darfst jetzt nicht die Fassung verlieren, Lisa, schärfe ich mir ein, du musst stark bleiben! Bald ist es geschafft, nur ein paar Meter noch! Durchhalten! Ich darf Balthazar keine Schande machen, darf ihm seinen Erfolg nicht verderben. Es ist so wichtig, dass die Zuschauer, all die Verwöhnten und Versierten, seine Mode mögen, dass sie uns den Stil abkaufen, in dem er uns präsentiert!

Der Drang, den letzten Meter nicht zu gehen, sondern hinter die Dekoration zu hechten, wird nahezu übermächtig. Ganz knapp vor unserem Ziel braust begeisterter Beifall auf. Ich breche fast zusammen vor Erleichterung. Wir haben es geschafft, jawohl, wir haben es geschafft! Wir überwinden den letzten Meter Laufsteg. Fertig. Aus. Done. Unmittelbar hinter der Bühne nimmt uns Balthazar in Empfang und drückt uns beide gleichzeitig an sich.

»Danke!«, flüstert er. »Ihr seid die Größten! Vielen, vielen Dank!«

Ich glaube, er hatte selbst Angst vor seiner eigenen Courage und war sich überhaupt nicht sicher, ob seine Spekulation aufgehen würde.

»Nein, *wir* sagen Danke«, flüstere ich ihm zu.

Ich weiß nicht, woher ich die Frechheit oder die Anmaßung oder was auch immer nehme. Aber ehe ich es mir anders überlegen kann, küsse ich ihn auf die Wange. Und dieser große Mann, dieser große Designer der Weltklasse, er wird rot, er wird tatsächlich rot. Den muss man einfach lieben!

Ich schaue Zoey an, Zoey schaut mich an. Dann fallen wir einander in die Arme und beginnen, umeinander herumzuhopsen wie die Deppen. Bis unser Blick auf Ashley fällt – die jetzt eigentlich dran wäre.

»Ashley«, höre ich den Produktionsleiter zischen.

Ashley hockt zusammengekrümmt in der Ecke.

»Ich kann nicht«, wimmert sie. »Ich hab solche Angst!«

Mir platzt der Kragen. Sie wird Balthazar und Eric nicht die Show verderben! No way. Ich gehe mit entschlossenen Schritten auf sie zu, packe sie an den Armen und ziehe sie energisch hoch, egal ob sie blaue Flecken davon kriegt. Als sie mit wackligen Knien vor mir steht, halte ich sie fest, damit sie sich nicht wieder zu Boden sacken lässt. Mit zusammengebissenen Zähnen fauche ich sie an: »Reiß. Dich. Zusammen! Sonst bring ich dich um. Du siehst toll aus, Bitch! Geh raus und zeig es ihnen!«

Ashley sieht mich erschrocken an, und ich denke, gleich heult sie los. Dann wandelt sich ihr Gesichtsausdruck in Hass. Sie rafft ihren Kleidersaum und marschiert durch den Bühnenausgang hinaus auf den Laufsteg. Stille, nur die Musik ist hier hinter der Bühne zu hören. Zoey, Jocelyn, Sara und ich schauen uns mit angehaltenem Atem an. Killt Ashley mit ihrer Unsicherheit gerade die Show? Das würde ich nicht mal ihr wünschen. Aber viel, viel wichtiger sind die Littles, Vater und Sohn, die sich auch erschrockene Blicke zuwerfen. Dreißig, vierzig bange Sekunden vergehen. Keine Reaktion des Publikums. Dann kommt Ashley heil hinter der Trennwand hervor. Es folgt der erlösende rauschende Applaus. Da wissen wir, jetzt kann nichts mehr passieren. Ashley nimmt die Gratulation von Balthazar mit bleichem Gesicht entgegen. Es ist ganz großes Kino zu sehen, wie ihre Knie zittern. Sie stolpert unkontrolliert an mir vorbei und würdigt mich keines Blickes mehr.

Das ist so was von in Ordnung.

Ich werfe noch einmal verstohlen einen Blick in den Saal, wo auch Sexy Rexy die Show gebannt verfolgt. Zwischen den Reihen läuft Ben in seiner Schuluniform mit einem Tablett hin und her, auf dem er volle Champagnergläser trägt, die er an die Gäste verteilt. Ich glaube, auch ihm macht es Spaß, sich unter so vielen schönen Frauen zu bewegen, die ihn dankbar anlächeln.

Die Show geht zu Ende und ist ein Riesenerfolg. Als der letzte Applaus verebbt ist und die letzten Zuschauer den Saal verlassen haben, umarmt Balthazar seinen Sohn.

»Du hattest recht. Ich hatte zu viele Bedenken. Dies war dein Meisterstück.«

Eric schüttelt den Kopf. »Es hätte auch schiefgehen können. Wir haben Glück gehabt.«

Balthazar knufft ihn mit der Faust auf den Oberarm und lacht. »Glück hat damit nichts zu tun.«

Dann wird er darauf aufmerksam, wer in diesem Moment alles um ihn und Eric herumsteht und ihnen applaudiert: Melinda und Walter Lorenz und ihre Tochter (moi), Martin und Mrs Wardour, meine Mädels Zoey, Jocelyn und Sara und natürlich seine Crew. Die beiden verbeugen sich.

»Champagner!«, ruft Balthazar.

An diesem Abend fließt noch viel Champagner (für uns fließt nur Limo). Alle sind überglücklich. Und müde. Das Adrenalin verlässt unsere Adern und wir hängen schließlich nur noch schlagkaputt herum. Mr Byrnes hat dafür gesorgt, dass die Schüler von ihren Gasteltern eingesammelt und nach Hause gebracht wurden. (Damit die Maliks uns nicht extra holen müssen, hat Eric angeboten, dass Jerome uns fahren kann.) Ashley hat sich ihren Vater gekrallt und ist verschwunden. Als Rexy am späteren Abend auch Sara und Jocelyn einsammelt, um sie höchstpersönlich zu ihren Gasteltern zu bringen, weil diese verhindert waren und sie nicht abholen konnten, erklärt Zoey ihm, dass sie heute nicht bei den Maliks, sondern gern woanders übernachten würde. Auch ohne dass Zoey explizit sagt, wo sie die Nacht verbringen will, weiß ich Bescheid. Ich kann mir ein Lächeln nicht verkneifen.

Aus heiterem Himmel wacht Sexy Rexy auf. »Wie

meinst du das, woanders übernachten?«, fragt er Zoey verständnislos. »Du kannst dich nicht einfach nach Belieben abmelden.«

(Wenn der über meine Ausflüge Bescheid wüsste, würden er und der Rest des Lehrkörpers ohnmächtig werden.)

»Ja … also«, stottert Zoey. »Meine Mutter wohnt mit ihrem neuen Mann in London und sie haben mich beide zu sich nach Hause eingeladen … über Nacht.«

Rexy schüttelt den Kopf. »Ich kann das nicht zulassen«, sagt er. »Du weißt, dass ich einen schriftlichen Antrag der Eltern brauche, das geht nicht von jetzt auf gleich, tut mir leid.«

Ich baue mich vor ihm auf und praktiziere meinen bewährten Augenaufschlag. »Lieber Mr Byrnes«, intoniere ich mit Tremolo. »Es ist total wichtig für Zoey, wissen Sie? Es geht um ihre Mutter, die sie ganz lange nicht gesehen hat! Sie haben es möglich gemacht, dass diese Modenschau zu einem ganz tollen Ereignis geworden ist, das ist allein Ihr Verdienst! Und Zoey hat sich auf dem Laufsteg so viel Mühe gegeben, extra für Sie – damit wir Ihren Kollegen beweisen konnten, dass Sie recht hatten, uns teilnehmen zu lassen! Bitte lassen Sie sie gehen, bitte!«

Ich sehe ihm an, dass er nicht recht weiß, wie ihm geschieht. Er betrachtet uns beide unschlüssig. Zoey sieht ihn stumm mit einem herzzerreißenden Blick an, den auch ich nicht mehr toppen kann.

»Bitte!«, flehe ich ihn an.

Bange Pause.

»Na gut«, sagt er schließlich und hebt ergeben die Arme. »Ich bin Wachs in euren Händen.«

Zoey juchzt, ich schreie: »Yay, danke!«

»Nicht weitersagen«, fordert er uns auf.

»Unsere Lippen sind versiegelt«, verspreche ich.

Zoey nimmt seine Hand und drückt sie. »Vielen Dank, Mr Byrnes«, sagt sie ernst.

»Nun hört aber mal auf«, sagt Rexy. »Schönen Abend noch.«

Verlegen dreht er sich zur Seite und eilt zu Sara und Jocelyn, die schon mit ihren Sachen auf ihn warten, damit er sie zu ihren Gasteltern transportiert.

Ich gehe zu Zoey hinüber, die gerade ihr Handy wegsteckt.

»Ich habe meine Mutter angerufen, dass sie jetzt kommen und mich holen kann«, berichtet sie. »Die beiden waren von der Show ganz begeistert und lassen dich grüßen.« Sie umarmt mich und küsst mich auf die Wange. »Danke für diesen unmöglichen Auftritt«, flüstert sie mir ins Ohr. »Du bist die beste Freundin, die man sich nur wünschen kann.«

Fast fange ich an zu weinen. »Dito«, flüstere ich zurück. »Mach's gut und viel Spaß!«

»Danke. Und grüß die Maliks von mir.«

»Mach ich!«

Zoey geht zum Ausgang der Halle, in dessen Türrahmen schon ihre Mutter und ihr neuer Vater stehen und sie begrüßen. Ich freue mich so sehr für sie, wische mir wegen etwaig aufgestiegener Tränen über die Augen und sehe mich um. Papa steht ganz allein mit einem Champagnerglas in der Hand da. Ich durchquere schnell den Raum und stelle mich zu ihm.

Balthazar Little hat Mama beiseitegezogen und redet auf sie ein. Papa und ich beobachten interessiert die Szene. Inzwischen stehen wir beide völlig allein da, alle anderen haben sich zurückgezogen.

»Was besprechen die da?«, will ich wissen.

»Mal sehen, ob wir damit arbeiten können«, antwortet er rätselhaft.

Es dauert nur ein paar Minuten, bis die beiden zurückkehren.

»Was war denn das für ein konspiratives Gespräch?«, fragt Papa.

Mama zögert.

»Ist kein Geheimnis«, erklärt Balthazar.

»Mr Little …«

»Balthazar …«

»Balthazar hat mir das Angebot gemacht, als Designerin in seinem Mode-Imperium zu arbeiten.«

Papa zieht die Augenbrauen hoch. »Nur als Designerin? Balthazar, das ist nicht Ihr Ernst! Ich mache Ihnen einen Vorschlag. Lassen Sie uns darüber verhandeln. Was Sie brauchen, ist eine Chefdesignerin, die Sie entlastet und Ihre Ideen weiterentwickelt und umsetzt. Ihr

Sohn wird sowieso bald eine eigene Firma aufmachen, stimmt's? So jung er auch ist.«

Mama sieht Papa mit offenem Mund an. Balthazar zieht überrascht, aber interessiert die Augenbrauen hoch.

»Sie haben Nerven«, sagt er.

Gespannte Stille.

Wir sehen Balthazar erwartungsvoll an. In mir arbeitet es. Wenn er zustimmt, könnte das heißen, wir sind bald wieder alle zusammen? (Ich kann mir einfach nicht vorstellen, dass sich Papa in so einem Konstrukt keine Rolle zugedacht hat! Dafür ist er zu ausgebufft – wie er heute bei der Sache mit dem Gold erst wieder bewiesen hat.) Heißt das, mein Traum, vor dem ich immer ein bisschen Schiss hatte … wird wahr? Ich sehe Mama an, dass es auch bei ihr in diesem Moment klick gemacht hat. Zu meiner unendlichen Beruhigung sehe ich, dass sie Papa einen bewundernden Blick schenkt.

Immer noch Stille.

Balthazar greift hinter sich auf einen der Stehtische und nimmt eine der champagnergetränkten Servietten, die dort liegen. Dann zieht er einen Kugelschreiber aus der Jacke, schreibt etwas darauf und zeigt es meinen Eltern. Ich platze vor Neugier.

»Was ist das?«, will ich wissen.

»Ach, nur ein erster Vorvertragsentwurf«, antwortet mir Balthazar.

Papa zuckt mit den Schultern und sieht Mama erwartungsvoll an. Die schnappt sich die Serviette und unterschreibt mit ihrem Lippenstift, den sie an Papa weiterreicht. Der unterschreibt ebenfalls, ohne mit der Wimper zu zucken. Die sind derzeit alle schwer unzurechnungsfähig, denke ich. (Muss in der Familie liegen …)

Und jetzt? Mir ist, als würde ich gleich in Ohnmacht fallen. Tue ich aber nicht. Stattdessen fange ich an, mich langsam, aber nur ganz, ganz langsam zu freuen. Was wird das nur alles für Folgen haben? Papa grinst bis über beide Ohren. Ich bin hin- und hergerissen. Wird von einer feuchten, lippenstiftverschmierten Papierserviette etwa meine Familie wieder heil? Nach allem, was passiert ist? Ich weiß nicht mehr, was ich denken und fühlen soll. Und ist da nicht noch die Sache mit dem Fluch …?

»Ganz große Leistung, dieser Showauftritt«, sagt plötzlich jemand hinter mir.

Ich drehe mich um und sehe einen älteren Herrn im Smoking vor mir.

»Ganz meine Meinung«, sagt Eric, der hinter ihm auftaucht. »Darf ich vorstellen? Sir Waldo Winterbottom, Kurator.«

»Oh«, sage ich völlig überrumpelt. »Freut mich sehr.«

Er schüttelt mir die Hand. Eric küsst mich links und rechts auf die Wange. »Danke, du warst sensationell. Zoey auch. Von Ashley wollen wir nicht reden.« Er lacht und der Kurator bedeutet uns, ein paar Schritte zur Seite zu treten.

»Ich freue mich natürlich, Ihnen die Honours zu zeigen, Miss de Bruce«, sagt Sir Winterbottom mit gesenkter Stimme. »Ich kann gut verstehen, dass Sie sie einmal aus der Nähe sehen wollen. Darf ich Ihnen vorschlagen, dass wir uns morgen Früh um neun Uhr vor der Library treffen?«

»Das wäre fantastisch. Ganz fantastisch wäre das«, stammle ich. »Vielen Dank.«

»Gern geschehen. Meine Damen, meine Herren …« Er dreht sich um und geht würdevoll davon.

Ich sehe Eric verdutzt an. Der zuckt mit den Schultern. »Du hast deinen Part erfüllt, also tue ich dasselbe. Wir sehen uns morgen Früh.«

Ich falle ihm um den Hals.

Dann löst sich unsere Runde auf. Die beiden Littles verabschieden sich, und ich kann kaum fassen, dass ich morgen die Chance erhalte, meine Mission zu Ende zu bringen. Keine Bedrohung mehr, keine Attacken, kein Horror mehr. Ich werde die schottische Königskrone sehen (und ich werde sie auseinanderpflücken, das schwöre ich mir. Koste es, was es wolle!). Einen schöneren Abschluss dieses wundervollen Abends kann ich mir kaum vorstellen. Aber da habe ich die Rechnung offenbar ohne meine Eltern gemacht.

»Hör mal«, sagt Mama und sieht mich ganz seltsam an. »Papa hat sein altes Zimmer storniert und stattdessen eine Suite gemietet. Wir haben jede Menge zu besprechen, da kommt einiges auf uns zu, und es wäre gut, wenn du heute Nacht bei uns schläfst.«

Die beiden schlafen im selben Hotelzimmer?!

Hallooooooooo???

»Überraschung«, sagt Mama mit feinem Lächeln.

Papa ist zu seinem Honigkuchenpferd-Grinsen zurückgekehrt.

Ich gebe es auf, mich zu wundern, und freue mich einfach wie dumm. Ich umschlinge beide gleichzeitig und drücke sie ganz fest an mich. Da durchfährt es mich siedend heiß: Oh Gott, die Maliks, die warten doch auf mich! Ich bekomme ein mörderisch schlechtes Gewissen.

»Was ist?«, fragt Mama mich.

»Die Maliks«, antworte ich. »Es ist schon so spät. Ich muss ihnen Bescheid sagen. Wie peinlich ist das denn?«

»Ich hab's ihnen schon gesagt, auch das mit Zoey.« Papa klopft mir beruhigend auf die Schulter. »Keine Angst. Sie hatten Verständnis und lassen dich grüßen.«

Ich seufze erleichtert. »Dann ist ja alles gut«, murmle ich. Und wünsche mir so, so sehr, dass es tatsächlich so ist.

16. Kapitel

Die Suite, die Papa in dem Luxushotel in Mayfair gemietet hat, ist umwerfend. Alles in Braun- und Grüntönen gehalten, Vertäfelungen aus Edelholz an den Wänden, zum Teil Stofftapeten, das Bad mit Marmor verkleidet. Okay, Balthazar hat's ja. Für mich ist das absolutes Neuland, und ich staune über die Geräumigkeit der Suite mit ihren zwei großen Zimmern und einem kleineren, in dem ein Bett für mich steht. Das Ganze ist in warmes, gedämpftes Licht getaucht.

»Gefällt's dir?«, fragt Papa, als hätte er die Zimmerflucht extra für mich gebaut.

»Irre«, antworte ich.

Er schmunzelt zufrieden.

»Komm, Lisa, setz dich noch ein bisschen zu uns«, schlägt Mama vor.

Ich nehme neben Mama auf einem mit Samt bezogenen, hellbraunen Sofa Platz, während sich Papa in einen großen dunkelbraunen Sessel gegenüber sinken lässt.

Ein mehrere Quadratkilometer großer Flachbildschirmfernseher blickt freundlich auf uns herab.

»Da bist du platt«, konstatiert Papa und nimmt sein Grinsen wieder auf.

Mama legt den Arm um mich. »Wir wussten nicht, zu welchem Zeitpunkt wir dir von unseren Geschäftsplänen erzählen sollen«, erklärt sie. »Balthazar hat uns die Entscheidung abgenommen.«

»Und auch wenn das Geschäft mit ihm schiefgeht, wollen Melinda und ich es noch einmal zusammen versuchen«, ergänzt er.

»Und die Scheidungsklage?«, will ich wissen. (Ich hasse allein den Klang dieses Worts.)

»Die ist auf Eis gelegt«, antwortet Mama. Und fügt mit einem vielsagenden Blick in Papas Richtung »Erst mal« hinzu. Doch ich sehe, dass ein leichtes Lächeln auf ihren Lippen liegt.

Ich seufze erleichtert auf. Das hier fühlt sich gut an. Richtig gut.

Aber habe ich das verdient? Ich meine, der Fluch ist noch nicht gelöst und trotzdem zeigt sich ein Hoffnungsschimmer? Kann das sein? Ich beschließe, das Grübeln für heute Abend bleiben zu lassen, und nehme es als gutes Omen und als Ansporn, in meinen Anstrengungen nicht nachzulassen. (Schließlich springt da draußen noch immer Aurora herum. Dass sie bei der Modenschau war, zeigt mir ganz deutlich: Ich habe keinen Grund, mich entspannt zurückzulehnen.) Die beiden lächeln, sie ahnen ja nicht, wie schwer mich ihre Trennung in den letzten Monaten belastet hat. Oder vielleicht ahnen sie es doch? Ein Anflug von schlechtem Gewissen ist von ihren Gesichtern abzulesen.

»Und wie geht es jetzt weiter?«, frage ich.

»Ich habe eine Option auf ein Haus in Berlin. Darin sind unsere Wohnräume, aber auch Büroräume vorgesehen und unter dem Dach ein verglastes Atelier für Mama. Wir wären immer in deiner Nähe«, erzählt Papa.

»Paula freut sich schon«, fügt Mama hinzu.

Moment mal. Paula wusste es … *vor mir*?

»Sie hat mich vor ein paar Tagen angerufen und nach dir gefragt, weil du dich nicht mehr gemeldet hast«, erklärt Papa, dem mein grimmiger Blick offensichtlich nicht entgangen ist. »Sie hat mich kalt erwischt und ich wollte sie nicht anlügen«, fügt er entschuldigend hinzu.

Sofort überrollt mich das schlechte Gewissen. Ich habe Paula ganz schlimm vernachlässigt.

»Was meinst du, willst du es deinen Freundinnen in der Schule bald erzählen?«, fragt Mama behutsam. »Es könnte jetzt alles sehr schnell gehen.«

Ich ziehe ratlos die Schultern hoch. Mit einem Mal fühle ich mich ganz schrecklich. Es zieht in meinem Bauch, als ich an meine Freundinnen denke. Sie werden mir alle soooo sehr fehlen, vor allem Zoey, aber natürlich auch Sara und Jocelyn. Und dann schießt mir der Gedanke an Ben durch den Kopf. Ben. Der ist mir in den letzten Tagen irgendwie verloren gegangen. Wir hätten viel mehr miteinander reden müssen, damit wir nicht unter unseren Problemen begraben werden, und haben es nicht getan.

»Ich muss mit Ben sprechen«, sage ich.

Mama und Papa sehen einander an.

»Heute Abend jedenfalls nicht mehr«, meint Mama.

Nein. Heute nicht mehr, dazu bin ich zu erschöpft. Wahrscheinlich bin ich sogar zu müde, um einschlafen zu können.

»Ab ins Bett«, sagt Papa. »Zähneputzen fällt heute aus.«

»Du schon wieder«, kommentiert Mama spitz.

Oh nein, bitte nicht.

»Ich benutze deine Zahnbürste«, beeile ich mich, ihr zu versichern.

Mama nickt zufrieden. »Schlafsachen findest du auf dem Bett.«

Ich putze mir die Zähne und mache den Fehler, dabei in den Spiegel zu schauen. Meine Augenringe sehen schwer vampirmäßig aus. Ich wanke, so schnell es geht, in mein Schlafzimmer und ziehe mich um.

»Gute Nacht!«, »Schlaf schön!«, rufen meine Eltern, die in der offenen Tür stehen, und werfen mir Luftküsse zu.

Bevor mein Kopf das Kissen erreicht, bin ich schon weg.

»Lisa, aufwachen!«

Zuerst habe ich nicht die geringste Ahnung, wo ich mich befinde. Ich versuche mühsam, meine verklebten Augen zu öffnen, und taste verwirrt um mich. Mein erster Blick fällt auf Mamas Gesicht, die sich über mich beugt, dann erst begreife ich, dass ich mich im Hotel befinde. Wie viel Uhr ist es?, durchfährt es mich.

»Eric ist in der Hotellobby und will dich abholen«, sagt Mama und zieht die Vorhänge auf.

Der Kristall, die Krone, Sir Waldo Winterbottom! Fantastisch, Eric hat daran gedacht!

In Windeseile ziehe ich mich an. Mama drückt mir ein Croissant in die Hand und Papa lässt mich einen großen Schluck von dem frisch gepressten Orangensaft trinken, den sie sich mit dem Frühstück aufs Zimmer bestellt haben. Paradiesische Zustände, halte ich fest, bevor ich nach unten sause.

»Guten Morgen«, sagt Eric und gibt mir links und rechts Luftküsschen. »Schnell. Sir Waldo legt Wert auf Pünktlichkeit.«

Da fällt mir siedend heiß ein, dass ich mir keinerlei Plan zurechtgelegt habe. Ich habe keinen blassen Schimmer, wie ich eigentlich praktisch vorgehen soll, wenn ich vor der Krone stehe. Dabei lautet die alles entscheidende Frage: Wie kann ich den Glasstein aus der Krone brechen?

»Hast du ein Taschenmesser?« ist das Erstbeste, was mir einfällt.

»Jeder Junge hat ein Taschenmesser«, erklärt Eric. »Warum?«

»Nur so«, sage ich unschuldig.

Vor dem Hoteleingang betreten wir den roten Teppich, der zum Bordstein führt, wo Jerome schon lächelnd die Limousinentür zum Fond aufhält. Keine zehn Sekunden später startet er mit dem Wagen durch, dass die Reifen qualmen.

Es ist ein kristallklarer, kühler Morgen. Eric und ich gehen an den mächtigen Säulen der Burton Hall vorbei die Treppe hinauf, öffnen die massive Tür und betreten die Vorhalle des Gebäudes. Von der gestrigen Veranstaltung ist praktisch nichts mehr zu sehen, als hätten hier Tausende fleißiger Arbeitsbienen turbomäßig die letzte Nacht durchgearbeitet.

»Ist normal«, kommentiert Eric mein Erstaunen mit achselzuckender Lässigkeit.

Ich folge ihm durch hohe, breite Gänge treppauf und treppab, um einige Ecken herum bis zu einer imposanten Zwischenhalle, die mit historischen Gemäldeschinken in Goldrahmen geschmückt ist, auf denen sich diverse Heerscharen in Rüstungen die Schädel spalten. Über einer gigantischen doppelflügligen Holztür prangt in goldenen Buchstaben der Namenszug *Burton Library*. Vor der Tür steht Sir Waldo Winterbottom, der in all dieser überquellenden Pracht plötzlich winzig wirkt. Er schaut auf die Uhr, als er uns sieht, das tue ich reflexartig ebenfalls und stelle voller Genugtuung fest, dass wir eine halbe Minute zu früh sind.

»Guten Morgen!«, schmettert Sir Waldo uns entgegen.

»Guten Morgen, Sir!«, schmettern wir zurück.

Während Sir Waldo einen Riesenschlüssel aus seinem Aktenkoffer holt, drehe ich mich um, weil ich das Gefühl habe, dass mir mal wieder jemand folgt. Gleichzeitig spüre ich das Medaillon auf der Haut warm werden. Ich schließe die Augen und atme tief durch. Aurora! Ich bleibe wie angewurzelt stehen. Die Hexe aller Hexen ist zurück. Wo ist sie? Ich drehe mich nach allen Seiten um, kann sie aber nirgendwo entdecken.

»Lisa? Was ist?«, ruft Eric, der inzwischen mit dem Kurator durch die geöffnete Tür in den nächsten Saal getreten ist.

Schnell schicke ich noch eine SMS an Zoey und laufe los, während ich mich noch einmal gründlich umschaue. Die Professorin ist nirgends zu sehen. Was mich nicht unbedingt beruhigt.

Sir Waldo Winterbottom führt uns durch den Saal, dessen Wände verglaste, antike Bücherschränke zieren, die bis zur Decke reichen, und schließt die nächste Tür auf, die von weiteren Bücherschränken umrahmt wird. Wir folgen ihm durch einen Gang (links und rechts bis zur Decke Bücherregale, Master de Burgh lässt grüßen) und er öffnet die Tür zu einem weiteren Saal.

»Hier im Lord-Burton-Saal werden die Kronjuwelen

präsentiert werden«, erläutert Sir Waldo und macht eine stolze Handbewegung, die den gesamten Raum umfasst. Er wird von historischen Nachbildungen roter Löwen dominiert, deren Skulpturen um einen leeren Kasten aus Glas stehen.

»Die Löwen erinnern an das Wappen Schottlands«, sagt Sir Waldo und wendet sich mir zu. »Und natürlich an das des Clans Bruce. Jetzt fehlt allerdings die richtige Ausstellungsbeleuchtung, mit Spots und indirektem Licht, Sie verstehen. Da hinten haben wir zu Ehren Englands aber auch einen goldenen Löwen aufgestellt. Nur echt mit der blauen Zunge, was?«

Er kichert fröhlich. Ich lache mit ihm. Ich kann mir gut vorstellen, dass dies eine sehr eindrucksvolle Ausstellung wird.

»Und nun zu den Honours. Kommen Sie.«

Sir Waldo führt Eric und mich durch den Ausstellungsraum hindurch zu einer weiteren Tür, wo er einen Sicherheitsschlüssel hervorholt, der mit seinen nach allen Seiten abstehenden Bärten ziemlich kompliziert aussieht. Hinter der Tür öffnet sich ein weiß gekalkter Gang, der zu einer Treppe führt. Die gehen wir hinunter und gelangen in einen Kellerraum (mir ist schon ganz schwindlig vor lauter Gängen, Sälen und Türen). Vor einer schweren Stahltür bleiben wir stehen. Muss ich erwähnen, dass sie mit einem elektronischen Schloss gesichert ist?

»Dem Schloss gebe ich zur Sicherung täglich einen

neuen elektronischen Code«, erläutert Sir Waldo und tippt eine Zahlenkombination ein. Welche das ist, kann ich nicht erkennen, da alles rasend schnell geht. Die Tür öffnet sich mit einem Klick und einem Seufzer, als wäre der Raum dahinter froh, Sauerstoff zu bekommen.

»Bitte sehr«, sagt Sir Waldo mit einer einladenden Handbewegung.

Eric und ich treten in das Kellergewölbe ein. Auf einem antiken Tisch ist ein Glaskasten aufgebaut. Da das Licht sehr matt ist, muss ich genau hinsehen. In dem durchsichtigen Kasten liegen sie, die schottischen Kronjuwelen. Ich halte die Luft an, sie sind wahrhaft atemberaubend. Ich sehe mich zu Eric um, der hinter mir steht. Auch er ist tief beeindruckt.

»Darf ich?«, frage ich und deute auf den Glaskasten, während meine Nerven anfangen, wie wild zu flattern.

Sir Waldo nickt. »Das elektrische Warnsystem wird erst in der Ausstellungshalle aktiviert. Es wird eine Schutzzone von zwei Metern um die Kronjuwelen geben.«

Ich gehe ganz nah an den Glaskasten heran und versuche herauszufinden, welcher der Kristalle derjenige aus Glas sein könnte. Mit bloßem Auge ist es für mich nicht zu erkennen. Nicht gut. Ich gehe einmal um den Glaskasten herum und nähere mich der Krone. Müsste nicht mein Kristall anfangen zu leuchten? Müssten seine drei Gegenstücke nicht reagieren? Als ich noch näher herangehe, wirft Sir Waldo mir einen misstrauischen Blick zu. Ich bleibe stocksteif stehen und beobachte die Kristalle. Und dann spüre ich plötzlich, wie sich das Medaillon auf meiner Brust erwärmt. Und ja! Drei der Kristalle in der Krone beginnen, verhalten ihre Farbe zu verändern. Es ist tatsächlich ein sanfter Schimmer auf ihnen zu sehen.

»Wunderschön, überwältigend«, sage ich, während ich fieberhaft überlege, wie ich nun weiter vorgehen soll. Mir ist klar: Solange Sir Waldo mit im Raum ist, brauche ich gar nicht erst zu versuchen, mich an die Kristalle heranzumachen. So viel zu meinem Schwur, die Krone um jeden Preis auseinanderzunehmen, sobald ich einmal vor ihr stehe …

»Ich fühle mich meinem Vorfahren unvorstellbar nah«, füge ich pflichtschuldig hinzu und lasse mir meine Enttäuschung nicht anmerken.

Ich sehe zu Sir Waldo auf, der verständnisinnig lächelt.

»Danke«, sage ich und meine es auch wirklich so. »Ich weiß gar nicht, wie ich Ihnen danken kann.«

»Ihre leuchtenden Augen sind mir Dank genug«, erklärt Sir Waldo väterlich. »Ich weiß, dass ich eine gute Tat getan habe.«

Auch Eric bedankt sich überschwänglich.

»Gern geschehen«, sagt Sir Waldo. Aber jetzt müssen wir gehen. Und bitte, erzählen Sie niemandem von unserer kleinen Privatführung.«

»Selbstverständlich nicht! Wir werden schweigen wie ein Grab«, beeile ich mich, ihm zu versichern.

Er verschließt den Kellerraum mit dem Sicherheitscode, den er wieder verdeckt vor mir eingibt. Dann verlassen wir den Ausstellungs- und Bibliothekstrakt. In der Vorhalle verabschieden wir uns von Sir Waldo mit ehrerbietigen Verbeugungen.

»Können wir sprechen?«, frage ich Eric, sobald wir alleine sind. »Ich kenne im Zwischengeschoss einen geeigneten Ort. Zoey wartet vermutlich schon auf uns. Ich habe sie gebeten, zu uns zu stoßen.«

Eric zieht überrascht die Augenbrauen hoch und folgt mir zu meiner kleinen Palmenoase, die ich schon lieb gewonnen habe für heimliche Gespräche aller Art. Da sitzt, wie verabredet, Zoey auf einem der Sessel. Sie springt auf.

»Und? Wie war's?«, ruft sie.

»Im Prinzip sehr schön«, antworte ich.

»Du hast sie nicht in die Finger gekriegt«, schlussfolgert sie messerscharf.

»Ich weiß nicht, was ich mir dabei gedacht habe«, antworte ich stöhnend und lasse mich in einen der Sessel plumpsen.

Eric sieht uns verwirrt an. »Könnt ihr mir mal verraten, was hier gespielt wird?«

Ich werfe sichernde Blicke um mich. »Setzt euch. Das muss keiner hören.«

Eric schiebt noch einen Sessel hinzu und schon stecken wir verschwörermäßig die Köpfe zusammen.

»Also, ich habe ja verstanden, dass du die Krone einmal anfassen wolltest«, sagt Eric. »Aber warum? Ich kapier's nicht.«

»Sie will irgendwie an ihr herumfummeln«, erklärt Zoey lässig.

Ich verdrehe die Augen. »So, wie du das formulierst, klingt es, als wollte ich sie kaputtmachen. Das Gegenteil ist der Fall. Ich will etwas in die Krone zurücktun, was hineingehört.« Verständnislos Blicke. Auch keine Überraschung. »Ich weiß, das klingt verrückt, aber ich will euch nicht mit all den komplizierten Hintergründen behelligen. Diese Krone wurde von Robert dem Ersten, König von Schottland, getragen. Er entstammte dem Clan der Bruce, genau wie ich, und ich habe die Aufgabe …«

»… die Krone zu reparieren, die er kaputtgemacht hat«, ergänzt Zoey.

»Mach dich nur lustig.« Ich schaue sie böse an.

Eric grinst. Und hört nicht mehr auf damit. Die haben gut lachen, sie sitzen ja auch nicht bis zum Hals in der Tinte.

»Was?«, frage ich giftig. »Ihr müsst euch keine Sorgen machen, dass ich Amok laufe und mir die Krone unter den Nagel reiße. Schließlich kann ich gar nicht wieder rein in das Kellergewölbe. Ich habe nicht mal die Kombination mitbekommen.«

Eric grinst immer noch.

»Ich schon«, teilt er trocken mit. »Hör mal, auch wenn ich mich auf diese total abgedrehte Geschichte einlassen würde, was ich total abartig fände: Du hast meine ganze Sympathie.«

»Schön. Dann können wir ja jetzt unserer Wege gehen und das Ganze vergessen«, murmle ich enttäuscht und springe auf. »War nett, dich kennenzulernen.«

»Ist die immer so?« Eric sieht Zoey irritiert an.

»Jede Sekunde ihres Lebens«, bestätigt Zoey. »Morgens, mittags und abends. Besonders nachts. Ganz besonders im Schlaf.«

»Ihr könnt mich mal kreuzweise«, zische ich wütend und weiß plötzlich wieder, weshalb ich bislang niemanden in die Geschichte eingeweiht habe. Ich weiß, ich dürfte nicht die Beherrschung verlieren, aber die ist mir einfach komplett abhandengekommen.

Eric seufzt und klopft auf den Sitz meines Sessels. »Setz dich«, sagt er.

»Warum?«

»Setz dich einfach«, fordert er mich auf. »Hör zu. Du brauchst mir überhaupt nichts zu erzählen. Weißt du, warum ich dir trotzdem helfen werde?« Jetzt bin ich völlig verwirrt. »Wegen deiner rehbraunen Augen.«

Zoey kugelt sich vor Lachen, und ich überlege mir ernsthaft, ihr die Freundschaft zu kündigen.

»Nein, im Ernst«, sagt Eric. »Entschuldige. Ich will nur sagen, ich vertraue dir, das ist alles.«

Ich sehe ihn lange an und beschließe, meinen Gemütszustand als beleidigte Leberwurst aufzugeben und mich wieder zu setzen.

»Okay. Aber selbst wenn du den Code kennst, was ich für unwahrscheinlich halte, du hast die Schlüssel für all die verschlossenen Türen nicht.«

»Und ob ich die habe«, sagt er. »Oder besser: Ich habe den Generalschlüssel. Der Assistent meines Vaters, der für die Organisation des vergangenen Events zuständig war, hat ihn mir gestern Abend mit der Bitte in die Hand gedrückt, ihn an seiner Stelle zurückgegeben, weil er heute ganz früh nach New York weitermusste. Und ich muss ihn erst am Abend abliefern.«

Ich starre ihn mit offenem Mund an. Meint er das ernst, dass er mir bei der Erfüllung meiner Mission helfen will?

Zoey feixt vor sich hin. »Weihnachten, Ostern und Geburtstag an einem Tag. Wo bleiben die Geigen?«

Meine Zoey, was wäre ich nur ohne sie? Sie ist die einzig Wahre und das hier werde ich ihr nie vergessen!

»Noch ein Wort«, drohe ich ihr, »und ich breche dir dein makelloses Nasenbein!«

Sie wirft die Hände in die Luft. »Wehe! Was wird denn dann aus meiner Modelkarriere?«

Ich versuche, mich zu konzentrieren und Zoeys grenzwertig gute Laune zu ignorieren.

»Sir Waldo hat die Eingabe des Zahlencodes mit seinem ganzen Körper verdeckt. Ich habe nur seinen Rücken gesehen«, wende ich mich an Eric.

Er nickt. »Ich weiß. Du hast fast direkt hinter ihm gestanden, aber ich habe mich bewusst ein Stück seitlich von ihm positioniert. Erinnerst du dich? Aus rein sportlichen Gründen, um zu sehen, ob ich den Code mitkriegen kann«, fügt er grinsend hinzu.

»Und?«

»Er hat es mir sehr einfach gemacht. Schon nach den ersten beiden Zahlen wusste ich Bescheid«, sagt Eric und wirft mir einen triumphierenden Blick zu.

»Wieso das denn?«

»Es ist ganz einfach. Sir Waldo Winterbottom ist ein britischer Nationalchauvinist, das wusste ich. Er hat einen Tag aus der britischen Geschichte gewählt, den ich in der Schule bis zum Erbrechen eingeschärft bekommen habe. Er hat das Datum der Vereinigung von Schottland und England genommen.«

»Den 1.5.1707«, murmle ich, und Eric nickt.

Zoey ist unserem Dialog mit immer befremdlicheren Blicken gefolgt. Sie schüttelt den Kopf. Ich könnte Eric küssen, unterlasse es aber nach einem Blick in Zoeys Richtung, die nun interessanterweise mich mit Anzeichen drohender körperlicher Gewalt bedenkt.

»Du bist ein Genie!«, stoße ich hervor.

»Jetzt wollen wir mal nicht übertreiben.« Er grinst und erhebt sich von seinem Sessel. Stirnrunzelnd sehe ich zu ihm auf. Zoey folgt meinem Beispiel.

»Worauf warten wir noch?«, fragt er.

Als hätte er sich auf den Moment vorbereitet, führt Eric uns zielstrebig zurück zur Library. Wir beschreiten denselben Weg noch einmal. Schon als wir vor der verschlossenen Bücherei stehen, werde ich nervös.

»Was ist los?«, fragt Zoey.

Ich schüttle den Kopf. Ich will sie nicht auch noch beunruhigen mit meinen Befürchtungen, dass im nächsten Moment Aurora Lequeer um die Ecke rasen könnte, um mir den Garaus zu machen und den Kristall abzunehmen. Was dann passiert, möchte ich mir nicht ausmalen. Aber seit wir im Keller unten waren, habe ich keinerlei Veränderung an dem Kristall mehr gespürt. Er hängt ruhig in dem Medaillon um meinen Hals und macht keinen Mucks. Ich bete, dass alles gut geht, aber ich muss mit allem rechnen. Jetzt nur die Ruhe bewahren!

»Seid ihr so weit?«, fragt Eric besorgt.

Klar, er ist sich bewusst, dass er den Generalschlüssel missbraucht. Auch er muss aufpassen.

Wir durchqueren die Library, die diversen Gänge und Vorräume ohne Zwischenfall und gelangen schließlich zu dem Raum, vor dem uns das elektronische Zahlenschloss anstarrt. Jetzt geht's ans Eingemachte, denke ich. Vielleicht sollten wir Sicherheitsvorkehrungen treffen, für den Fall, dass uns doch jemand auf den Fersen ist?

»Zoey?«, sage ich. »Könntest du dich ans Ende der Treppe postieren, um uns zu warnen, falls doch jemand hier runterkommt? Irgendein Wächter, der einen Routine-Check macht, oder so?«

»Lisa hat recht.« Auch auf Erics Stirn stehen inzwischen Schweißperlen.

»Wenn ihr meint?« Zoey dreht sich lässig um, geht ein Stück den Gang zurück und bringt sich in Position.

Eric atmet tief durch. »Okay. Showtime. Wollen wir mal hoffen, dass nicht jemand zwischendurch den Code geändert hat.«

Er tippt die Zahl ein.

Mörderische Sekunden der Spannung verstreichen.

Bitte, bitte! Das hier darf nicht schiefgehen.

Dann, endlich, *klick!* Die Tür öffnet sich. Ich vergewissere mich, dass Zoey auftragsgemäß weiter Schmiere steht. Wenn Aurora zuschlagen will, wird sie es jetzt tun, denke ich panisch. Wenn sie kommt, kommt sie, solange die Tür zur Krone offen ist. Das ist ihre Chance.

»Wenn oben an der Treppe eine alte Frau auftaucht, schlägst du sofort Alarm, okay? Das ist keine Putzfrau oder so, okay?«

Zoey sieht mich an, als hätte ich sie nicht mehr alle.

»Schmal, durchgeistigt, leicht skurril«, ergänze ich. »Die Butterhexe, du weißt schon.«

»Oh. Okay.« Zoey macht große Augen und wendet ihren Blick sofort wieder der Treppe zu.

Ich betrete mit Eric das Kellergewölbe. Er knipst die Deckenlampe an, die ein kaltes, helles Licht auf den Glaskasten mit den Kronjuwelen wirft. Trotz der lieblosen Beleuchtung erstrahlen die Juwelen in majestätischem Glanz. Mit ehrfurchtsvollem Blick starre ich sie an.

»Los, wir dürfen uns nicht viel Zeit lassen!«, fordert Eric mich auf. »Was müssen wir tun? Was hast du vor?«

»Die Glasglocke«, sage ich.

»Runter?«

Ich nicke. Gemeinsam heben Eric und ich vorsichtig die schwere Glocke über der Krone hoch und stellen sie auf einem Tisch ab, der seitlich davon steht. Eric macht einen Schritt zurück und beobachtet mich. Ich beuge mich über die Krone, die nun ungeschützt vor mir liegt, und berühre sie leicht mit den Fingerspitzen. Ein Gefühl wie von einem elektrischen Schlag strömt durch meinen Körper. Ich gehe um die Krone herum und beuge mich immer wieder zu ihr herunter, um die Edelsteine genauer zu untersuchen. Ich spüre, wie mein Medaillon langsam beginnt, sich zu erwärmen.

Plötzlich ein Schrei. Ich fahre herum. Mein Herz bleibt stehen. Ich sehe Eric an, der erstarrt ist. Sein Gesicht ist so weiß, als würde er gleich aus den Schuhen kippen.

»Zoey?!«, rufe ich gedämpft und versuche, meinen rasenden Puls zu normalisieren.

Die Krone ist einem Angriff schutzlos ausgeliefert. Ist der Moment der Katastrophe gekommen? Greift Aurora jetzt an?

»Zoey!! Was ist los?!«

Zoey streckt den Kopf zur Tür herein. »Igitt, Leute!«, flüstert sie. »Eine Riesenkakerlake! So groß!«

Sie zeigt mit Daumen und Zeigefinger eine Länge von gut zehn Zentimetern an.

»Bist du wahnsinnig?!«, fauche ich sie an. »So was gibt's hier gar nicht. Kümmer dich um Eindringlinge! Kümmer dich um eine echte Gefahr! Das hier ist kein Spaß!«

»Ach so?«, meint sie unschuldig. »Ich bin nicht zum Spaß hier?«

Ich bringe sie um, ich glaube, ich bringe sie um. Auch Eric hat einen mörderischen Blick drauf, der Bände spricht. Ich nicke ihm zu. Wir müssen das jetzt schnell durchziehen. Er nickt grimmig zurück. Zoey betrachtet uns noch einen Moment, dann zieht sie ihren Kopf hastig zurück. Ich denke, sie hat den Ernst der Lage endlich begriffen.

Eric und ich wenden uns wieder der Krone zu. Ich gehe langsam noch einmal um sie herum. Ich konzentriere mich und die Welt um mich versinkt. Dann schließe ich bewusst die Augen und atme, so ruhig es geht. Das Medaillon auf meiner Brust scheint zu pulsieren. Die Wärme, die von dem Kristall ausgeht, ist nun deutlich zu spüren.

Als ich die Augen wieder öffne, sehe ich nur noch die Edelsteine. Ich hole das Medaillon hervor und halte es behutsam über die Krone. Die weißen Steine beginnen rötlich zu schimmern. Innerlich juble ich. Ja, sie schimmern! Sie kennen einander, sie gehören zusammen! Aber es sind nur drei, die ihre Farbe verändern. Der vierte bleibt stumpf.

Ich drehe mich zu Eric um.

»Der ist es«, sage ich.

Eric nickt. »Es ist unfassbar«, flüstert er aufgeregt. »Wie hast du das gemacht?«

»Erklär ich dir später«, antworte ich ausweichend und deute auf den Glasstein. »Los, hilf mir. Dein Taschenmesser!«

Eric holt sein Taschenmesser heraus und löst vorsichtig den Stein aus seiner goldenen Fassung. Ich klappe mein Medaillon auf und entnehme meinen Bergkristall. Aus irgendeinem Grund drängt es mich, ihn zu küssen, für Mama, für Oma Judith. Ich führe den Kristall an meine Lippen. Für den Bruchteil einer Sekunde flackert ein Licht in ihm auf. Ich blicke lächelnd zu Eric, der mich mit fasziniertem Blick beobachtet. Mit zitternden Fingern füge ich den Kristall in die Fassung ein, in der sich der Glasstein befunden hat. Eric befestigt ihn mit der Messerklinge in der Fassung. Und dann passiert etwas Unglaubliches. Ein bisschen fühle ich mich an Auroras Höhle erinnert. Gleißendes Licht, das gleichzeitig aus den vier Kristallen hervorbricht, überstrahlt den gesamten Raum. Ich meine, ein sphärisches Klingen zu hören, und bekomme weiche Knie. Fasziniert drehe ich mich um und sehe, dass auch Eric blass geworden ist.

Ich kann nicht mehr sprechen. Meine Lippen formen ein stummes »Danke«.

Mir wird bewusst, dass dies die letzten Sekunden sind, in denen Aurora eine Attacke fahren kann, um die Kristalle in ihren Besitz zu bringen.

Ich stehe still da und lausche, höre aber keinerlei Geräusch, woher auch immer. Es herrscht Totenstille. Auch Eric hält gebannt inne. Nein. Es geschieht nichts. Aurora rührt sich nicht. Warum nur? Warum?

»Weiter«, flüstere ich. »Schnell weiter.«

Wir heben den Glassturz ganz langsam wieder über die Krone. Dann treten wir einen Schritt zurück und betrachten die Kronjuwelen noch einmal in all ihrer Pracht. Ein herrliches Bild, das Frieden ausstrahlt. Ich muss unwillkürlich lächeln und mein Körper entspannt sich allmählich. Eric und ich werfen uns einen triumphierenden Blick zu. Geschafft. Wir machen, dass wir aus dem Raum kommen.

»Endlich!«, zischt Zoey uns an, die inzwischen ebenso vor Anspannung vibriert wie wir.

Schnell verschließt Eric die Tür, die mit einem satten Seufzer zufällt. Ich fahre herum und blicke den Gang hinunter. Still liegt der Korridor vor mir. Kein Laut, keine Bewegung. Ich wende mich Eric zu. Er tippt das historische Datum in das elektronische Schloss ein. Das Datum, das den Frieden bringt. Irgendwie ironisch. Aber Schottland und England kann es nur recht sein, egal wie man zu ihrem Konflikt steht. Der Code leuchtet kurz auf dem kleinen Display auf und erlischt dann.

Es ist getan.

Meine Mission ist erfüllt.

Meine Augen füllen sich mit Tränen. Zoey nimmt

mich wortlos in den Arm. Ich sehe, dass auch ihre Augen feucht geworden sind.

»Wir müssen los«, bittet uns Eric. Sein Tonfall ist drängend.

Wir zögern nicht, sondern rennen alle den Flur entlang und die Treppe hoch, als wäre der Teufel persönlich hinter uns her. Wir rasen durch die Gänge und durch die Räume, ohne hinter uns zu sehen. Nur raus hier.

Als wir die Vorhalle der Burton Hall erreichen, halte ich abrupt inne. Nein, das kann nicht sein. Träume ich?

17. Kapitel

Ich vergesse alles um mich herum, auch Zoey und Eric, und starre nur noch auf die turbulente Szene, die sich am Ausgang abspielt. Vier kleinwüchsige Gestalten halten eine fünfte Gestalt am Boden nieder. Eine sechste wacht im Halbdunkel des Hintergrunds über das Geschehen.

Ich kneife die Augen zusammen und konzentriere mich auf die Person am Boden. Da ist sie. Da ist Aurora Beatrix Lequeer, der es nicht gelingt, sich den starken Armen ihrer Bezwinger zu entwinden. *Deshalb* konnte sie nicht zu uns und der Krone vordringen. Sie hat es versucht, wurde aber daran gehindert!

An ihren Gliedmaßen hängen vier kräftige kleine Gestalten, die kein Pardon kennen. Ich zwinkere ein paar Mal, aber das Bild bleibt dasselbe.

Ich fasse es nicht!

Jim, Jack, John und Joe, die doppelten Zwillinge aus Edinburgh, die glorreichen Vierlinge aus dem schönen

Schottland, die Hüter der vier Bergkristalle, die knautschigen Retter der Krone, sie haben uns gerettet!

Und die sechste Gestalt, im wehenden dunklen Mantel, die jetzt kurz aus dem Schatten hervortritt und mir zulächelt, ist … Rose. Es ist tatsächlich Rose. Sie hebt die Hand und für einen Moment habe ich den Eindruck, dass sie Aurora jetzt einfach mal eine saftige Ohrfeige verpasst. Tut sie aber nicht. Die Geste wird zu einem eleganten Abschiedsgruß, der den Knautschis, aber auch mir gilt.

»Beannachd leat!«, ruft Rose, wirft ihren Mantel um sich und verschmilzt mit dem Licht des Tages.

»Beannachd leat«, rufen auch meine vierfachen Freunde und zu mir gewandt: »Leb wohl, mach's gut, bis bald!«

Wieder was Schottisches gelernt, denke ich. Aber heißt das nun »Lebe wohl!« oder »Bis bald!«? Werde ich Rose und die vier Jungs bald wiedersehen?

»Beannachd leat!«, versuche ich, den Ruf so sauber wie möglich nachzugestalten.

Meine knautschigen Freunde lachen und halten die gescheiterte Rächerin von Janet Horne eisern fest, die sich noch immer mit wilden Bewegungen gegen ihre Gefangenschaft wehrt.

Wie eine Gewichthebergruppe stemmen sie Prof. Dr. Dr. Aurora Beatrix Lequeer gekonnt über ihre Köpfe und winken mir mit der freien Hand zu, als hätten sie mit diesem kuriosen Kraftakt die Goldmedaille gewonnen. Haben sie ja irgendwie auch. Aurora tobt hilflos vor sich hin, weil sie sich der Lächerlichkeit ihrer Position wohl bewusst ist, und ergibt sich schließlich in ihr Schicksal.

»Danke!«, rufe ich und werfe den Jungs aus der Ferne vier gezielte Kusshände zu. Sie verbeugen sich mitsamt ihrer Last und werfen Kusshände zurück. Dann verschwinden auch sie nach draußen, wo garantiert zwei Tandems auf sie warten. Den Transport möchte ich sehen. Wo werden sie Aurora wohl hinbringen? Hoffentlich an einen Ort, von dem sie nie mehr entkommen kann! Dafür werden die vier sicherlich sorgen. Die Hüter des Kristalls.

Hinter mir spüre ich einen Luftzug und drehe mich um. Eric tritt mit Zoey auf mich zu. Er sieht mich ganz merkwürdig an. Zoey zupft mich am Ärmel.

»Hallo?«, ruft sie. »Hallooo? Erde an Lisa. Kannst du mich hören?«

»Klar und deutlich«, antworte ich. »Wieso?«

»Du warst nicht ganz bei dir«, erklärt Zoey. »Geschweige denn bei uns. Wo warst du? Hast du mal wieder Gespenster gesehen? Und wem hast du da eben Kusshände zugeworfen?«

Auweia, da ist meine Vorstellungskraft wohl mal wieder mit mir durchgegangen. Aber, was soll ich sagen, es hat mir gefallen. Inzwischen ist mir gleichgültig, was Wirklichkeit ist und was Fantasie. Ich habe es geschafft. Ich habe meine Mission erfüllt, alles andere ist mir egal.

Nein, nicht alles. Ich möchte Rose wiedersehen, die mir einiges erklären muss.

»Hallooo?«, macht Zoey wieder.

»Was willst du?«, frage ich. »Ich bin doch bei euch.«

»Sagst *du*«, meint Zoey.

Eric stellt sich vor mich hin, als müsste er mir den Weg versperren. »Hier, als Erinnerung«, sagt er und drückt mir den Glasstein in die Hand, den er für mich aus der Krone gelöst hat. »Dass ich mal dabei sein würde, wie Geschichte gemacht wird … Wahnsinn.«

»Es ist mehr als das«, sage ich.

Und hoffe insgeheim, dass das stimmt. Ja, meine Mission ist erfüllt – aber hilft das auch wirklich, den Fluch aufzulösen? Woran merke ich das?

In diesem Moment fliegt hinter uns krachend die Tür zu einem der Konferenzsäle auf, die von der Halle abgehen. Eine Gruppe von Menschen strömt heraus und bewegt sich auf uns zu. Allen voran Balthazar, dann folgen Mama und Papa, Leonard Ashton, Martin und Mrs Wardour. Sie sehen ohne Ausnahme ein wenig zerzaust aus, als hätten sie anstrengende Gespräche und eine gehörige Portion Zoff hinter sich.

»Da seid ihr ja!«, ruft Balthazar fröhlich, als er uns entdeckt. »Schön, dass ich euch sehe. Vor fünf Minuten hatten wir den Durchbruch bei unseren Geschäftsverhandlungen. Es war magisch. Nun ist alles geregelt.«

Ich sehe Mama und Papa an, die mir zunicken und einen ganz zufriedenen Eindruck machen.

Balthazar sieht hektisch auf die Uhr. »Oh, schon so spät. Eric, wir müssen noch Arrangements für den Nachmittag treffen, komm. Zoey bitte auch.«

Zoey zeigt stumm mit dem Zeigefinger auf sich und macht ein fragendes Gesicht.

»Ich brauche dich«, fährt Balthazar fort. »Ich habe darum gebeten, dass alle Lehrer und Schüler der Fultonthorpe Grammar School sich noch einmal um 16 Uhr in der Burton Hall versammeln. Wir sehen uns später. Bis dann!«

Er fasst Eric und Zoey an der Schulter und scheucht sie zum Ausgang. Zoey sieht sich verblüfft zu uns um, während Eric sich einfach in sein Schicksal fügt. Er ist das wohl schon gewöhnt. Er fasst Zoey an der Hand und zieht sie seinem Vater hinterher.

Starker Abgang.

Den nächsten Abgang macht Leonard Ashton, der sich nicht anmerken lässt, wie ihm ums Herz ist. Falls er so etwas überhaupt besitzt. Er sollte Profi-Pokerspieler werden.

»Bis nachher«, sagt er knapp und folgt den dreien in gebührendem Abstand.

»Was ist passiert?«, will ich wissen.

»Ach, wir haben nur mal eben die Welt der Mode neu geordnet«, erklärt Papa grinsend.

»Ich werde Balthazar Littles Chefdesignerin«, berichtet Mama.

»Sie gibt in jeder Saison die neue Modelinie mit eigenen Entwürfen vor und befehligt eine internationale Designertruppe, von Berlin über Paris bis Singapur.«

»Berlin?«, frage ich mit großen Augen.

»Berlin«, bestätigt Mama. »Es wird dort einen zentralen kreativen Standort des Imperiums von Balthazar Little geben.«

»Und einen für die Steuerung der internationalen Fertigung. Das übernehme ich«, fügt Papa hinzu.

»In Berlin.«

»In Berlin.«

Alles ist wahr.

Martin und Mrs Wardour treten auf mich zu.

»Mr Ashton und ich haben mit Mr Little einen Deal gemacht, dass Balthazar alle Barkers-Filialen nur aus der Fertigung beliefert, die wir in York betreiben«, berichtet Martin. »Mehr brauche ich nicht.« Ein Lächeln tritt auf seine Lippen, das irgendwo zwischen Wehmut, Schmerz und Zuversicht angesiedelt ist. »Das ging mir alles viel zu schnell voran mit unserer Stardesignerin«, meint er und wirft einen Blick auf Mama, der mich erkennen lässt: Er hat sie wirklich geliebt. Und es fällt ihm schwer, sie ziehen zu lassen. Er nimmt mich in den Arm. »Pass gut auf Melinda auf, hörst du?«

Ich nicke – und sehe über seine Schulter hinweg, wie Mama lächelt.

»Es ist mir selbst unheimlich, wie rasend schnell sich alles verändert hat«, gesteht sie.

»Manchmal muss man eben ganz neu anfangen«, wirft

Mrs Wardour ein und hakt sich fröhlich bei Martin unter. Der nickt ein letztes Mal in die Runde und verabschiedet sich.

Ich sehe den beiden verblüfft hinterher, wie sie in Richtung Ausgang verschwinden.

Wow. Ob das alles der Auflösung des Fluchs zuzuschreiben ist? Und was bedeutet das für Ben und mich?

»Ich habe Ben angerufen«, sagt Mama in dem Moment. (Habe ich schon mal erwähnt, dass sie Gedanken lesen kann?) »Du wolltest doch mit ihm sprechen.«

»Ja, sicher«, antworte ich zögernd.

»Walter, komm, wir haben noch einiges zu regeln«, fordert sie Papa auf, der nickt und an ihrer Seite ebenfalls dem Ausgang zustrebt. »Wir sehen uns später«, ruft er mir noch über die Schulter zu.

Ich schaue verwirrt drein. Dann begreife ich. Denn aus den Schatten der Halle taucht plötzlich Ben auf, der mit langen, ruhigen Schritten auf mich zukommt.

»Zeit zu reden«, meint er.

Ich nicke. Er hat ja so recht. Aber wo, frage ich mich.

»Trafalgar Square«, sage ich und weiß nicht, woher dieser Gedanke gekommen ist.

»Trafalgar Square?« Ben sieht mich skeptisch an. »Es regnet.«

»Macht nichts, das hier ist London. Da regnet's eben.«

Aus irgendeinem Grund bin ich sicher, dass es der Trafalgar Square sein muss. »Komm, ist nicht weit von hier.«

Es hat tatsächlich angefangen, leicht zu nieseln. Ben legt den Arm schützend um mich, und so wandern wir die vor Nässe glänzenden Straßen hinunter, bis sich vor uns der gigantische Platz öffnet. Es sind kaum Leute unterwegs und der Verkehr fließt an diesem frühen Samstagnachmittag ganz gemächlich vor sich hin.

Wir sehen uns die wuchtigen klassischen Gebäude an den Seiten des riesigen Platzes an und das Denkmal von Admiral Nelson, das eindrucksvoll in den Himmel ragt. Vier große bronzene Löwen umringen das Podest des Denkmals. Unter einem von ihnen bleiben wir stehen. Wir sehen einander in die Augen. Ach, diese strahlenden, warmen blauen Augen …

»Du gehst weg«, sagt Ben. »Du gehst zurück nach Deutschland.«

Ich nicke.

»Es tut weh.«

»Es hat die ganze Zeit wehgetan«, sage ich und denke an die wenigen unbeschwerten Tage, die wir miteinander hatten. »Aber was auch immer geschehen ist, das, was zwischen uns war, wird nie vergehen. Es bleibt uns.«

»Eine Erinnerung«, murmelt er. »Eine traurige Erinnerung.«

»Nein«, sage ich und lehne meinen Kopf gegen seine Brust. »Du brauchst nur unsere Wiese an unserem Fluss zu besuchen, und du weißt, wie viele schöne Momente wir hatten. Alles andere wird daneben verblassen.«

Ben schweigt einen Moment, während ich seinem

Herzschlag lausche. Es klingt wie ein kleiner Vogel, der zu schnell mit den Flügeln schlägt. »Ich habe dich verloren«, sagt er schließlich. »Es war meine Schuld.«

»Nein«, erwidere ich und hebe den Kopf. »Es ist niemandes Schuld. Es war Schicksal.«

Er probiert ein Lächeln. Es misslingt. Stattdessen wird sein mir so vertrautes schiefes Grinsen daraus. Mein Herz zieht sich zusammen. Egal, wodurch auch immer es verursacht wurde: Es war von Anfang an eine bittersüße Liebe zwischen uns und jetzt ist sie vorbei. Ich sehe ihm in die Augen, er hält meinem Blick nicht stand. Seine Augen bewegen sich unsicher zur Seite.

»Wir bleiben in Kontakt«, sage ich. »Wozu wurden schließlich Handys erfunden? Wenn wir es wirklich wollen, werden wir einander schon nicht verloren gehen.«

Ben nickt und sieht mich an. Unsere Blicke verschmelzen.

Alle Schatten auf unseren Seelen haben sich verzogen. Wir sehen uns lange an und wissen, wir gehören zusammen, aber werden nie wieder zueinanderkommen.

Eine plötzliche Bewegung über uns zieht unsere Aufmerksamkeit auf sich. Dann hören wir ein Geräusch. Wir sehen zu dem bronzenen Löwen hinauf, der den Platz bewacht. Es ist, als würde sein Schwanz kurz durch die Luft peitschen. Es ist, als würde er ein Auge zukneifen. Für uns.

»Netter Löwe«, flüstere ich.

»Sehr netter Löwe«, wispert Ben zurück.

Wir umschlingen einander fest.

Ich fröstle, und als ich mich von Ben löse, stelle ich fest: Wir sind nicht mehr allein. Gegenüber dem Monument von Lord Nelson und den Löwen befindet sich die weit ausgreifende Schale eines Brunnens, aus dem eine mächtige Fontäne schießt und einen feinen Wassernebel um sich verteilt. In dieser Gischt entdecke ich jemanden, der mir bekannt vorkommt. Der feine Wasserdunst verzieht sich und die Gestalt wird klarer. Ja, diesen Mann kenne ich. Mir wird warm ums Herz.

»Würdest du einen Moment warten?«, bitte ich Ben.

»Geh nicht zu nah ans Wasser ran!«, warnt er mich. »Du wirst fürchterlich nass werden! Erkälte dich nicht!«, ruft er hinter mir her.

Das werde ich nicht, das weiß ich, ich glühe vor Aufregung. Habe ich wieder eine Erscheinung? Nein, das ist keine Erscheinung, da bin ich sicher.

Zögernd nähere ich mich dem Mann in der Kutte, der unverwandt in meine Richtung schaut. Er steht aufrecht vor dem Brunnen, aus dem Wolken von feinen Tröpfchen aufsteigen, die um die Fontäne schweben. Er lässt die Kapuze von seinem Haupt sinken. Auf dem Kopf trägt er die schottische Königskrone, von der ein gleißend helles Licht ausgeht. Je weiter ich auf König Robert the Bruce zugehe, desto durchscheinender wird seine Figur. Ich bleibe stehen. Er lächelt mich an. Strahlend. Und neigt sein Haupt vor mir. Königlich. Majestätisch.

Gütig. Ich halte den Atem an. Seine Figur löst sich in Tausende kleiner Lichter auf und zerstiebt in der Luft.

»Möge deine Seele in Frieden ruhen«, flüstere ich.

Ich stehe lange da und denke an all meine Freunde aus seinem schottischen Reich, alle, die mich während dieses Abenteuers begleitet, geleitet und beschützt haben. Meine Helden. Dann drehe ich mich um und gehe mit festen Schritten zu Ben zurück, der auf der anderen Seite vor unserem Löwen auf mich wartet.

»Wo warst du? Ich habe dich aus den Augen verloren. Was hast du gemacht?«, fragt er.

Und ich verstehe. Er hat nicht gesehen, was ich gesehen habe. Ich war allein. Und war es doch nicht.

Zeit bedeutet nichts.

Zurück in Burton Hall treffen wir in der Vorhalle auf eine Party, die in vollem Gange ist. Es sind Stehtische mit Gläsern und Getränken aufgebaut. Die eine Seite der Halle wird von langen Tischen gesäumt, auf denen alle möglichen Leckereien aufgebaut sind. Die Dekoration stimmt auf Weihnachten ein. Laute Willkommensgrüße und fröhliche Pfiffe begrüßen uns. Ben und ich winken und verbeugen uns übertrieben höflich. Ben sucht Ashley, das sehe ich sofort, und stellt sich neben sie, als er sie entdeckt hat. Ich gehe zu Zoey, Sara und Jocelyn hinüber. Es sind wirklich alle versammelt, unsere gesamte Klasse, Dr. Walker, Mrs Flynn, Dr. Doppler, Reginald Byrnes und sämtliche Gasteltern. Auch Amina und

Mubashir lachen uns entgegen. Dann stoßen Mama und Papa dazu, Mrs Wardour und ihre Killerzwillinge, bei ihnen Martin und tatsächlich, wie angekündigt, Theresa und Paul, die ich während der Show gestern nicht entdeckt habe. Wir freuen uns ein Loch in den Bauch, dass wir uns ausgerechnet hier wiedersehen. Vor der festlichen Menge baut sich Balthazar auf. »Willkommen zu unserer Dankeschön-Party«, ruft er.

Eric reicht uns zwei Gläser mit Saft und zwinkert mir und Zoey dabei zu.

»Da wir jetzt vollständig versammelt sind«, erklärt Balthazar mit lauter Stimme, »möchte ich meine Dankesrede beginnen. Zuerst einmal möchte ich den Lehrern der Fultonthorpe Grammar School dafür danken, dass sie die Teilnahme ihrer Schülerinnen und Schüler an unserer Modenschau ermöglicht haben.«

»Nicht freiwillig«, ruft Dr. Doppler.

»Ach, komm schon, Dagwood«, stöhnt Sexy Rexy.

Unterdrücktes Gelächter in der Menge.

»Ich danke allen Schülerinnen und Schülern, dass sie geholfen haben, unsere Show zu einem großen Erfolg zu machen. Sie haben ihrer Schule alle Ehre gemacht«, fährt Balthazar fort.

»Hört, hört!«, ruft Dr. Walker und klatscht dazu.

Rexy und Mrs Flynn stimmen ein, dann folgt zögernd Dr. Doppler, der sich erst einmal unsicher umgeschaut hat.

»Besonders danke ich den Mädchen, die so elegant

und vorteilhaft unsere Mode auf dem Laufsteg präsentiert haben, Lisa Lorenz, Ashley Ashton und den anderen. Natürlich auch Zoey Huffman, die uns außerdem geholfen hat, einen nützlichen Kontakt zu ihrem Vater herzustellen.«

»Stiefvater«, sehe ich Zoeys Mund formen.

Mein fragender Blick trifft auf ihren. Sie hebt unschuldig die Schultern. Was ist denn da los?

»Zum guten Schluss danke ich allen Gasteltern, die, wie ich höre, so nett und zuverlässig dafür gesorgt haben, dass ihre Schutzbefohlenen ausschwärmen konnten in die Stadt, die sie inzwischen hoffentlich genauso lieben wie wir.«

Brausender Applaus brandet auf. Viele Gasteltern verbeugen sich geschmeichelt. Ich sehe, dass die beiden lieben Maliks ein bisschen beschämt wirken. Ich klatsche ihnen gezielt zu und beschließe, sie gehörig durchzuknuddeln, bevor wir uns voneinander verabschieden müssen.

»Sie sind auch so freundlich, ihre Gastkinder aus York zum Flughafen nach Heathrow zu fahren«, ergreift Balthazar erneut das Wort. »Die geschätzte Lehrerschaft wird mein Fahrer Jerome dorthin bringen. Auf dem Flugplatz wartet auf euch, auf Sie, unser Firmenjet, der alle sicher zum Yorker Flugfeld Elvington fliegen wird. Bis es so weit ist, kann ich nur noch einmal ein herzliches Dankeschön aussprechen. Und nun wird gefeiert!«

Er hebt das Glas Champagner, das er in der Hand hält

(unglaublich, was in dieser Branche an Champagner fließt!). »Auf euch alle!«

Wir heben unsere Gläser mit Saft, die Lehrer und Gasteltern die ihren mit Champagner, und ein unbeschreiblicher Jubel bricht aus. Es wird getrunken und gegessen, geplaudert und gelacht, kurz: Es wird die fröhlichste Party, die ich je erlebt habe. Und doch bin ich nicht so ausgelassen wie die anderen. Wehmut beschleicht mich. Ich habe Angst, meinen Mädels zu beichten, dass ich sie verlassen werde und nach Berlin zurückkehre. Dass ich sie verlieren werde, bringt mich um den Verstand. Wie soll ich ohne sie klarkommen, nach all dem, was wir miteinander erlebt haben und wie gut wir einander inzwischen kennen?

Ich sehe Sara und Jocelyn am Büffet stehen und weiß, was sie über das allzu gute Essen sagen und über Jocelyns Figur. Dass Sara Jocelyn beruhigt und Jocelyn über sich selbst Witze macht. Ich sehe aus der Entfernung, wie Eric mit Zoey flirtet, und viel besser noch: dass sie zurückflirtet. Es lässt sich nicht in Worte fassen, wie sehr ich mich für sie freue. Ich gönne ihr diese neue Liebe von Herzen und wünsche ihr obendrein das große Glück einer Familie. So, wie ich sie habe.

Meine Gedanken wandern zurück, zu unserer Ankunft in Oma Judiths Häuschen, meine ersten Tage in Cliffmoore und York. Ich denke an die geheimnisvolle Geschichte meiner Familie, an den Kristall, den Fluch. Ich hatte eine Chance und habe sie ergriffen. Oft war es haarsträubend gefährlich, was ich da alles ausprobiert und riskiert habe, aber es war es verdammt noch mal wert. Inklusive der blauen Flecken an Leib und Seele, die ich mir dabei geholt habe. So ist das. Ich hebe mein Glas Apfelsaft einfach mal hoch in die Luft und trinke auf all meine Freunde.

Amen.

Balthazars Firmenjet ist ein blütenweißes, stylishes Teil mit den Initialen *BL* am Bug. Das Innere ist schick und modern eingerichtet, mit üppigen, breiten Sitzen, in denen man versinkt. Ich habe mich ganz allein nach hinten in einen dieser Sessel verkrochen. Ich muss nachdenken.

Der Jet startet und jagt steil in den Himmel. Nachdem der erste Lärm der brüllenden Düsen verebbt ist, entwickelt das Flugzeug ein gemütliches, freundliches Summen. Ich sehe durch das kleine Fenster hinunter auf die Stadt und dann auf die Landschaft, die sich unter mir ausbreitet. Mama und Papa werde ich in Cliffmoore wiedersehen. Wir werden zusammen Weihnachten feiern, was wir lange nicht getan haben. Viel zu lange. Der Abschied von den Maliks war herzzerreißend. Sie hatten all unsere Sachen gepackt und – Trommelwirbel – uns Proviant für die Rückreise in die Hand gedrückt. (Dabei weiß ich gar nicht, womit wir das verdient haben. Zoey und ich waren bestimmt die Gastkinder, die von allen am wenigsten Zeit mit ihren Gasteltern verbracht haben.) Balthazar und Eric werde ich wohl öfter sehen, wenn die Zusammenarbeit in Schwung kommt. Und dann lasse ich vor meinem inneren Auge vorbeiziehen, was ich in den letzten Tagen alles erlebt habe. Es war gefährlich und aufregend und schließlich nur noch schön. Ich lasse mich in meinen Sessel zurückfallen und schließe die Augen. So unwahrscheinlich es mir anfangs auch vorkam, am Ende habe ich meine Mission erfüllt. Robert the Bruce hat seinen Frieden gefunden. Habe ich, haben alle anderen ihren Frieden gefunden? Ich weiß es nicht.

»Hey, Schlafmütze«, sagt eine Stimme neben mir.

Ich reiße die Augen auf. Zoey. Sie lässt sich auf den Sitz neben mir fallen.

»Hey«, sage ich.

»Hey«, erwidert sie.

Ich sehe sie an, und mir ist klar, dass jetzt der Moment der Wahrheit gekommen ist. Ich habe nur keine Ahnung, wie ich es ihr beibringen soll, weil ich jetzt schon merke, dass es mir die Kehle zuschnürt.

»Was?«, sagt sie.

Ihre Augen flackern vor Unruhe. Meine Zoey ahnt, dass ich in Not bin. Ich kann nicht reden und mache hilflose Bewegungen mit den Händen.

»Ich …«, krächze ich schließlich und bekomme nichts anderes mehr über die Lippen.

»Spuck's aus«, fordert sie mich auf. »Was kann es schon Furchtbares geben nach all dem Wahnsinn, den wir hinter uns gebracht haben?«

Ich ringe nach Luft. Es muss sein.

»Ich ziehe zurück nach Berlin.«

Zoey sieht mich mit aufgerissenen Augen an. Ihr Mund öffnet sich, aber es dauert ganz lange, bis sie die Sprache wiederfindet. »Oh shit.«

Ich nicke und aus meinen Augen quellen dicke Tränen. Sie wirft sich praktisch auf mich, und ich umschlinge sie, so fest ich kann. Bald heulen wir beide wie die Schlosshunde, ich kann nur hoffen, dass die da vorne in der Kabine unsere Tragödie hier hinten nicht mitbekommen. Schließlich lösen wir uns voneinander, trocknen unsere Tränen auf den Wangen, rücken unsere Kleidung zurecht und setzen uns wieder aufrecht hin.

»Gerade, wo es am schönsten ist«, murmelt Zoey. »Es musste ja so kommen.«

»Ich wollte immer, dass meine Eltern wieder zusammenfinden, und das habe ich jetzt davon«, schluchze ich und lache gleichzeitig.

»Ich wollte nie, dass meine Eltern wieder zusammenkommen«, sagt Zoey. »Die waren ein Katastrophenpärchen vom Feinsten. Und jetzt habe ich trotzdem Eltern und drei süße Geschwister dazu. Ist das nicht verrückt?«

Ich nicke. »Alles ist verrückt.«

»Du sagst es.« Zoey macht ihr bestes So-bedient-wie-ich-kann-keiner-gucken-Gesicht, das ich so liebe. »Ich finde es ziemlich furchtbar, dass du uns verlässt«, erklärt sie. »Aber gerade verändert sich sowieso vieles, und ich denke, es ist gesichert, dass wir uns wenigstens ab und zu sehen.«

»Wie …?« Ich starre sie verständnislos an.

»Na, du wirst doch bestimmt mal mit deinen Eltern nach London kommen und … na ja …«, druckst sie herum. »Ich werde dann dort wohnen.«

»Nein …!«, sage ich.

»Doch. Ich ziehe zu meiner alten neuen Familie, so einfach ist das.«

Ich glaube, mich trifft der Schlag! Und ich weiß, dass dies für sie die beste aller Lösungen ist. Meine Zoey hat die Chance, echte Wurzeln zu schlagen, traumhaft.

»Ich freue mich so für dich«, sage ich, umarme sie und knuddele sie noch einmal heftig durch. »Was war das, was Balthazar da mit deinem Stiefvater angedeutet hat?«

»Du weißt ja, der ist so ein Börsenfuzzi. Ich habe ihm von den Littles erzählt und er steigt bei ihnen ein. Und bei deinen Eltern«, fügt sie hinzu.

»Wahnsinn.« Was Besseres fällt mir nicht ein. »Ich werde dich vermissen«, sage ich.

»Ich dich nicht«, erwidert sie. »Du warst ein echtes Problem.« Sie lacht und schüttelt den Kopf. »Unsinn. Du warst meine andere Hälfte.«

»Ich habe so viel von dir gelernt. Ohne dich wäre ich untergegangen.«

»Red keinen Blödsinn! Du weißt doch gar nicht, wie das geht. So was Toughes wie dich habe ich noch nicht erlebt. Unerträglich.«

»Ich will dir mal was sagen«, fange ich an. »Als ich nach York gekommen bin, hatte ich das Gefühl, mein

Leben sei zu Ende. Meine Familie im Eimer, ein neues Land auf einer gottverdammten Insel, ein unheimliches Häuschen in einem gottverlassenen Kaff und eine modrige, zugewachsene Schule. Ich war kurz davor, mir eine Kugel in den Kopf zu jagen. Ich war das Opfer der Lisa-Verschwörung. So habe ich das genannt.«

Zoey schaut mich ungläubig an.

»Lach nur«, fordere ich sie auf.

»So schlimm?«, fragt sie.

»Schlimmer«, antworte ich. »Ich habe mich so furchtbar einsam und allein gefühlt in dieser grausigen Schule. Dann kam Dr. Walker in die Klasse. Jemand hat zu mir gesagt: ›Vorsicht, der schmeißt mit Sachen. Hier kannst du sitzen. Ich bin Zoey.‹ Und ich war erst mal gerettet. Was du mir alles beigebracht hast … Danke, Coach.«

Zoey grinst. »Du warst eine gelehrige Schülerin. Allein dein Kampf gegen Ashley … episch.«

»Yep«, sage ich.

Zoey nickt gedankenschwer. »Und jetzt?« Sie macht eine schlackrige Handbewegung. »Alles vorbei.«

»Oh shit«, sage ich versonnen.

»Oh shit.«

»Was redet ihr da?«

»Was sind denn das für Ausdrücke?«

Zwei Schatten legen sich über uns und wir schauen auf, wer uns da besuchen kommt. Logischerweise Sara und Jocelyn.

»Ihr seht komisch aus«, meint Sara.

»Danke schön«, erwidert Zoey trocken.

»Irgendwie ... wie soll ich sagen, verheult?«, erklärt Jocelyn. »Was ist passiert?«

Zoey und ich stehen auf. Was hilft es, es muss heraus.

»Lisa geht zurück nach Berlin«, sagt Zoey und atmet einmal tief durch. »Und ich gehe nach London.«

»Oh shit«, sagt Sara.

»Oh shit«, sagt Jocelyn.

Sie sind ganz blass geworden. Lange Pause, in der wir alle nicht wissen, was wir sagen sollen.

»Musste das jetzt sein?«, fragt Sara.

»Gerade, wo es so schön war mit uns«, meint Jocelyn. »Typisch.«

Sie kämpfen mit den Tränen und wir auch. Wir fallen einander in die Arme, und es wird der verzweifeltste, ehrlichste und innigste group hug, den das Jahrhundert bisher gesehen hat. Nur mühsam lösen wir uns voneinander.

»Und jetzt?«, will Sara wissen.

»Wir haben einander«, erklärt Jocelyn tapfer. »Die beiden Zwillinge da werden getrennt.«

»Ich bitte alle Passagiere, zur Landung ihre Plätze einzunehmen«, ist die Stimme des Piloten zu vernehmen.

»Wir hören noch voneinander«, sagt Sara scherzhaft drohend.

»Darauf könnt ihr eure kleinen süßen Hintern verwetten«, fügt Jocelyn hinzu.

Sie tupfen sich sicherheitshalber vorsichtig die Augen

und gehen zu ihren Plätzen. Der Flieger setzt zum Landeanflug an.

»Sieh mal, da vorn.« Zoey zeigt mit dem Finger auf Ben und Ashley, die auf uns zugewandten Sesseln sitzen und in ein angeregtes Gespräch vertieft sind. Ben sieht zu mir her und lächelt mich an. Ashley schaut auf. Unsere Augen treffen sich. Dann wandert ihr Blick zurück zu Ben und sie reden weiter. Vertraut und natürlich. Hat sie etwas dazugelernt?

Unwahrscheinlich.

»Tja, die bist du jedenfalls los«, meint Zoey. »Da muss doch tiefer Frieden über dich kommen.«

Eine Weile lausche ich in mich hinein. Ich spüre, wie mein Herz ruhig und regelmäßig schlägt. Und so sehr es schmerzen wird, mich von meinen Freundinnen, von Ben, von Cliffmoore und von Rose zu verabschieden: Ich freue mich auf Berlin. Ich freue mich auf Paula, und ich freue mich darüber, dass Mama und Papa es noch einmal miteinander versuchen wollen. Und tatsächlich: Ich spüre einen tiefen Frieden in mir. Sollte ich es wirklich so sehen, dass die Auflösung des Familienfluchs sich darin ausdrückt, dass einfach ein neues Kapitel in unserer Familiengeschichte aufgeklappt wird? Cool.

18. Kapitel

Es ist Heiligabend. Mama und Papa sind losgezogen, um noch einen Weihnachtsbaum zu besorgen. Ich finde, es ist reichlich spät dafür, und hoffe, dass sie einen kriegen, der noch ein paar Zweige hat und nicht zu struppig aussieht. Ich habe mich bereit erklärt, im Keller den Karton mit dem Weihnachtsschmuck herauszusuchen. Da müssten auch noch Teller für die Kekse sein, meint Mama, und irgendwelche Hirsche, die glühen und mit dem Kopf nicken, wenn man ihr Kabel in die Steckdose steckt. Ich gehe also zu der Tür mit dem Löwengriff (der Löwe wird auf ewig eine besondere Bedeutung für mich haben) und steige in den Keller hinunter. Dort stoße ich auf die Wappentür, durch die früher Rupert und Mama und später Ben und ich zueinandergefunden haben. Nun ist der Gang weg. Genau wie Rose, die ich seit dem Vorfall in Burton Hall nicht mehr zu Gesicht bekommen habe. Rose, die uns alle so lange beschützt hat. Wo ist sie nur? Zu Edna wird sie nach allem, was geschehen ist, sicherlich nicht zurückgekehrt sein, auch wenn Mama und Papa fest davon ausgehen (obwohl auch sie nichts mehr von ihr gehört haben, seit wir aus London zurück sind). Mir fährt bei dem Gedanken an Rose ein stechender Schmerz durchs Herz. Ach, meine Rose, meine Retterin!

Ich durchstöbere den Keller und finde den Karton und wenigstens einen nickenden Hirsch. Mit dem Karton unter dem einen und dem Hirsch unter dem anderen Arm klettere ich die Kellertreppe hinauf. Halluziniere ich oder riecht es hier plötzlich nach Hagebuttentee? Ich setze meine Last auf der obersten Kellertreppe ab und gehe ins Wohnzimmer.

»Ein Schluck Hagebutte?«, fragt mich Rose, die ganz selbstverständlich in der Mitte des Raums steht und Tee in Oma Judiths geblümtes Porzellan gießt. »Du siehst aus, als könntest du ein Tässchen gebrauchen.« Sie lächelt und setzt die Kanne ab.

»Rose!!«, rufe ich, renne zu ihr und umschlinge sie mit den Armen. Ganz, ganz tief atme ich ihren Schneeglöckchenduft ein. »Meine Rose!«

»Sachte, sachte«, protestiert sie. »Wirf mich nicht um!«

»Setz dich, setz dich!«, sage ich und nötige sie in Oma Judiths Sessel. »Lass mich einschenken! Wo warst du? Du bist so plötzlich verschwunden. Was ist geschehen?«

Ich rücke das mit Intarsien geschmückte Tischchen näher an den Sessel, gieße auch ihr ein und setze mich zu ihren Füßen auf den Schemel. Sie nippt an ihrer Tasse, was auch ich tue, während ich sie erwartungsvoll anschaue.

»Aah!«, macht sie. Dann sieht sie mich mit einem unendlich ruhigen Blick an. Pause. Lange Pause. Langsam werde ich hibbelig. Sie lächelt milde.

»Siehst du?«, sagt sie. »Auserwählt. Geprüft und bestanden. Das Friedenswerk ist getan.«

»Ohne dich hätte ich es nie geschafft«, versichere ich ihr aufgeregt. »Du hast die Witches besiegt, aber was ist mit Edna? Sie existiert noch und ist gefährlich. Was machst du jetzt?«

»Ach, dolly bird, mach dir um mich keine Sorgen«, sagt Rose. »Der Kreis ist durchbrochen, die Magie verglüht. Freu dich am Frieden, so wie auch ich es tue.«

»Und wo gehst du hin?«

Rose nippt noch einmal an ihrer Tasse, dann steht sie auf und tritt an die Vitrine heran, in der neben Oma Judiths Kristallfiguren noch immer Opa Angus' Zinnsoldaten aufgebaut sind. Einer von ihnen trägt ein Banner mit der Aufschrift *Bannockburn*. Rose lächelt verschmitzt, dann summt sie leise eine Melodie und ich meine, die Worte »Scots, wha hae« herauszuhören.

Ich sehe sie ungläubig an. »Willst du etwa nach Schottland zurück?«, frage ich und denke daran, dass wir nach Berlin gehen werden. »Aber ich will dich nicht verlieren!«

»Du verlierst mich nicht«, erklärt sie. »Ich gehe dorthin, wo ich gebraucht werde, vielleicht auch nach Schottland.« Dann nimmt sie mich an beiden Händen und sieht mir ganz tief in die Augen. »Wenn du mich vermisst, my poppet, dann schau in den Himmel. Such den vierten Stern rechts vom Nordstern und denk an mich.«

Oh Rose, geht es nicht einmal klarer, deutlicher, unverblümter, konkreter, sinnvoller?, möchte ich ausrufen, aber ich weiß, dann wäre Rose nicht Rose und ich hätte sie gar nicht mehr.

»Mach ich«, sage ich und nicke. »Aber wir müssen dich besuchen kommen. Du musst Mama und Papa unbedingt sagen, wo du zu finden bist.«

Rose lächelt milde. »Vergiss mich nicht«, sagt sie, lässt meine Hände sinken und geht zur Tür.

»Never ever!«, schwöre ich.

»Beannachd leat. Leb wohl«, flüstert sie.

»Bis bald«, sage ich trotzig.

Rose geht schnell zur Haustür und macht sie hinter sich zu. So schnell kann ich ihr gar nicht hinterherrennen und die Tür wieder aufreißen, da ist sie schon weg. Ich suche die Straße, die Gehsteige, die Gärten und, ja, auch den Himmel mit den Augen ab, aber Rose bleibt verschwunden. Wenigstens ist sie gekommen, um mir Lebewohl zu sagen. Meine Rose.

Ein paar Stunden später sitze ich zwischen Mama und Papa auf dem gemütlichen Sofa im Wohnzimmer und schaue auf den hutzligen Weihnachtsbaum, der letzte, der in Cliffmoore zu haben war, wie sie sagen. Er ist mit

Silberkugeln, Lametta und Schokoladenkringeln geschmückt, und ich finde ihn einfach nur hübsch, so wie er ist. Vor mir auf dem Tischchen mit den Intarsien steht ein Weihnachtsgeschenk von Mama, eine kleine, offene Kristallkugel, in die sie die vier Rosenköpfchen aus Bens Rosenstrauß gelegt hat, nachdem sie sie liebevoll getrocknet hat. Auf meinem Brustbein ruht der Glaskristall aus der Krone von Robert I. the Bruce. Diese Erinnerungen werden nicht vergehen, das weiß ich. Ich kuschle mich an meine Eltern und ihre Hände berühren einander hinter meinem Kopf. Sanft flackernde Kerzen beleuchten den Raum und spiegeln sich in den funkelnden Kristalltieren, den Einhörnern, den Löwen ... Unter dem Weihnachtsbaum vor uns liegen Äpfel, Orangen, Feigen, Lebkuchen, und ein wunderbarer Duft von Weihnachten zieht durch das ganze Häuschen.

»Es ist bald so weit«, sagt Papa. »Es ist alles vorbereitet in unserem neuen Haus in Berlin. Ich hoffe, du wirst es als dein neues Zuhause annehmen.«

»Mein Zuhause ist, wo ihr seid«, sage ich.

Ich bin sehr, sehr glücklich.

»Oma Judiths Häuschen werden wir so lassen, wie es ist«, verkündet Mama. »Damit wir es besuchen können, wenn wir wollen. Wusstest du, dass Edna Cumberland ihre Villa in Cliffmoore und ihren Wintersitz verkaufen wird und in London in ein vornehmes Damenstift zieht?«

Nein, wusste ich nicht. Das ist gut. Eine Friedensbotschaft mehr. Rose hatte recht. Sieht ganz so aus, als wäre das Ende der Lisa-Verschwörung gekommen.

»Lass uns hinaus in den Garten gehen und einen Blick auf die Winterlandschaft werfen«, schlägt Mama vor. »Das habe ich an Heiligabend immer mit meiner Mutter gemacht.«

Wir treten hinaus hinter Oma Judiths Haus. Es ist ganz von Schnee bedeckt und wird von einem halben Mond freundlich beleuchtet. Der Rasen ist weiß wie eine kuschlige Bettdecke. Hinten an der Hecke zu Ednas Grundstück, das bald nicht mehr ihres sein wird, schleicht eine kleine schwarze Katze entlang, die ihre Beine unwillig aus dem Schnee hebt, nur um gleich darauf wieder darin zu versinken. Lilith friert und wirkt so verloren, wie es eine kleine Katze nur sein kann. Fast muss ich lachen. Das Kätzchen tut mir leid.

Mama und Papa und ich sehen Arm in Arm hinaus in die Nacht.

»Ach, ist es schön, mit euch hier stehen zu können«, sagt Mama und seufzt tief. »Ich glaube, Oma würde sich freuen, wie gut das Schicksal es mit uns meint und was wir aus dem gemacht haben, was sie und Angus uns mitgegeben haben.«

Ich nicke. Das ist ja so wahr. Ich sehe, wie Papa zufrieden in sich hineinlächelt.

Am klaren, dunkelblauen Himmel sehe ich eine Sternschnuppe vergehen. Unbeeindruckt davon strahlen die anderen Sterne lebhaft funkelnd weiter. Ich suche den

Nordstern. Er strahlt besonders hell und ich zähle die Sterne nach rechts durch. Da ist er, der vierte Stern, und blitzt in dem Moment, in dem ich ihn entdeckt habe, ganz hell auf. Ich stelle mir vor, dass Rose gerade ebenfalls zum Himmel hinaufsieht, zu ihrem Stern, der dort oben über uns und den Frieden wacht.

Und eins weiß ich gewiss und ich bin glücklich darüber: Die Welt ist ein kleines bisschen besser geworden.

***

Danksagung

Ich danke:
Meiner Agentin Birgit Arteaga, für mich der absolut coolste Profi ihrer Art.
Meiner Lektorin Sabine Franz, Inbegriff von Geduld und Kreativität.
Meiner Redakteurin Kathrin Becker, gewandte Wegweiserin mit Nervenstärke.

Laura Foster wuchs in Berlin auf und lebt heute mit ihrer Familie und den zwei schwarzen Katzen Mitch und More in England. Wenn sie nicht gerade an spannende Orte reist, schreibt sie Drehbücher für Fernsehserien und -filme. Die Fluch-Trilogie ist ihr erster Ausflug ins Jugendbuch.

Laura Foster wuchs in Berlin auf und lebt heute mit ihrer Familie und den zwei schwarzen Katzen Mitch und More in England. Wenn sie nicht gerade an spannende Orte reist, schreibt sie Drehbücher für Fernsehserien und -filme. Die Fluch-Trilogie ist ihr erster Ausflug ins Jugendbuch.